그간 격조했습니다

편지로 읽는 한국문학의 발자취

그간 격조했습니다

편지로 읽는 한국문학의 발자취

초판 1쇄 발행 • 2025년 11월 13일

지은이 / 이동순
펴낸이 / 염종선
책임편집 / 곽주현 이주원
조판 / 신혜원
펴낸곳 / (주)창비
등록 / 1986년 8월 5일 제85호
주소 / 10881 경기도 파주시 회동길 184
전화 / 031-955-3333
팩시밀리 / 영업 031-955-3399 · 편집 031-955-3400
홈페이지 / www.changbi.com
전자우편 / lit@changbi.com

ISBN 978-89-364-8097-4 03810

그간 격조했습니다

편지로 읽는 한국문학의 발자취

이동순 산문집

창비
Changbi Publishers

일러두기

* 이 책에 수록된 편지는 원문의 뜻을 해치지 않는 선에서 표기법에 맞게 옮겼으며, 내용 이해를 돕기 위해 인용자가 추가한 내용은 〔 〕로 구분하였습니다.

* 이 책에 인용된 편지 대부분은 저작권자의 허가를 받았으나, 일부 저작권자와 연락이 닿지 못한 경우는 확인되는 대로 허가 절차를 밟겠습니다.

그리운 편지가 보내주는 따뜻함

우리 가슴속에는 말로 다 하지 못한 마음이 쌓여 있습니다. '그립다' '보고 싶다' '사랑한다'는 고백들입니다. 이런 말을 품고만 있다보면, 때로는 그 답답함이 병이 되기도 하지요.

사람은 마음을 나눌 대상과 연결되어 있을 때 비로소 고립되지 않았다는 안도감을 얻습니다. 반대로, 단절된 삶은 외롭고 불안정합니다. 우리 겨레는 오랜 식민 지배와 분단의 세월 속에서 이런 단절을 견디며 살아야 했습니다. 편지 한장 제대로 전하지 못한 채 한을 품고 떠난 실향민들, 전하지 못한 마음을 가슴에 묻은 이들이 많습니다.

편지는 단순한 종잇조각이 아니라, 말하지 못한 마음을 조심스레 담아내는 통로입니다. 말로는 어렵던 고백도, 오해와 갈등도, 편지 하나로 손쉽게 풀리던 때가 있었지요. 편지는 인간을 여유와 성찰, 이성의 자리로 이끄는 삶의 철학이자 마음의 풍경이었습니다.

그러나 언젠가부터 편지는 우리 삶에서 멀어졌습니다. 속도가 우선시되는 시대는 편지를 '낡은 것'으로 취급했고, 그 자리를 메신저와 문자 메시지가 대신했습니다. 빠른 소통은 마음을 충분히 담아내지 못합니다. 정겨운 인사와 머뭇거림, 기다림의 미학은 사라지고, 간결하고 단순한 말들만 오가게 되었습니다.

여러해 전 몽골의 대초원에서 손짓으로 소통하는 광경을 본 일이 있습니다. 전화도 인터넷도 없는 곳에서 그곳 사람들은 멀리서도 손동작으로 서로의 뜻을 전했습니다. 말보다 마음이 먼저 닿는 순간이었습니다. 매체의 문제가 아니라 마음의 문제인 셈이지요. 우리가 옛 편지를 다시 꺼내 읽는 이유는 그 안에 잊히지 않은 감정과 말 들이 살아 숨 쉬고 있기 때문입니다. 사랑과 눈물, 그리움과 설렘이 가득한 그 시절의 편지는 지금도 여전히 우리를 위로하고 다독입니다.

이 책은 지난 세월 내가 주고받았던 편지들 가운데 일부를 간추려 담은 것입니다. 그 시절의 느긋함과 따뜻한 정서를 독자들과 함께 나누고 싶었습니다. 대문 틈으로 툭 떨어지던 흰 봉투 하나에 설렘을 느끼던 그 아련한 기억을 말이지요.

아울러 이 책이 편지라는 형식이 문학 속에서 어떤 자리를 차지해왔는지도 되새겨보는 계기가 되었으면 합니다. 사실 편지는 오래전부터 사랑과 믿음, 삶의 고민 등을 담아내는 아주 인간적인 방식이었거든요. 우리 문학에서도 편지는 단순한 고백을 넘어서 시대와 시대를 이어주는 다리 역할을 해왔지요. 이 책에 담긴 편지들도 그런 전통 안에서, 같은 시대를 살아가는 사람들과 마음을 나누고자 한 작고 따뜻한 시도들이었습니다.

지금 이 순간, 누군가에게 건네고 싶지만 아직 쓰지 못한 말이 있다면, 이 책의 어느 한 대목이 그 시작이 되어주기를 바랍니다. 닿지 못한 마음이 글이 되어 다시 누군가의 가슴에 잔잔한 물결처럼 전해진다면, 그 자체로 이 책의 뜻은 충분하겠습니다. 오래도록 잊히지 않는 말 한마디가 누군가의 삶을 품어 안듯이, 이 책도 그런 편지 한장으로 머물 수 있기를 소망합니다.

2025년 11월

이동순

차례

시와 혁명의 서곡

꼬리에 꼬리를 물어
감회에 젖었습니다

김광균 시인의 편지

1

눈 내리는 광경을 "먼 곳에 여인의 옷 벗는 소리"로 그려
낸 절창 「설야」의 시인을 기억한다. 김광균(金光均, 1914~93)
선생이 바로 그 주인공이다. 『와사등』(1939), 『기항지』(1947),
『황혼가』(1959) 등의 모더니즘 시집을 잇달아 펴내며 시단의
귀재로 알려진 분. 경기도 개성 출생으로 송도상고를 졸업하
고 경성 고무공장 노동자로 일했다.

불과 13세 나이에 시 「가신 누님」(1926)을 발표하며 어엿
한 시인이 되었으니 가장 이른 등단의 기록이 아닌가 한다.
낡고 시들고 구멍이 뻥뻥 뚫린 가랑잎을 두고 "낙엽은 폴란

13

드 망명정부의 지폐"(「추일서정」), 눈에 보이지 않는 종소리를 일컬어 "분수처럼 흩어지는 푸른 종소리"(「외인촌」)라고 하는 등 놀랍고도 강렬한 공감각의 시구들을 발표했다.

그 작품을 교과서에서나 대하던 원로 시인의 친필 편지를 직접 받는 감격을 나는 누렸다. 1987년, 내가 편자로 참여한 『백석 시전집』(창작과비평사) 발간 소식이 언론에 보도되자 여기저기서 봇물처럼 축하와 격려 편지가 왔다. 여러 편지 중 가장 감격스러운 것이 바로 김광균 시인이 직접 써서 보내주신 서간이다.

오늘 교보문고에 가서 『백석 시전집』을 사다 읽고 우리 시문학사에 잊었던 별 하나를 찾아주신 것이 고맙게 생각되어 붓을 들었습니다.

백석 시집(『사슴』, 1936) 초판은 한지로 찍어 하드커버 역시 한지, 케이스 역시 한지였습니다.

오장환 군은 장정을 매우 중요히 생각하는 친구인데 백석 시집 앞에서는 모자(帽子)를 벗는다고 함께 좋아하던 생각이 나고 김기림 씨가 『조선일보』에 쓴 「사슴을 안고」가 백석 시 못지않게 좋은 글이었습니다.

백석 시집이 나온 다음 해인지 분명치 않아 꼬리에 꼬

리를 물어 서너시간 감회에 젖어 있었습니다.

이 교수의 여러해의 노고와 백석을 사랑하시는 뜻도 고마울 따름이오며 한편 백석을 알고 궁금해하는 사람들은 많이 죽고 몇분이나 남았을까. 요즘 봉두난발한 문과대 학생은 백석의 이름이나 알까 하고 삭막한 생각이 듭니다.

1987년 11월 22일

김광균 배(拜)

〔추신.〕 염치없는 부탁이오나 기림의 백석 독후감 「사슴을 안고」를 입수하셨으면 한장 카피하여 보내주셨으면 하옵니다.

1930년대 중반, 백석(白石, 1912~96) 시인이 특유의 긴 머리를 바람에 나부끼며 광화문 거리를 걸어가던 모습을 멀리서 흠모의 눈으로 보셨다고 했다. 당신이 존경하던 백석 시인의 전집을 발간해준 데 특별한 고마움을 느끼며 격려를 보낸다고 하셨다. 도합 서너통의 편지를 보내오셨는데 답신으로 뵙고 싶다는 뜻을 간절히 전했으나 끝내 뵙지는 못했다.

김광균 시인의 아호는 우두(雨杜), '빗속을 걸어가는 두보'라는 뜻일까. 세로쓰기로 편집된 전용 편지지 좌측 하단에는 김광균 시인의 편지.
편지지 좌측 하단에 '우두용전(雨杜用箋)'이라는 글자가 보인다.

'우두용전(雨杜用箋)'이라는 붉은 글자가 보인다. 예전 문인들 사이에서 흔했던 선비적 취향이다. 만년필로 쓴 달필의 글씨가 인상적이다. 백석 시인을 직접 만난 세대의 시인으로 백석보다는 두살 아래이다.

시적 사물을 마치 사진을 찍어내듯 선명하고 인상적인 분위기로 그려내던 한국 시단의 대표적 모더니스트, 1930년대 선두주자였던 김기림(金起林, 1908~?) 시인으로부터 격찬을 받았던 모더니즘의 후계자. 그는 해방 직후 조선문학가동맹에 가담해 한때 좌파 시인의 면모를 드러내기도 했다. 분단 이후에는 모더니즘 시인으로 간간이 작품을 발표하며 실업 분야에서 계속 두각을 나타냈다. 이젠 그 원로 시인도 먼 길 떠나시고 문단은 텅 빈 느낌으로 허전함만 가득하다.

2

김광균 시인은 1930년대 시 잡지 『자오선(子午線)』 동인이다. 이육사, 신석초, 김조규, 윤곤강, 함형수 등과 함께 시를 토론하고 동인지를 발간하면서 민족사의 유적지 관광도 어울려 다니곤 했다. 특히 김조규(金朝奎, 1914~90) 시인과 아주 가까운 친구 사이여서 『조선중앙일보』 기획 신춘특집으로 1930년대 후반 함북 여행을 같이하며 함경선 열차를 타고 함북 경성군의 주을온천까지 다녀왔다.

당시 주을온천에는 볼셰비키혁명 이후 러시아에서 망명해 온 백계 러시아 사람들이 마을을 이루고 살았는데 이 외인촌 풍경이 아주 이색적이었던가보다. 이를 보고 두 시인이 각각 쓴 시를 『조선중앙일보』에 두주 연속으로 발표했다. 그런데 어찌 된 경과인지 두 시인의 작품이 하나로 통합되어 김광균 시집 『와사등』에 「외인촌」이라는 이름의 단일 작품으로 들어갔다. 그러니까 이 작품 앞부분 절반은 애당초 김조규가 발표한 내용이다. 뒷부분이 김광균의 작품이다.

각각 별도로 발표된 두 작품이 어떤 과정으로 통합이 이루어졌는지 궁금해서 편지로 질문을 드렸지만 종내 답이 없었다. 아마 후배 시인에게 답변이 난처하셨던 것으로 짐작된다. 끝내 회신을 받지 못했고 상면도 못한 채 김광균 시인은 기어이 세상을 떠나셨다. 그 궁금증을 시인의 답변으로 듣지 못한 아쉬운 마음으로 나는 논문 비슷한 글을 하나 썼다.✤ 서

✤ 졸저 「시작품 [외인촌]의 작품 형태에 관한 논의」, 『시정신을 찾아서』, 영남대 출판부 1998.

로 다른 두 시인의 시작품이 어떤 과정으로 김광균의 시집에 들어갔는지 그 경과를 나름대로 추정하는 비평적 글이다. 필시 두 시인의 양해 속에 김조규가 친구 김광균의 시집에 쓰도록 작품을 넘겨주었을 것이다. 두 사람은 막역한 벗이었기 때문에 그것이 가능했으리라.

3

11월 26일 날짜 편지 배송(拜誦)하고도 몇 날이 지났습니다.

편석촌(片石村) 기림은 1948년 좌우 싸움이 기울어진 후 그의 영문학 연구, 작가 시인(주로 구라파 사람들)에 대한 출판을 많이 하였는데 일사후퇴 때 몽땅 도난당하여 내 수중엔 그 흔한 『시론』 한 권 없습니다. 그러던 중 편석촌이 쓴 「사슴을 안고」는 50년 전을 회상하는 좋은 글이 되겠습니다.

편석촌도 그렇고, 백석을 그린 정현웅 군은 나의 오랜 술친구여서 현웅 집 안방에 무작정 들어가 술 가져오라고 고함치는 사이여서 늘 면도 안 한 구레나룻 턱을 쓰다

듣으며 나의 원고 철자법이 틀렸다고 하며 웃던 생각이
납니다.

백석 책(『백석 시전집』)은 귀한 물건이라 이 편지 쓰는
책상머리에 놓고 가끔 들여다보고 즐거워하고 있습니다.
대통령 선거로 지금은 전국이 어수선하여 올라오시라 할
분위기가 없습니다. 해가 바뀌면 김기창 화백이 늘 청주
오라는 것을 실행할 듯하오니 내가 청주 가면 그 전에 연
락드리겠습니다.

1987년 12월 3일

김광균 배

김광균 선생은 특히 김기림과 정현웅(鄭玄雄, 1911~76)에
대한 추억담을 말하는데 그것이 이채롭게 다가온다. 정현웅
은 1930년대 유명 화가이자 수필가로 활동했고 그 유명한 백
석 시인의 얼굴을 그려서 문학 잡지 『문장』에 삽화로 싣기도
했다. 그는 남북 분단 시기 평양으로 갔다.

운보(雲甫) 김기창(金基昶, 1913~2001) 화백과도 친분이 각
별하고 두터웠다. 당시 운보의 귀가 전혀 들리지 않는 상태라
두분은 늘 편지를 주고받았다. 1980년대에는 운보가 충북 청
주 북일면(지금의 내수읍)에 터전을 잡고 살았는데 친구 보러

청주 오실 때 꼭 연락하신다더니 그 약속을 지키지 못하였다.

4

보내주신 『창작과비평』지와 귀서(貴書) 감사합니다.

자야(子夜)라는 분 이야기는 신문으로 잠깐 보고 이번 집필하신 것 감명 깊게 읽었습니다. 전번 쓰신 것 이번 것 모두 합치어서 본격적인 '백석론(白石論)'을 생각하여보시 는 것이 좋을 듯하옵니다.

청주행은 김(기창) 화백이 지금 청주 있어서 이야기를 못하였사오나 봄소식이 조금 더 무르익은 뒤가 될 듯하 옵니다.

1988년 2월 20일

김광균

김광균 시인의 마지막 편지다. 내가 『창작과비평』 계간지 에 백석 시인의 애인이었던 김자야(金子夜, 1916~99) 여사의 회 고록을 정리해서 발표한 적이 있는데╪ 그걸 다 읽으시고 정 겨운 찬사와 격려까지 직접 써서 보내주셨다. 본격적인 백석론 발간까지도 성원하셨다.

자야 여사에게 이 편지를 보여드렸더니 그녀도 그 시절을 환히 기억하는 것이었다. 김광균 시인은 당신이 머무르던 요정의 단골손님이었다고 한다. 시인은 편지글에서 '자야라는 분'이라며 마치 낯선 사람처럼 기록하였으나 두분은 사실상 이름만 들어도 금방 아는 친숙한 사이였다고 한다. 이 편지를 마지막으로 김광균 시인은 병석에 누우셨고 그로부터 5년 뒤인 1993년, 향년 79세를 일기로 세상을 떠나셨다.

중국어 공부를 한답시고 한국의 화교신문인 『한화일보(韓華日報)』를 구독했던 적이 있다. 백화문으로 표기된 그 신문에는 이런저런 읽을거리가 많았다. 한국 화교사의 초창기 식당이었던 '아서원' 주인이 마침 자신의 회고록을 연재하고 있었는데, 아서원을 드나들던 각계각층 명사들의 알려지지 않은 비화들이 흥미롭게 소개되었다.

그 연재글 속에서 뜻밖에도 김광균 시인의 이름을 보았다. 내용인즉 1960년대 중반 당시 한국의 정계, 경제계, 언론계 중진 여럿이 어울려 삶을 즐기는 풍류 모임을 꾸려가고 있

❖ 졸고 「백석(白石), 내 가슴 속에 지워지지 않는 이름: 자야(子夜) 여사의 회고」, 『창작과비평』 1988년 봄호.

었다. 그들의 풍류는 식도락으로 이어져 매달 진기한 음식을 즐기는 모꼬지를 아서원에서 열었다. 거기서 그들은 중국의 고전에 등장하는 이른바 팔진미(八珍味), 즉 여덟가지 진기한 음식을 매달 하나씩 경험하는 시식회를 가졌다고 한다. 이를 위해 아서원 주인은 동남아시아나 중국 등지에서 희귀한 식재료를 직접 공수해 왔단다. 당시 그들이 즐긴 음식 중 '곰 발바닥 요리' 재료를 구하려고 동분서주 힘든 과정을 거쳤다는 일화가 꽤 흥미로웠다. 지금도 이런 모임은 어딘가에서 은밀하게 이어지고 있으리라.

모더니즘을
해보고 싶었으나

김규동 시인의 편지

1

사람이 친교를 다진다는 것은 대체로 두가지 경로를 거쳐서 이루어진다. 하나는 직접 대면해서 정을 나누고 쌓아가는 것이고 다른 하나는 비록 만남은 없더라도 서로의 작품이나 논문, 직감 등으로 신뢰를 쌓아가는 것이다.

둘 중 미더운 것은 물론 직접 만남이다. 오랜 시간을 두고 서로 살피며 확신을 갖게 되는 친교는 쉽게 깨어지지 않는다. 반면 두번째 경로의 친교는 직접 대면이 아니기 때문에 이후 인간적 실망이나 신뢰의 붕괴로 말미암아 쉽게 허물어지는 경우도 많은, 어쩌면 위험을 수반하는 방식이다. 그러나 직관

력이나 통찰력이 대단한 안목으로 맺어지는 것이라 한번 연결되면 특별한 인연으로 오래 이어질 수도 있다.

이런 언설을 글머리에 왜 길게 펼치는가 하면 김규동(金奎東, 1925~2011) 시인과 나의 친교를 설명하기 위함이다. 나는 김 시인과 만나거나 전화를 걸어서 통화를 나눈 적이 별반 없다. 단지 김규동 시인이 내 작품과 산문 등을 보시고 마음에 들어하며 신뢰와 사랑을 보내주었을 뿐이다. 그것이 인연이 되어 김 시인의 시집 해설을 맡은 적이 있다. 시인께서 만년에 노환으로 누워 계실 때 시전집을 준비했는데 그 해설 집필자로 나를 지명해주신 영광을 어찌 잊을 수 있겠는가.

김규동 시인은 기회만 되면 월평(月評)에서 내 시를 칭찬해주었고, 내가 책을 발간해서 보내드리면 꼭 뜨거운 긍정의 표현으로 분에 넘치는 격려를 보내주셨다. 가만히 돌이켜보노라면 내가 특정 후배에게 이토록 뜨거운 격려와 지지를 보낸 경우가 있었던가. 전혀 생각이 나질 않는다. 몇 사람이 떠오르긴 하지만 안타깝게도 내가 사랑했던 후배들은 대개 먼저 세상을 떠났거나 몹쓸 중환으로 현실에서 유리된 삶을 살고 있다. 그것도 나의 불운이다.

김규동 시인을 알게 된 것은 아마도 1970년대 중반이었으리라. 고서점에서 찾아낸 당신의 시집이 첫 발단이었다. 『나

비와 광장』(1955)이라는 양장의 시집을 대구시청 옆 골목 고
서점에서 구입하고 집에 돌아와 읽었던 신선한 감흥이 아직
도 생생하다. 한국전쟁의 참혹한 상처의 빛깔이 점점이 얼룩
져 있었고, 떠나온 북녘 고향집과 어머니에 대한 간절한 그리
움으로 눈물이 그렁그렁하였다. 그런 와중에도 문장이 범속
하거나 평범하지 않고 특유의 멋과 현학적 반짝임이 풍겼다.

나중에 한국문학사를 정독한 뒤로 알게 되었지만 그것은
모더니즘의 영향으로 형성된 문체였다. 저급한 로맨티스트들
처럼 허투루 발화하지 않고 산뜻하고 경쾌한 감각이 살아 있
는 문체를 모더니스트들이 구사한다는 것을 알았다.

김규동 시인이 소년 시절, 함북 경성군에서 고등학교를
다닐 때 존경했던 시인이 당대 최고의 모더니스트 김기림 선
생이었다. 김기림 시인은 경성고등학교에서 영어 교사를 지
냈고, 이때 제자 김규동의 시적 재능을 발견하여 무한한 칭찬
과 격려를 쏟아주었다고 한다. 그후 김기림 선생은 학교를 그
만두고 서울로 터전을 옮겨 기자, 교수 등을 하면서 시인의
삶을 살아갔다.

제자 김규동은 해방 직후 혼돈의 시기에 스승 김기림을
못내 그리워하며 거듭 가르침을 받고자 삼팔선을 넘어 잠시
서울에 왔다. 그런데 그게 고향과의 완전하고도 슬픈 이별이

되었다. 언덕 위 고향집 사립문 앞에서 어머니가 잘 다녀오라며 아들을 향해 손을 흔들던 모습이 마지막이었다. 그토록 만나고 싶었던 스승은 분단 시기에 도리어 북으로 가버렸다. 그때문에 김규동은 남한에서 누구도 알음알이가 없는 절해고도와 같은 상태로 고독한 삶을 살아가게 되었던 것이다. 남녘 문인들은 왁자지껄 어울려 다니며 정신적 여유를 즐겼다. 그러나 월남한 북녘 출신 문인들은 어디에도 끼지 못하고 주변부를 서성이며 쓰디쓴 고독과 소외를 씹을 뿐이었다. 김규동 시인도 늘 혼자 시를 쓰고, 혼자 길을 걷고, 혼자 고향집 어머니를 생각했다.

2

지금도 선연히 기억나는 것은 내가 민족서사시 『홍범도』(전10권, 국학자료원 2003)를 집필하느라 1982년 여름, 청주의 상당산성 마을에 들어가 집필실을 꾸며놓고 작품 쓰기에 몰입할 때의 일이다. 거기에만 몰두하는 일이 힘들어 이따금 마을 내부와 주변을 한바퀴 휘돌아 둘러보며 오래된 정경을 눈여겨보고 농기구와 관련된 시적 성찰을 시작품으로 엮어내던 시절이 있었다. 「청이네 집」 「남주네 집」 「김 노인네 흙집」 「물봉선」(『지금 그리운 사람은』, 창작과비평사 1986) 등이 그 사례가 되는 작품들인데 나는 이를 백석 시의 화법으로 풀어내어 발표하곤 했다. 김규동 시인이 당시 내 작품을 보고 맡고 있던 몇군데 월평에서 크게 칭찬을 해준 기억이 난다.

칭찬은 고래도 춤추게 한다지 않는가. 문단의 원로 시인으로부터 칭찬을 듣고는 사뭇 우쭐거리며 마음 든든하여 천군만마라도 얻은 듯 속으로 쾌재를 불렀다. 그런 일이 있고 난 뒤 이따금 서울에서 독재체제에 저항하는 문학인 항의집회나 시위가 있어 참가할 때면 그 자리에 꼭 김규동 시인이 계셨다. 나는 멀리서 선생님을 발견하고 반가움에 달려가 허리를 굽혀 정중히 절을 드리었다. 그럴 때면 깡마른 체구의 김규동 시인은 몸소 일어나 한 손으로는 내 손을 잡고 다른 손으로는 내 등을 가볍게 토닥이며 잔잔하고 다정한 음성으로 격려를 해주었다.

내가 1990년대 이후로 분단시대 매몰문학인의 자료 복원에 남다른 관심을 두고 전집 시리즈를 발간하던 시절의 추억이다. 장차 통일에 대비하는 문학 연구자로서 중요한 준비 작업이라는 확신을 품고 시작한 활동이다. 1987년 『백석 시전집』 출간이 발단이자 기폭제가 되어서 이후 그러한 작업을 지속했다. 월북은 아니지만 카프(KAPF) 문학인으로 문학사에서 소외되었던 권환(權煥, 1903~54) 시인의 전집을 먼저 발간했다. 이후로 조명암(趙鳴岩, 1913~93), 이찬(李燦, 1910~74), 조벽암(趙碧巖, 1908~85), 박세영(朴世永, 1902~89) 등의 시전집을 소명출판의 후원으로 잇달아 펴내었다. 하지만 그러한 활동을 진심으로 칭찬하고 격려해주는 이는 별반 없었다. 그러던 중 『조벽암 시전집』(이동순·김석영 엮음, 소명출판 2004)을 발간하고 김규동 선생께 보내드렸을 때 선생께서 보내주신 편지는 사뭇 감동으로 철철 넘쳐흐른다.

새해에 복 많이 받으시기를 빕니다. 두분께서 헌신적으로 해내신 큰 업적을 우선 축하드립니다. 『조벽암 시전집』은 너무나 빈틈없는 완벽한 책입니다. 일독하고 고인의 명복을 빕니다.

소생은 벽암 시를 다는 읽지 못했어도 일정 때와 북한, 그리고 남으로 나온 뒤에 틈틈이 읽었습니다만 이렇게 완전한 책은 그야말로 처음입니다. 해방공간기의 작품, 북에서 발표된 시까지 망라되어 있어 앞으로 조 시인 연구를 할 후진들에게 큰 도움이 되겠나이다.

이 교수께서는 워낙 근면하시고 자상한 시인이시니 이

런 일이 다 이뤄진 것이라 믿어집니다. 김 교수께도 격려
와 감사 인사 올립니다. 앞으로 이동순 님을 도와 더욱 많
은 일을 해내시기를 비나이다.

　이동순 님은 큰 시인이며 석학이십니다. 이번의 이 작
업 역시 이러한 환경과 만난을 무릅쓴 노력의 결과이겠
습니다. 다시금 치하와 격려와 감사의 말씀 드리는 바입
니다. 이 방대한 전집이 우리 가난한 문학계에 큰 자극이
되고 또 우러러보는 푯말이 되기를 진심으로 축원하나이
다. 우선 글월로 축하의 인사 올리나이다. 두분의 건필과
댁내 만복을 기원합니다.

2004년 1월 28일

김규동 배

3

　김규동 시인은 만년으로 접어들어 시각(詩刻)에 온 정성을
쏟으셨다. 시를 나무판에 한 글자씩 분위기 있게 새겨서 액자
형태로 제작하는 작업으로, 적적한 시아버지의 노년을 위로
해드리려는 며느님의 사랑스러운 권유 덕분에 시작하신 일

이다. 이렇게 제작된 여러 작품을 모아 2001년에는 '김규동 통일염원 시각전'을 열기도 했다.

살아 계실 때는 그러려니 무심했는데 이제 세상에 안 계시니 선생의 모든 것이 왈칵 그립다. 무릇 세상의 여러 일이 그러할 것이다. 풍족할 때는 아쉬움을 전혀 모르다가 없다는 느낌이 드니 오히려 더욱 간절해진다. 시인 김규동이 그렇다.

시인은 만년에 그토록 즐기시던 시각도 기력이 달려 더 하지 못하고 병상에 누운 채 서리 맞은 가을 초목처럼 야위어갔다. 가뜩이나 깡마른 체구에 노환까지 겹쳐 병석에 계셨으니 얼마나 힘드셨을까. 그토록 가보고 싶던 고향을 기어이 못 가시고 2011년 가을에 종생을 맞으셨다. 떠나신 날이 9월 28일인데 이날은 한국전쟁 중 서울이 수복된 날이기도 하다. 마치 빼앗긴 서울을 되찾듯이 9월 28일에 그토록 가고 싶었던 고향을 수복하신 것이리라.

선생이 병실에 입원 중일 때 시전집 발간 제의를 받으셨다. 선생은 기꺼이 수락하고 가족들을 시켜 시집, 노트, 앨범, 스크랩북 등을 찾아 전집에 들어갈 자료를 일일이 고르셨다. 출간위원회에서 이를 다시 정리하며 마지막으로 책 뒤에 들어갈 해설의 집필자를 의논할 때 선생께서는 주저 없이 나를 추천하셨다. 세상에는 내로라하는 쟁쟁한 비평가가 얼마나 수두룩한가. 그런데 문단의 아득한 후배 시인을 지명하셨으니 그 감동과 흥분으로 나는 잠을 이루지 못했다.

시인의 모든 시집과 산문집을 펼쳐놓고 한권씩 낱낱이 음미해가며 김규동 시문학이 걸어온 길을 더듬었다. 평생 상실과 방황의 혼미함 속에서 오로지 시의 위력과 권능만으로 이 험난한 분단시대의 온갖 풍파를 견디어온 것이다. 일부 모더니스트들이 경박한 잔재주와 언어희롱에 취해갈 때 김규동 시인은 모더니즘에다 리얼리즘과 역사주의를 결합해서 자칫 혼미함으로 빠져들 수 있는 시창작의 위기를 정돈하고 돌파해왔다. 그런 시인의 생애는 처연하고도 장엄했다.

나는 등불을 밝히고 새벽까지 원고를 썼다. 선생은 그 글을 병상에서 다 읽고 매우 마음에 든다는 소감의 글월을 보내주셨다. 시전집이 발간되고 7개월 뒤 선생은 그토록 그리워하던 두만강 기슭 함북 종성의 고향집 하늘을 향해 훨훨 떠나셨다. 오늘도 선생의 전집을 손바닥에 들고 고이 쓰다듬으며 그 시절 추억을 떠올린다.

> 안녕하십니까. 봄이 옵니다. 애써주신 시전집 감사합니다. 이렇게 길게, 자상하게 쓰시느라 고생 많으셨겠습니다. 고맙습니다. 창비 박 차장께도 다시 인사드려주십

시오. 이번에 너무 애써주셨어요.

지난번에 변변치 못한 시각 「들꽃」을 보내드렸는데 쓸 만하셨는지 모르겠군요.

소생은 계속 산소기 호흡하고 삽니다. 건필을 기원하나이다.

2011년 3월 3일

규동(87세) 배

선생의 시각전 소식을 듣고 기어이 그 보물을 하나 갖고 싶다는 마음의 뜻을 전했다. 당신은 아끼고 사랑하던 작품을 주저 없이 골라 정갈한 종이에 여며 싸서 먼 남쪽 후학에게 보내주셨다. 그게 「들꽃」이라는 시작품이다. 그걸 냉큼 무릎 꿇고 경건한 마음으로 받아 내 연구실 한가운데에 모셔 걸었다. 이따금 그 앞에 서서 시 구절을 읊조린다. 그러면 선생이 예전의 생생한 모습으로 눈앞에 나타나신다. 나는 가만히 고개 숙여 기도드리듯 두 손바닥을 모은다.

김규동 시인은 겉으로는 다소 차가운 듯 보이지만 속은 한없이 자애로운 분이었다. 그토록 무표정에 익숙한 까닭은 실향민으로 남한에서의 풍상세월을 견디며 살아오신 탓이다. 속은 봄볕처럼 따스한 천품(天品)의 시인이셨다. 선생의 시작

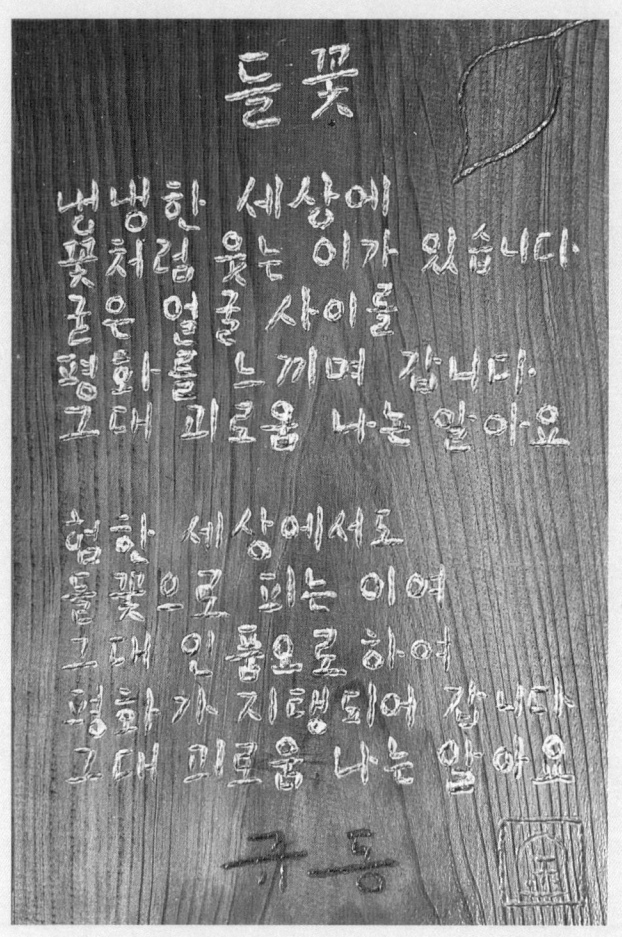

김규동 시인의 시각 작품 「들꽃」.

품에서 나는 삶의 새로운 생기를 얻는다.

4

어느 날 서가에서 예전에 읽던 책을 문득 꺼내어 펼치는
데 책갈피에서 편지 하나가 툭 떨어진다. 집어 들고 보니 낯
익은 필체다. 김규동 시인이 보내준 친필 편지는 읽을수록 장
엄하다. 마치 바흐의 무반주 첼로 선율을 듣는 느낌이다. 돌
아가시기 불과 1년 전에 쓰셨다. 선생께서 세상을 뜨신 지 여
러해가 지났다. 하지만 그 엄정하고도 은근하시던 당신의 목
소리와 시정신은 어두운 밤 등불처럼 또렷하다. 편지에서 선
생은 문학에 대한 아주 중요한 화두를 남기셨다.

> 모더니즘을 해보고 싶었으나 살아가다보니 해야 할 더
> 급한 일이 너무나 많아 반모더니즘이 되고 말았습니다.

'반모더니즘'이라는 말이 주는 큰 울림이 오래도록 가슴
에 남아 있다. 그 말씀은 천박한 모더니즘에 대한 저항과 변
혁을 뜻하는 것이 분명하다. 이토록 형형한 정신의 등불을 켜

고 평생을 살아가신 김규동 시인. 선생은 생전에 전집을 발간
한다는 게 몹시 겸연쩍고 마음이 불편하셨던가보다. 겸손하
신 성품 때문이다. 『김규동 시전집』(창비 2011)을 다시 꺼내
읽으며 그 무렵 선생의 가슴속 풍경을 헤적여본다.

> 오래 못 뵈었습니다. 건강하시고 댁내 다 안녕하십니
> 까. 학교는 아직 개강 중이겠지요.
> 소생은 그동안 몇달 동안 건강이 안 좋아 병원 치료했
> 으나 지금도 여전히 나빠 누워 지내는 형편입니다. 전집
> 이라는 것은 죽은 다음에 내려 했는데 집 아이들이 교정
> 못 본다고 서둘러 내게 되었는데 창비에서 만들어주기로
> 했나이다. 이 선생께서 김규동을 말씀하는 글 좀 써주십
> 시오.
> 모더니즘을 해보고 싶었으나 살아가다보니 해야 할
> 더 급한 일이 너무나 많아 반 모더니즘이 되고 말았습니
> 다. 귀환은 고향입니다. 좋은 말로 말해서 '모더니즘을 거
> 쳐 리얼리즘에로'라고 할까요. 그러나 이것 역시 천만의
> 말씀이겠습니다. 창비에서 애초부터 이 선생께 부탁 올
> 리자고 했으니 그쪽 문학팀이 잘 안내해주시리라 믿습
> 니다.

거듭 잘 부탁 올립니다. 건필하십시오. 기력을 찾을 수
있게 되면 찾아뵙겠나이다.

2010년 11월 14일

김규동 배상

돌이킬 수 없는,
가장 값지고 아름다웠던

김자야 여사의 편지

1

백석 시인은 함흥 영생고보의 영어 교사를 할 때 함흥 권번 소속의 기생 진향(眞香)과 인연을 맺었다. 눈이 펄펄 내리는 북방의 겨울밤, 서로를 바래다주며 밤을 새울 정도로 두 사람은 뜨거운 사랑을 했다. 따로 떨어져 사는 게 힘든 고통이라 둘은 곧바로 동거생활로 들어갔다. 당시로서는 무모할 정도로 용감한 사랑이었다. 1930년대 후반, 20대 청춘의 불타는 사랑은 당돌했다. 주변의 시선에 아랑곳하지 않았다.

청년 시인 백석은 애인을 팔베개로 안고 누워 새로 발간된 일본 시인의 시집을 잔잔히 낭송해주었다. 애인은 품에서 그 다정한 낭송을 자장가처럼 들으며 쌔근쌔근 잠이 들었다. 백석은 애인에게 '자야'라는 애칭을 붙여주었다. 자야는 중국 당나라 때 변방으로 수자리 살러 간 낭군을 기다리는 아낙네의 이름이다. 이백(李白, 701~62)의 시작품 「자야오가(子夜吳歌)」에 등장하는 당나라 때의 여인이다. 그 자야는 기어이 낭군을 만나지 못한다. 낭군이 어느 전투에서 전사했기 때문이다.

백석 시인은 이런 이별의 슬픈 운명을 진작 예감했던가. 생각할수록 애절한 느낌의 이름이다. 두 사람은 함흥과 서울에서 3년 동안 함께 살았지만 온갖 우여곡절 끝에 헤어진다. 시인은 만주에, 자야는 서울에 따로 떨어져 지내다가 분단의 철벽이 가로놓여 영원한 이별로 마무리된다. 자야는 애인과 지내던 함흥에서의 살뜰한 기억을 평생 잊지 못한다. 때로는 깊은 밤 남루한 옷차림의 백석 시인이 방문을 열고 들어오는 생생한 환상을 경험하기도 한다.

자야 여사는 이런 장강대하(長江大河) 같은 이야기를 나에게 자주 들려주었다. 그래서 나는 백석 시인에게 못다 한 가슴속 이야기가 생각날 때마다 편지로 적어서 보내달라고 했다. 그렇게 보내온 편지가 아마도 30여통은 될 것이다. 이 편지도 그 가운데 하나이다. 1930년대 지식인 여성의 전형적 필체이다. 세로쓰기로 쓴 달필이다. 마치 곡진한 내방가사를 읽는 느낌이다. 모든 문장이 실타래처럼 연결형으로 길게 이어진다. 이런 만연체의 편지들을 받을 때마다 나는 곧바로 컴퓨터에 옮겼다. 그것을 이야기의 시간적 순서에 따라 재배열하고 문장을 현대 어법으로 고쳤다. 그리고 문장의 분위기를 더욱 실감 나게 윤문하고 다듬어 발간한 책이 『내 사랑 백석』(김자야 지음, 문학동네 1996)이다.

Regret.

커다란 부인 방에 왜소한 몸 없는 듯이 누워서 모든 세상사 멀리 잊은 듯. 통 속같이 부인 가슴 적적히 지나쳐, 적막감에 지루하여 몸을 틀어 뒤채고 목침을 돋우고 나니 깜짝 이십대의 가장 수줍음 일던 역사 얽힌 모습이 환상에 비치니, 꿈을 깨고 청춘이 회생(回生)된 듯 엉뚱한 생동감에 몸을 다시 뒤쳐서 반듯이 바로 누워 두 손 뒤로 허리에 받치고 눈만 깜빡이는데 도저한 추억이 분명 꿈속에서 내 청춘이 아니고 꿈을 깬, 흐뭇한 생생한 흥분된 추억! 만리(萬里) 원정 가신 님 기다리듯 기다려지는 마음. 했던 말 다시 하기를 만리성(萬里城)을 쌓아 올릴 만치 차곡차곡 다지던 백년가약. 그 무엇인가 부족해서 불안해

서 고통과 절망에서 울던 그 어린 생명. 그 아니면 이 생
명 구할 이 없을 것만 같아 흐느끼던 한 많은 어린 영(靈)
이여!

'당신이 살아서는 이별이 없는 나의 마누라'라고 하시
던 그 중천금(重千金)의 말씀을 어느 세상에 몇번 다시 태
어난들 잊고 아니 찾아뵈오리까.

1988년 4월 14일

자야 서(書)

자신이 저자로 기록된 책을 받아들고 자야 여사는 몹시
감격하며 흐뭇한 표정을 지었다. 자야 여사의 편지는 아무나
쉽게 읽어내기 어려웠다. 그런 편지를 늘 읽으며 나는 '자야
체(子夜體)'를 판독하는 국내 유일의 전문가가 되었다. 이젠 백
석 시인도 연인 자야도 모두 이 세상 사람이 아니다. 두 사람
은 하늘에서 다시 만나 못다 한 사랑을 이어가고 있을까. 은
근한 목소리로 도란도란 속삭이는 두 젊은이의 소리가 지금
도 가까이서 들리는 듯하다.

2

1987년 늦가을, 『백석 시전집』이 발간된 직후 책을 보고 감격해서 나에게 불쑥 전화를 걸어온 여성이 있었다. 백석 시인이 1930년대 시절에 사랑을 나누었던 연인 김자야였다. 그렇게 만난 인연으로 이후 10여 년가량 서로 왕래하는 친분이 생겼다. 나를 만난 자야 여사는 우선 저녁 식사부터 대접했다. 밥상머리에 마주 앉아 마치 예전의 백석 시인을 다시 만난 듯이 반찬을 일일이 집어 숟가락 위에 얹어주었다. 밤에는 방바닥이 차갑지는 않은지 이부자리 밑에 손을 넣어 쓸어보기도 했다.

여사의 댁은 서울 용산구 동부이촌동이었다. 자야 여사는 거실 소파에 앉아서 백석 시인과 함께 지내던 함흥 시절, 혹은 서울 종로구 청진동 시절의 여러 흥미진진한 이야기를 들려주었다. 그 이야기들은 그냥 듣고 흘려보내기엔 너무 아깝고 소중하고 살뜰했다. 그래서 깊은 밤, 잡념과 번민으로 잠 이루지 못할 때 백석 시인에게 털어놓고 싶은 말을 글로 써서 편지로 보내달라고 요청했던 것이다. 그게 발단이 되어 자야 여사는 계속 편지를 보내왔다. 백석 시인에게 보내는 투정과 하소연, 가슴속에 켜켜이 쌓인 온갖 말들이 하루가 멀다 하고 쏟아졌다.

보내주신 글월 반갑고 고맙습니다. 편지마다 자야로 불러주시니 함흥에서 편지를 받는 것만 같고 평양에서 온 편지인가 새삼스러운 착각을 일으켜 서먹해지는구려. 무슨 인연으로 늙마에 그 어여쁜 이름을 들으니 참으로 세상사는 예측이 불허이니 그 이름을 지어준 본인이 뛰어올지 달려갈지 그날이 올지, 자야 원래 본인의 심정으로 돌아가는 것 같습니다.

심신이 피로하신데 그토록 멀리 이곳까지 생각해주시니 그 고마운 마음 표현할 길 없습니다. 무엇보다도 학위 논문이 최상급이라니 믿었던 바요 바라던 축복입니다. 보내주신 책들을 꼼꼼히 읽으면서 과연 젊은 분으로서 많은 공부를 했음이 틀림없다고 생각해왔지만 워낙이 얇은 지식으로 어찌 감히 평을 할 수 있겠습니까만 참으로 무서웠습니다.

수연(雖然)이나 과로에 파리해진 모습을 보니 책에서 곰팡이 내음이라도 나는 듯 책을 멀리하고 휴양이라도 가는 것이 어떠할까 하고 적이 불안했습니다. 좀 회복이 되었다 하니 선뜻 보고 싶구려. '가요무대' 얘기를 읽고 그

43

무대를 본 사람은 모두가 똑같은 심정이었을 것입니다. 그날 저녁 전화를 걸까 했으나 남의 모습이자 제 모습도 마주 비치는 듯하여 몹시도 서러워서 서러워서 울다 말았답니다. 지금도 전화를 걸고 싶은데 눈물이 고여서 이 난필을 사양 없이 쓰는 것입니다. 다음 음력 4월 8일은 부처님 탄신일에 연휴이니 아기 엄마와 아해를 데리고 다니러 오시라고 전화하려 했는데 큰 차질이 없으면 오시기를 기다리겠습니다. 아기 엄마에게 아기들에게도 안부 전하시고 부디 몸 건강히 지내시기 바랍니다.

1988년 5월 12일

자야 서

〔추신.〕 자신이 '자야'라고 쓰는 심정도 살펴보시압.

일제 말, 백석 시인은 만주에 가서 함께 살자며 줄곧 찾아와 재촉했다. 그게 싫어서 자야 여사는 숨바꼭질하듯 꼭꼭 숨어 다녔다. 그래도 숨은 곳을 용케도 찾아내는 게 너무도 싫어서 끝내는 중국 상하이로 도피성 외유를 떠나버렸다. 지금 생각하니 그게 몹시 미안하고 가슴이 아프다. 편지엔 그런 추억담이 만지장서(滿紙長書)로 빼곡히 적혀 있었다. 편지에서 보듯 자야 여사의 문장은 세로쓰기로 문장부호도 없고 띄어 김자야 여사의 편지.
세상에 하나뿐인 '자야체'로 곡진한 사연을 전한다.

쓰기나 매듭도 고르지 않다. 그야말로 전형적인 1930년대 필법과 문체이다.

내방가사 투의 연결형 흘려쓰기라 편지를 읽어 내려가기가 몹시 어려웠다. 어떤 부분은 거의 판독을 해야 할 정도라 따로 모아 두었다가 직접 만나서 한꺼번에 묻고 확인하는 과정을 거쳤다. 나는 자야 여사의 글씨를 두고 세상에 하나뿐인 '자야체'라 명명했다. 여사는 그게 부끄럽고 송구하다며 얼굴이 발갛게 달아올라 몸 둘 바를 몰라 했다. 그러면서 그간의 노고에 대한 위로라며 나에게 술잔을 불쑥 내밀었다.

3

> 출(朏)아 출(朏)아, 인출 선생! 어쩌다 글은 쓰라고 하시어서 없는 박식 쥐어짜느라 비지자루만 터져버리고 고갈된 창고에 그나마 중언부언 잠꼬대같이 써놓고 보니 내가 살아온 고난의 생애에 외로웠던 여로 중 돌이킬 수 없는 가장 값진 아름다웠던 청춘을 영상으로 비치어보는 생생한 환상. 뜨거운 정열의 불꽃 튀는 두 청춘. 한데 묶어 뒹굴어보는 이 추억. 늦게 얻은 큰 보물입니다. 소중합니다.

무엇으로도 바꿀 수 없습니다. 청춘이 그리워 사랑이 그
리워 가슴이 터지도록 흐느낄 때 구천에 계신 백석 선생
도 뜨거운 눈물을 지었고, 지상에서는 인출 선생만이 처
절한 두 사람의 흐느끼는 소리 가슴 아파하시었지요. 그
런대로 솜씨 내시어서 잘 정리해주시기 바랍니다. 본래
가 가정교사를 믿고 쓴 글이 아닙니까. 노고를 빌면서.

1994년 1월 8일

노소녀(老少女) 자야 서

자야 여사는 편지 말미에 '노소녀'라는 말을 즐겨 썼다. 그
대목에는 늙어서도 철부지 행동을 하는 자신에 대한 어떤 겸
연쩍음이나 부끄러움 따위가 숨어 있다. 나의 호칭을 '출이'
라고 쓴 것은 내 아명 인출(寅出)을 기억하기 때문이다. 한국
전쟁이 경인년이었고, 그 난리통에 태어난 나를 아버지께서
는 그렇게 이름 지어 부르셨다.

자야 여사는 한성 권번 소속 기생으로 생활하던 중 어느
독지가의 후원으로 일본 유학을 떠났다. 하지만 조선어학회
사건이 일어나고 관련자들이 모두 체포, 수감되었을 때 그 후
원자도 함흥형무소에 갇혔다. 자신에게 은혜를 베풀어주었던
후원자의 옥바라지를 위해 여사는 일본에서의 학업을 중단

한 뒤 함흥 권번으로 와서 일을 시작했다. 그 시기 영생고보 모임 자리가 권번에서 열렸을 때 우연히 백석 시인과 나란히 앉게 되었다. 이런 인연으로 두 사람 사이에는 뜨거운 사랑의 불이 붙었다.

함흥은 관북 지역의 아담한 변방도시였다. 교사였던 청년 시인과 기생의 사랑은 그곳 주민들에게 숱한 화제를 뿌렸으리라. 20대 청춘 남녀의 무모하고도 불꽃같은 사랑은 지역 주민들에게 몹시 도발적인 행각으로 비쳤을 터이다. 혼례식도 올리지 않은 채 동거에 들어갔으니 말이다. 두 사람의 사랑은 함흥에서 서울까지 3년 동안 이어지다가 파탄과 이별을 맞게 된다. 1930년대 후반, 식민지 땅이 싫어진 백석 시인이 만주로 가서 살자며 자야 여사를 여러차례 설득하며 간청했다. 하지만 자야는 끝내 그 요청을 받아들이지 않고 먼 곳으로 달아났다. 그것이 영원한 이별로 이어지고 만 것이다.

기생 자야는 백석 시인의 만주행 제의를 거절했던 것이 잘못이었다며 이후로 줄곧 그것을 반성하는 심정으로 살아왔다고 말했다. 『백석 시전집』 발간도 마땅히 자신이 해야만 했던 숙원사업이었다고 했다. 하지만 엄두가 나지 않아 실행에 옮기지 못한 사업이었다. 비평가 백철(白鐵, 1908~85) 선생에게 시전집 발간의 도움을 청했고 그가 이를 약속했으나 먼저 세상을 떠나고 말았다. 그 때문에 시전집 발간이 너무나 기쁘고 감격스럽다고 말했다.

자야 여사는 나에게 늘 감사를 표했다. 자신의 소원이었던 백석 시인의 시전집 발간을 이루어주었기 때문에 그 은혜를 갚아야 한다고 했다. 1988년, 박사논문 집필이 마무리되어 심사 과정까지 모두 끝내고 나니 몹시 홀가분했다. 이때 자야 여사는 그간의 노고를 위로한다며 나의 가족 모두를 자신의 집으로 초청했다. 마치 잔칫날처럼 이것저것 성찬을 준비하고 나를 기다렸다. 나에게 베푸는 정성은 모두 백석 시인에게 못다 한 자신의 마음을 대신 전하는 것이라고 했다. 자야 여사가 보내온 편지는 책장 속 여기저기에서 지금도 수시로 발견되곤 한다.

여사가 세상을 떠난 지 어느덧 오랜 세월이 흘렀다. 청춘 시절의 순수했던 사랑의 추억을 보석처럼 가슴에 품고 살아온 여인. 그 주인공 김자야의 회고록을 정리하던 시절이 새롭기만 하다.

그 자료들은
내 육신의 일부이니

임종국 비평가의 편지

1966년에 발간된 책 『친일문학론』(평화출판사)이 학계와 문단에 준 충격은 가히 메가톤급이었다. 한국 현대문학사의 중진이자 원로로 줄곧 존경받던 문인들의 식민지 시절, 그 추하고 비루했던 행적이 낱낱이 밝혀져 민낯을 그대로 드러냈기 때문이다. 누구든 문학적 성장기에는 이 책을 꼭 읽어야만 올바른 안목과 역사의식을 갖춘 문학인이 될 수 있었다. 대학에 재직하던 시절에는 제자들에게 『친일문학론』을 필독서로 추천하기도 했다. 이 책에 거론된 당사자들의 충격은 어떠했을까. 돌연한 현기증 속에서 혹시 죽고 싶은 마음이 들었던 인사가 있었을까, 아니면 여전히 반성을 모르는 감각마비증의 상태였을까. 그들 중 상당수는 이미 생을 마감했거나 북으로 갔다. 또 상당수는 아무런 반성 없이 건재함을 뻐기며 문단의 권력을 독점하고 있었다. 서정주, 조연현, 곽종원, 최정희, 백철, 모윤숙 등이 그에 해당되는 인물들이다.

1980년대 『친일문학론』은 한국 현대문학사의 구성체계 전반에 대한 근원적 검증과 반성 작업의 기폭제가 되었다. 그 단초를 제공한 분이 바로 이 책의 저자인 비평가 임종국(林鍾國, 1929~89) 선생이다. 경남 창녕 출신의 선생은 폐쇄된 금단의 영역을 혼자서 과감히 헤쳐 흉측하고 비루한 자료를 모조리 찾아내 밝혔다. 진정한 문학 공부란 이미 이룩된 것에 대한 끊임없는 회의와 비판, 의문의 제기에서 시작된다. 기존 체계를 무조건 수용하는 것은 결코 옳은 방법이 아니다. 이런 냉철한 거부의 태도와 방법을 우리는 임종국 선생으로부터 배웠다.

1980년대 후반 나는 박사학위 논문 준비로 바빴다. 처음 설정한 논문 주제는 친일문학 연구였다. 월간 『삼천리』(1929~41), 월간 『국민문학』(1941~45) 따위의 영인본과 신문, 일제 말 각종 간행물을 찾아다니며 수집했다. 하지만 공개된 자료는 대부분 제한적이었고 삭제되었거나 찾을 수 없는 자료가 많았다. 그렇게 넋을 놓고 앉아 있는데 문득 『친일문학론』의 저자인 비평가 임종국 선생이 떠올랐다. 그 어른께 우선 도움을 청해보자. 후학의 뜻을 너그럽게 이해하고 도움을 주시리라. 여러 지인들에게 수소문해서 드디어 선생의 주소를 알게 되었다. 나는 선생께 정중히 예의를 갖추어 편지를 썼다.

친일문학 테마로 학위논문 준비를 하는 문단의 아득한 후배라는 자기소개, 1920년대 후반에 옥사(獄死)한 독립운동가의 후손이라는 사실, 관련 자료 수집에서 경험하는 한계와 고통, 당장 필요한 자료 목록 등등 제법 긴 편지를 써서 선생께 보내었다. 편지를 보낸 지 불과 사흘 뒤에 바로 답장을 받았다. 빠르기도 하셔라. 하지만 펴본즉 회신의 내용은 쌀쌀한 거부였다. 탐구의 뜻은 반갑고 기특하지만 본인은 자료 협조에 절대로 응할 뜻이 없다는 것, 많은 사람이 그런 목적으로 다녀갔는데 상당수가 자료를 되돌려주지 않았다는 것, 심지어 빌려갔던 자료가 훼손된 상태인데도 아무런 해명조차 없이 그냥 돌려보냈다는 것, 그런 부류들 때문에 받은 가슴의 상처가 너무 크다는 것 등등을 밝히셨다. 나는 선생의 편지를 받고 즉시 답을 써서 보내었다.

저는 그런 후배들과는 다르다는 점을 누누이 말씀드립니다. 어찌 그런 막된 부류들과 저를 비교하시는지요. 제가 많은 것을 보려는 게 아니라 『동양지광(東洋之光)』 잡지와 김용제의 시집 등 불과 몇권입니다.

이런 편지를 서둘러 발송한 뒤에도 어딘가 미진한 마음이 들었다. 편지만 오가는 것이 무례하다는 생각도 들었다. 그래서 곧바로 길을 나섰다. 천안에 산다는 선생을 직접 찾아 뵈어야겠다는 판단을 하게 된 것이다. 청주에서 천안까지 그다지 먼 길은 아니지만 불편한 마음으로 떠나는 여정이라 발길이 무거웠다. 몇가지 예물을 준비해서 버스 편으로 천안까지 달려갔다. 그곳 주차장에서 다시 택시를 잡아 타고 기사에게 주소를 들이밀었다. 그 무렵 선생은 천안의 변두리에 사셨다. 며칠 전에 내린 눈이 아직 녹지 않은 채 밭고랑에 그대로 쌓여 있었다. 나는 방으로 들어가서 큰절부터 드렸다. 선생과 방 안에 마주 앉았는데 표정이 몹시 냉랭하셨다. 선생께서는 벽에 등을 기댄 채 구부정한 자세로 앉아서 천장만 바라보셨다. 그러곤 연신 기침을 했다. 얼굴엔 병색이 완연했다. 그렇게 말없이 앉아 있던 선생이 한참 뒤에 단호히 말씀하셨다.

"내가 편지로 이미 내 뜻을 다 말했는데 왜 이런 헛수고를 하시오?"

그런 말씀을 듣고 나는 좌불안석이었다. 마땅히 드릴 말씀도 없는 터라 방 안에는 침묵만이 감돌았다. 선생은 줄곧 불편한 기색을 풀지 않으셨다.

"학위논문을 쓴다는 사람들에게 몇차례 자료를 빌려주었는데 감감무소식인 경우가 있었지요. 또 어떤 경우는 귀중한 자료에 낙서를 남겼거나 잉크를 쏟은 채 그것을 감추고 보내오는 몹시 무례한 인간도 있더군요."

그 말씀에 내가 곧바로 응답했다.

"선생님, 저는 그런 염치없는 인간이 아니랍니다."

내가 드리는 간곡한 말씀에도 선생은 어떤 답변도 없이 그저 침묵으로 일관하셨다. 서로 말없이 한참 앉아 있노라니 어색함을 견딜 수가 없었다. 나는 마침내 자리에서 일어서고 말았다. 선생은 잘 가라는 말씀조차 한마디 하지 않으셨다. 지나친 냉대에 나의 심사는 뒤틀리고 반감마저 들었다. 돌아와서는 기어이 세번째 편지를 써서 보내었다. 지금 돌이켜보면 어찌 그리도 용감했던지 모른다.

이번 편지에는 불만의 심정을 가득 담았다. 아무리 그래도 그렇지 찾아간 후배를 어찌 그리도 차디차게 응대하시느냐고 서운함을 표했다. 게다가 선생께서 편지에서 말씀하신 '변절'이라는 표현이 몹시도 마음에 들지 않는다고 일부러 꼬투리를 잡았다. 사뭇 뒤틀린 마음 때문에 공연한 반발심이 끓어오른 것이다. 식민지시대 문학인의 반민족적인 친일 행각을 명명백백히 밝히고 규명해낸 어른이 후학에게 자료 빌려주는 일을 어찌 변절이라 일컫는가. 나는 그러한 표현이 막되고 부적절하다며 항변했다. 아무리 거절하는 뜻으로 쓰셨다 할지라도 변절이라는 단어는 절대로 용납이 되질 않고 써서는 아니 될 금기어라고 했다. 하물며 선생과 같은 친일문학 연구자가 어찌 그런 용어를 쓰시느냐고 모질게 심사를 쏟아놓았다. 나의 이런 억지에 선생은 또 답을 주셨다. 그런데 그 회신이 더욱 충격적이었다.

> 안녕하십니까? 좀 격앙된 편지를 쓰신 것 같더군요. 변절이라는 말은 내가 내 작심을 바꾸는 것이 내게는 주관적으로 내가 변절하는 것처럼 생각이 든다는 의미이니 오해 마시기 바랍니다. 그리고 자료 관계는 거듭 미안함을 말씀드리겠습니다. 송기원 씨에게도 자료 관계라면 나를 심방(尋訪)할 필요가 없다고 분명히 말씀했거니와, 그것들은 20여년간 내 생활의 일체를 희생해가면서, 나 혼자서 누구의 도움도 없이 집대성한 것들이라, 이미 내 육신의 일부분처럼 되어버린 것들입니다. 나는 그 일을 내 삶에 대한 의무로서 했을 뿐, 빛을 낸다거나 평가를 받

는다거나 하는 문제와는 초월을 했기 때문에 해올 수가 있었습니다. 그러한지라, 내 육신의 일부분을 단지 후학이라는 이유만으로 끊어낼 수 없는 것 아닙니까? 그 자료들은 내 존명(存命) 중 나와 함께 숨을 쉬다가 사후에는 공공기관에 기탁되든지 나와 함께 운명하든지 그렇게 될 것이며, 어떠한 이유로도 개인의 용도에는 제공되지 않을 겁니다. 이 점은 이미 내 처에게도 분명하게 의사 표시를 해두었습니다. 또 그것은 내 생활이 폐쇄적이 아니라 개방적이 되어도 마찬가지입니다.

내가 자료를 너무 무겁고 귀중하게 생각하는 폐단이 있는가는 모르겠습니다. 하지만 나 같은 입장이라면 그것들이 내 육신의 일부분으로 생각된다 해서 무리는 아니겠지요. 20년 신고(辛苦)의 결정(結晶)이니까요. 친소(親疏)와 교분의 심후(深厚)를 떠나서 누구에게도 내 육신의 일부분을 끊어 줄 수는 없습니다. 또 설사 내가 자료들을 너무 무겁게 생각한다 해도, 명색이 학문 비슷한 것에라도 종사하고 있는 몸으로서 부끄럽게는 생각 안 합니다. 학문에서 자료 이상으로 귀하고 소중한 게 어디 있습니까? 이러한지라 누구에게도 그것을 끊어낼 수는 없으며, 요구에 순응할 수 없음을 미안하게만 생각할 뿐입니다.

제 입장과 심경을 밝혔습니다. 너무 나무랍게만 생각
하지 마시고, 20년 신고의 결정임을 이해해주십시오. 그
간의 일 없었던 걸로 돌려주신다면 고맙겠습니다. 안녕
히 계십시오.

1987년 12월 3일

임종국

선생의 편지에 내가 다시 응수했다. 문단의 대선배 임종
국 선생과 한바탕 편지 공방전이 펼쳐진 것이다.

실망이 큽니다. 책을 빌려주지 않으시면 그뿐이지 어찌 '변
절'이라는 단어를 그렇게 함부로 남용하시는지요?

그랬더니 선생이 최후의 통첩을 보내었다. 그 충격의 진
도(震度)는 대단히 컸다. 방망이로 머리를 맞은 듯 한동안 어
안이 벙벙했다.

만약 귀하에게 자료를 빌려주게 된다면 그건 내 어깨를 칼로
잘라 주는 것과 같습니다.

　내 청년기의 영혼에 그토록 크나큰 자극과 반성을 일깨워준『친일문학론』의 저자 임종국 선생이 아니던가. 선생은 그 누구에게인가 자료를 빌려준 뒤 말할 수 없는 마음의 상처를 입고 피해를 겪으신 듯하다. 그 트라우마를 내가 곧바로 건드리는 실수를 저지르고 만 것이다.

　직접 대면했던 선생의 어조와 성품은 상당히 차고 메마르고 단호하게 느껴졌다. 말수는 적고 상대방과는 절대 눈을 마주치지 않으셨다. 나중에야 알게 된 사실이지만 당시 선생은 폐암 말기로 심한 고통을 겪던 상태였다. 천안의 변두리 농촌마을에 자리를 잡은 것도 공기 맑은 곳을 선택했기 때문이었다. 아무튼 선생은 자료에 관한 한 끝까지 거부의 결연함을 풀지 않았다. 그렇게 천안을 다녀오는 와중에 공연한 편지가 몇차례 오고 갔다. 내 당돌한 편지가 선생의 심기를 얼마나 불편하게 했으리오. 뒤늦게 그걸 생각하니 모골이 송연해진다. 그로부터 불과 서너달 뒤였으리라. 임종국 선생의 별세 기사가 신문에 실렸다. 나는 곧바로 눈을 감고 선생의 명복을 빌었다. 선생의 마음을 아프게 했던 것을 후회하면서 용서를 빌었다.

　지난날 임종국 선생께 받았던 여러통의 친필 편지는 그후 민족문제연구소 전시관에 기증했다. 임헌영 소장이 우연히 편지가 왕래한 사실을 알게 되어 기증을 권유해왔다. 선생이 작고한 뒤 유족들은 임종국 선생이 평생토록 수집해온 대단히 귀중한 친일 관계 자료들을 모두 민족문제연구소에 기증했다. 그곳 전시관에 가면 선생의 친필과 각종 희귀 자료들을 만날 수 있다. 내가 선생께 받았던 편지도 민문연에 보내드리는 것이 맞다.

선생은 평생 친일 관련 자료를 줄기차게 모았다. 이를테면 조선총독부 관보의 35년분으로 2만매가 넘는 분량을 모두 복사했다. 그뿐만 아니라 총독부의 기관지였던 『매일신보』는 10년분을 직접 대조해가며 필사했다고 한다. 이렇게 수집한 자료를 바탕으로 친일파의 인명, 생몰 연대, 인물별·단체별 친일 행적을 낱낱이 기록한 '친일인명카드'를 만드셨다. 이를 바탕으로 방대한 분량의 『친일인명사전』 발간이 가능했던 것이다. 이런 활동만 보더라도 선생의 집념과 불굴의 성품은 그 누구도 따를 수 없는 독보적 경지였다. 그토록 엄정하고 깐깐한 선생의 무릎으로 다가가 잠시나마 대면했던 경험은 소중하다. 당시에는 몹시 서운함을 느꼈으나 세월이 갈수록 일깨움을 준다. 그 추억은 나의 삶에서 늘 자신을 돌아보게 하며 반성으로 이끈다.

끝까지 산정의 깃발을
내리지 마십시오

박용래 시인의 편지

가슴속에 갈무리된 한해의 아름다운 추억들을 꺼내어 다시 되돌아보는 세밑이다. 창밖에는 함박눈이 펄펄 내리는데 나는 옛 편지를 모아놓은 스크랩북에서 너무도 반갑고 감동적인 편지 하나를 찾았다. 1970년대 중반, 대전 오류동에 살고 계시던 박용래(朴龍來, 1925~80) 시인의 귀한 육필 편지다. 누렇게 빛바랜 편지를 조심조심 꺼내어 두 손으로 보물처럼 받들어 가슴에 안아본다. 원고지에 한 글자씩 또박또박 쓰인 편지를 읽으며 당시 시인의 마음을 헤아려본다. 코끝이 찡해오고 가슴속은 왠지 모를 슬픔과 서러움으로 흥건해진다. 유난히 맑던 시인의 눈매와 고결한 영혼이 어렴풋이 떠오른다.

이제 버들꽃은 개울에 지고 석류 감나무 잎이 번지르르한 오전입니다.

다시 사형(詞兄)이 보내주신 〔시집〕『백자도(百子圖)』를 무릎에 펴고 조용한 흥분에 갇힙니다.

푸른 강줄을 거슬러 올라가는 숭어떼 같은, 그 강줄에 이는 수맥(水脈) 같은, 굽이도는 낙동강 칠백리 같은 시편들을 대하고 조용한 흥분에 갇히는 제가 어리석은 사람일까요?

싱싱한 오전의 시를 위해 시의 영원한 생명을 위해 미래를 위해 끝까지 산정(山頂)의 깃발을 내리지 마십시오.

거듭 멀리 보내주신 우정에 감사 말씀 드리며 이××형께도 축하 말씀 전합니다.

1975년 5월 15일

박용래

1970년대 중반의 어느 가을, 박용래 시인이 대구에 오셨다. 당신은 대전의 문학인들과 대구를 방문해서 팔공산 동화사를 둘러보고 그 부근 식당에 들러 막걸리를 마셨다. 대전의 귀빈들을 맞이하러 나온 대구 문단의 중진들 중 김춘수(金春洙, 1922~2004) 시인 등이 있었다. 그 옆으로 우리 후배들이 술상머리에 끼어 앉았다. 박용래 시인은 김춘수 시인의 별것 아닌 말에도 연신 감격하며 두 손바닥을 모아 코밑으로 갖다 대었다. 그 특유의 인상적인 모습이 눈에 선하다.

박 시인은 '울보 시인'으로 널리 알려졌다. 술만 드시면 술이 온몸으로 점점 퍼지고 그 기운의 일부가 위로 솟아올랐나 보다. 술기운은 기어이 두 눈으로 쏟아져나와 하염없이 철철 흘러내렸다. 박용래 시인만의 자연스러운 생리현상이었다. 박 시인이 우는 이유는 간단하다. 꽃이 피었다고 울고, 또 그 꽃이 졌다고 운다. 어릴 때 살뜰했던 죽은 홍래 누나 생각하며 울고, 떠나간 옛 친구 얘기를 하며 다시 운다. 시인은 이토록 맑고 슬픈 마음의 눈을 가졌다. 그의 일상을 지켜본 지인들은 딸의 등록금을 빌리러 와서 하루 종일 울고 갔다던 시인의 애잔한 모습을 기억한다. 한편 누군가 부어주던 막걸리 한 대접을 받아들고는 그 감동으로 또 울었다는 증언도 있다. 이런 상습적 울음 때문에 만년에는 대전의 후배 문인들에게 홀대받고 외면을 당하기도 했다.

후배 소설가 이문구(李文求, 1941~2003)의 말처럼 모든 갸륵하고 소박하고 조촐하고 조용한 것들에 대한 애틋한 마음을 눈물로 쏟아내던 시인 박용래. 1925년 충남 논산 출생으로 티 없이 고운 순정을 가슴에 그대로 품고, 혼탁한 세상을 힘겹게 살다가 불과 50대 중반에 이승을 서둘러 떠나갔다. 창밖으로 휘몰아치는 바람 소리가 들리는 밤이다. 선생께서 남긴 두편의 절창을 다시 읽어보지 않을 수 없다. 「겨울밤」과 「저녁눈」이 오늘따라 왜 이다지 사무치게 그리워지는가. 대전 보문산 사정공원에 가면 시 「저녁눈」이 새겨진 박용래 시비가 있다. 어서 그곳에 찾아가 손바닥으로 시비를 쓸어보리라.

먼눈팔지 말고
성을 다하도록

김춘수 시인의 편지

1

　김춘수 시인은 내 대학원 석사과정 시절의 지도교수였다. 학부 시절부터 그의 시인적 풍모를 좋아하고 강의에도 심취했다. 대학원에 진학해서 선생을 지도교수로 모신다는 것이 나는 몹시 흐뭇했다. 내가 그분의 직계 제자라는 사실이 늘 자랑스럽게 여겨졌다. 위낙 말씀이 적은 분이라 연구실에 함께 앉아 있노라면 그 묵언(黙言)이 몹시 어색하고 불편했다. 하지만 존경하는 시인과 한 자리에 앉아 있다는 사실만으로도 행복감이 들었다.

　시인의 성품은 차고 무표정하며 자상함이 거의 없는 편이었다. 선생을 좋아하고 존경하는 제자로서는 그게 불만이었다. 대학 졸업반 늦가을로 기억된다. 어느 날 선생께서는 현대문학사 강의를 마친 뒤 나를 당신 연구실로 불렀다.

"그간 자네 시를 유심히 보았는데 서울의 문학지에 자네를 추천하고 싶다네. 작품을 10여편 정도 가지고 와보게."

그 말을 들으며 나는 너무도 기뻐서 소리를 지를 뻔했다. 평소 제자를 살뜰히 대하지 않던 선생께서 이런 제의를 해주시다니 전혀 실감이 들지 않았다. 우선은 기쁘고 흐뭇했다. 그러나 여러날이 지날수록 묘한 반감이 일기 시작했다. 선생의 도움을 받지 않고 나 혼자 독자적으로 등단하겠다는 마음으로 가득했다. 거기엔 하나의 유쾌하지 않은 기억이 남아 있었기 때문이다. 대학 3학년 무렵의 봄날, 나는 회심의 시작품을 여러편 원고지에 정리해서 봉투에 담아 선생을 찾아갔다. 선생께서는 담배를 피우던 중에 나를 맞았다. 강의 중에도 담배를 피울 정도로 상당한 애연가였다.

"무슨 일이냐?"

"선생님께 제 시작품을 평가받으려고 몇편 가져왔습니다."

"그래? 거기 두고 가거라."

선생께서는 턱으로 책상 모서리를 가리켰다. 나는 쭈뼛거리며 선생의 네모난 책상 가장자리에 시작품이 담긴 봉투를 얹어두고 뒷걸음으로 주춤주춤 물러나왔다. 그로부터 열흘이 지났다. 나는 이제나저제나 선생께서 불러주기만을 손꼽아 기다렸다. 그러나 종내 소식이 없었다. 성급함을 이기지 못하고 연구실로 무작정 찾아 올라갔다. 방에는 마침 아무도 없었다. 책상 위를 먼저 보았다. 내가 10일 전에 두고 간 봉투가 뜯기지도 않은 채 그 자리에 그대로 있었다. 한순간 나는 몹시 자존심이 상했고, 울컥하는 반감마저 치밀어 올랐다. 누가 볼 새라 후다닥 봉투를 도로 회수해서 연구실을 나왔다. 그 불쾌감의 잔상 때문에 나는 끝내 선생께 시작품을 가져가지 않았다.

그해 11월 가을 초입에 교생실습을 받게 되었다. 그런데 수업 참관 중에 쏟아지던 졸음은 어찌 그리도 견디기가 힘들고 괴로웠던가. 밀려오는 졸음을 참느라 안간힘을 쓰던 중에 어떤 착상을 얻었다. 때는 1972년, 당시 박정희 독재정권은 그들이 기획한 유신헌법을 공포한 뒤 정치, 경제, 사회를 온통 얼어붙게 만들었다. 이를 비판하는 분위기가 높아지자 위수령이나 긴급조치 등과 같은 악법을 선포해서 야당과 재야 운동권의 손발을 일시에 묶으려 했다. 세상은 급속히 얼어붙고 분위기는 엄혹해졌다. 채석장의 발파 소리와도 같은 붕괴의 소리가 날마다 가슴속에서 와르르 들렸다. 그간 우리 겨레

가 쌓아온 전통의 미덕과 규범, 개인의 존엄성은 한순간에 모
조리 무너져버렸다. 이런 감각적 경험의 연속 과정에서 시작
품 「마왕(魔王)의 잠」이 만들어졌다.

> 맨드라미의 하늘도 시들어
>
> 꽃피던 마을은 이제 처참하다
>
> 깨어진 자유처럼 풀씨 흩날리고
>
> 토종개들의 눈빛은
>
> 죽어서도 먼 바다를 머금고 있다
>
> (…)
>
> 잠은 폭우를 동반하고 와서
>
> 채석장의 돌이 되어 부서져 내린다
>
> 명절날 아침에 풍선 부는 하느님
>
> 대피리 소리로 돌의 잠을 예보한다
>
> (…)
>
> 가죽장화를 벗어놓고
>
> 국방색 담요를 둘러쓰고
>
> 오직 돌과 더불어 잠잔다
>
> ─졸시 「마왕의 잠」 부분

연작시 형태로 다듬은 작품을 동아일보로 보내놓고 나는 넋을 놓은 채 책상 앞에 앉았다. 그로부터 여러날이 지나갔다. 그해 초겨울 첫 추위의 기세는 맹렬했다. 삭풍이 휘몰아치고 눈보라가 휘날렸다. 그런 어느 아침, 나는 동아일보사에서 보내온 노란 봉투의 등기우편을 받았다. 당선통지서였다. 나의 등단은 이처럼 아주 운 좋게 이루어졌다. 10년이 넘도록 노력해도 실패하는 경우가 대다수 아니던가. 그런데 첫 시도로 당선에 이르렀으니 이건 분명 기적이 아닐 수 없다.

나는 맨 먼저 김춘수 시인께 전화로 당선 사실을 알렸다. 그런데 전화를 받는 선생의 목소리는 밝지 않았다. 당신의 추천을 거치지 않고 신춘문예로 등단한 것이 반가움보다 서운함으로 느껴졌으리라. 다소 미지근한 반응으로 축하의 뜻을 보내주셨다.

"그리 되었구나. 하여간 앞으로 잘하거라."

이런 말씀에서 선생의 뜻을 짐작할 수 있었다. 그 며칠 뒤에 선생을 모시고 식사를 나누며 그간 지도해주신 것에 감사의 말씀을 전했다. 선생께서는 식사에 손도 대지 않은 채 줄곧 높은 언성으로 무언가를 일러주셨다. 당시 문단에서 크게 부각되던 시류, 이를테면 신경림(申庚林, 1936~2024) 유의 현실주의파 스타일에 절대로 휩쓸리지 말라는 당부였다. 뚜렷한

자기 주견 없이 거기에 맹목으로 휩쓸리면 어중이떠중이가
되고 만다는 주의도 주셨다.

　나는 대학원 석사과정을 마치고 국어 교사를 하던 중에
입영 통보를 받았다. 나이 25세의 늦깎이 사병이었다. 당시
훈련소에서의 내 별명은 '영감'이었다. 늦게 입대했다고 해서
부르는 말이다. 머리를 빡빡 깎고 연병장을 뛰어다니는 하루
일과는 힘들고 외로웠다. 그 어느 날 나는 김춘수 시인께 입
대 소식도 전할 겸 문안편지를 드렸다. 그런데 뜻밖에도 선생
으로부터 답장이 왔다. 오랜만에 대하는 선생 필체가 몹시 흐
뭇하고 반가웠다. 그 편지를 가슴에 안고 혼자 탄약고 주변을
빙빙 돌며 기쁨의 시간을 즐겼다.

　이 군, 자네 편지를 그동안 여러번 받고는 이제야 글을
보내게 되어 매우 미안하다.
　군복무는 충실한 모양이니 안심이다. 새해에는 군복무
를 마치게 되는지 모르겠구나. 상당한 세월이 그동안 흘
렀는 듯하구나.
　『현대시학(現代詩學)』에서 자네 작품을 대하고 있다. 먼
눈팔지 말고 꼭 하고 싶은 일에 성(誠)을 다하도록 바랄 따
름이네. 엄벙덤벙하다가 모든 걸 다 놓치는 수가 있다.

나는 그동안 작년 세모(歲暮)와 금년 초에 서울과 부산을 다녀왔다. 문인들은 한 사람도 만나지 않았다. 그럴 필요도 느끼지 않았으니 할 수 없는 노릇이다. 작금(昨今) 들어 작품이 쓰어진다. 벌써 금년 들어 4~5편을 쓰고 있다. 여기저기 청탁이 오는 대로 보낼 생각이다.

대구 나오게 되면 한번 들리거라. 총총(恩恩).

1976년 4월

김춘수

시인은 육필 편지에서 답신을 늦게 보낸 것에 대한 유감, 시 잡지에서 내 작품을 보셨다는 사실, 특히 발표작을 읽으며 여전히 드는 우려와 경계심을 은근히 지적하셨다. '먼눈팔지 말고'에서의 '먼눈'이 함의하는 뜻을 나는 곧바로 짐작했다. 그것은 시단에서의 리얼리즘적 기류, 즉 당시 『창작과비평』을 중심으로 한 1970년대 스타일에 동조하고 합류하는 데 극도의 주의와 경계심을 주려는 뜻이었으리라. '엄벙덤벙'이라는 대목에도 그와 관련된 어떤 지시가 들어 있다. 아무런 주견이나 신념이 없이 문단의 시류에 영합하고 맹목적으로 휩쓸리는 데 대한 경각심을 주고 있는 것이다. 짧은 편지에서도 김 시인은 당신의 뜻을 묘한 여운으로 전달한다.

김춘수 시인은 이런 편지를 제자에게 보내주신 뒤 홀연히 경북대를 떠나 영남대로 소속을 옮기었다. 그런데 몹시 놀랍고도 충격적인 일이 그 직후에 일어났다. 1980년 5월, 무단적(武斷的) 파시즘에 저항하는 광주민중항쟁의 함성을 짓밟고 등장한 파쇼정권하에서 선생은 문화 부문의 노골적 하수인이 되었다. 전두환이 군복을 벗고 대통령이 되면서 발족한 민주정의당의 창당발기인으로 활동했다. 그러다가 그 부도덕한 정권의 비례대표 국회의원까지 흔쾌히 맡았다. 선생은 무도한 독재정권의 방패막이까지 자청해서 감당했던 것이다. 그것이 시인의 분별인가. 어찌 그런 무감각이 그대로 드러날 수 있는가. 나는 크나큰 절망과 충격을 느끼었다.

그것으로 자연스럽게 스승과 제자로서의 인연은 정리되고 말았다. 나의 내부에서 단호하게 선생을 차단해버렸다. 김춘수 시인에게 배운 경북대 제자들의 모임에도 나가지 않았다. 그 모임에서도 나는 진작 이단(異端)이었다. 김춘수 시인의 추천을 받지 않고 등단했기 때문이다.

아무튼 군복무 시절에 받은 당신의 친필 편지는 소중하다. 재학 시절 그토록 흠모하고 좋아하던 지도교수로부터 받은 유일한 상징적 기록물이다. 지금도 읽어보면 만감이 교차한다. 이젠 빛깔마저 누렇게 변색되어가는데 선생의 육신은 세상에 계시지 아니한다. 곰곰이 생각하니 지난 세월 동안 참 많고도 많은 일들이 있었구나.

2

선생께서 작고하시기 두해 전이다. 지인을 통해 연락이 왔다. 김춘수 선생께서 제자 아무개를 특별히 만나고 싶어한다는 전갈이다. 선생은 강연 차 부산에 갔다가 서울로 돌아가는 길에 잠시 대구에 들렀다고 한다. 한순간 야릇한 상념이 끓어올랐다. 그 자리에 가야 하나 말아야 하나. 잠시 후 나는 모든 감정을 억누른 채 선생을 뵈러 갔다. 얼마 만에 뵙는 옛 스승의 얼굴인가. 선생은 원래 깡마른 척수형(瘠瘦型)이었는데 예전보다 더 여윈 모습이었다. 방에 들어서자 선생이 자리에서 벌떡 일어나 내 손을 꼭 잡았다. 그대로 한참 동안 악수를 풀지 않고 만지작거렸다. 약간의 미소를 머금긴 했지만 상당히 착잡한 표정이었다. 그대로 엉거주춤 한참을 말없이 서 있었다. 이윽고 선생이 먼저 말문을 열었다.

"그간 잘 지내는가?"

"네, 선생님께서도 건강하신지요?"

그것으로 대화는 또 끊어지고 서로 미소를 살짝 머금은 채 그저 바라만 볼 뿐이었다. 그게 이승에서 선생을 뵈었던 마지막이다. 이후 선생의 부인께서는 먼저 세상을 떠나셨고, 선생은 서울의 아파트에서 혼자 기거하셨다고 한다. 가까이 살고 있는 딸이 매일 저녁에 와서 다음 날 반찬거리를 장만해 두고 갔다. 선생께서는 어느 날 홀로 조반을 드신 후 홀연히 세상을 떠나셨다고 한다. 임종할 때 주변엔 아무도 없었다. 시인의 종생이 어찌 이토록 적막하고 쓸쓸한가.

시는 재주만으로
쓰이지 않습니다

민영 시인의 편지

어떤 경우든 글을 읽어보면 그의 성품과 기질, 습성까지 느낄 수 있다. 민영(閔暎, 1934~2025) 시인이야말로 글에서 자상한 성품과 따스한 정이 뚝뚝 우러나는 경우다. 직접 만나서 대화를 나누다보면 그러한 기질과 분위기를 더욱 실감한다. 나지막한 키에 가느다란 몸매로 늘 한복을 즐겨 입고 만면에 미소를 머금으신다. 웃을 땐 눈이 저절로 사르르 감겨 실눈으로 바뀌었다. 말소리도 나직하고 도란도란하며, 따뜻하고 친절함이 듬뿍 전해져오는 화법으로 상대를 감복시킨다.

선생은 강원도 철원에서 출생하여 어린 시절 부모님을 따라 만주로 이주했다. 힘들고 어려운 성장기를 겪었고 주로 인쇄·출판 쪽에서 일을 해왔다. 작품의 문체는 우선 당신의 외

74

모처럼 짧고 단아하다. 간결하고 응축된 형태의 작품은 대개
10행 안팎의 길이지만 큰 울림을 머금고 있다. 전통적 서정과
역사성이 듬뿍 함축되어 있다. 삶과 시가 분리되지 않고 완전
한 배합을 이룬다.

2003년 나는 대하서사시 『홍범도』를 완간해서 민영 선생
댁으로 한질을 보내드렸다. 그때 그걸 받으신 선생이 이처럼
다정한 편지를 보내주셨다. 선생의 시는 대체로 짧은데 편지
는 장강대하다. 세월은 덧없이 흘러만 가고 나는 옛 편지를
꺼내 읽으며 그 시절을 추억한다.

> 이 해도 벌써 다 가고 계절이 늦가을로 접어들고 있습
> 니다. 오늘은 아침부터 가을비가 내려서 왠지 모르게 쓸
> 쓸한 기분이 들기도 합니다.
> 여러날 전에 이 형이 공들여 편찬하신 이찬 선생의 시
> 전집 잘 받았고, 수삼일 전에는 그동안 심혈을 기울여 써
> 오신 『홍범도』 전10권의 대작도 택배로 잘 받았습니다.
> 참으로 고맙고 감사합니다.
> 사실 만주에서의 항일운동을 소재로 한 서사시는 나도
> 마음먹은 적이 있었는데, 워낙 재지 못한 성품이라, 또 기
> 회도 없어서 붓을 대지 못했습니다. 이 형께서 그런 나의

몫까지 대신해주셨으니 더욱 고맙고 기쁠 따름입니다. 대서사시의 출간을 축하합니다.

우리는 요즈음 근 30년 동안 살아온 옛집이 소위 '재건축'에 걸리는 바람에 최근에 아파트로 이사했습니다. 그날이 지난 10월 5일이니, 얼마 동안은 이삿짐을 부리고 정리하느라 북새를 떨었지요. 그런 와중에 책을 받았기에 이제야 고맙다는 글을 쓰게 된 것입니다. 『홍범도』 출판기념회를 그곳에서 연다는 기별을 받고도 가지 못하였습니다. 여러가지로 이 형께 빚이 많아졌군요.

나이가 들어서인지, 이제는 시도 예전처럼 써지지 않으니 걱정입니다. 아무쪼록 굼뜬 선배에게 이 형 같은 젊은 분께서 힘을 실어주었으면 좋겠습니다. 노마가편(駑馬加鞭)이라고나 할는지요.

아무쪼록 건강하시고 열심히 지내시기 바랍니다. 또 즐겁고 행복하시길 빕니다.

2003년 10월 21일

민영

시인은 어려서 부모를 따라 북간도의 화룡으로 이주하여 그곳 명신소학교를 다녔다. 학업을 다 못 마친 채 돌아온 것은 8·15 해방 이듬해였다. 독학으로 문학을 공부하고 1959년 『현대문학』에 시가 추천되어 마침내 시인이 되었다. 여리고 나약한 존재와 생명에 대한 다함없는 사랑과 연민으로 그것을 보듬고 따뜻하게 껴안는 일관된 자세를 지니며 시창작에 골몰해왔다. 민영 시인의 시작품은 짧고 간결하지만 거기엔 깊은 울림이 있다. 읽을 때마다 백석, 박용래의 시정신을 이어가는 정신사적 계보가 뚜렷하게 느껴진다. 내가 첫 시집 『개밥풀』(창작과비평사 1980)을 발간했을 때도 시인은 일부러 편지를 보내주시며 후학을 격려하고 용기를 북돋아주었다.

> 보내주신 시집 『개밥풀』 잘 받았습니다. 진작 편지 드리려던 것이 목구멍이 포도청이라, 생업에 시달리다보니 이제나 붓을 듭니다. 「서흥김씨 내간」 등 거의 모두가 잡지에 발표되었을 때 읽은 작품들이지만, 새삼 묶어서 읽게 되니 감회가 새롭습니다. 특히 진주 형평사 얘기를 다룬 「검정버선」은 잡지에 나왔을 때 이제야 우리 시인이 지은 가장 역사적인 장시(長詩)가 나왔노라고 주위의 친구들에게 꼭 일독을 권했던 작품인데, 이번에도 아주 감명 깊게 읽었습니다.
> 어떤 이는 시가 재주만으로도 쓰인다고 믿는 분이 계

시지만, 시는 역시 자신의 회의, 체험의 산물임을 역시 이 형의 시를 읽고 절실히 느낍니다. 아무쪼록 부단히 이 길에 정진하시어 이 시대의 가장 훌륭한 선구적 시인이 되어주시길 바랍니다.

할 얘기 많습니다. 하지만 또 전화가 걸려왔군요. 이담 서울 올라오는 길 있으시면 들러주세요. 함께 소주라도 나눕시다. 난필(亂筆) 용서하세요.

1980년 5월 12일

민영 올림

선생은 아득한 후배에게 이토록 극진한 호칭을 쓰셨다. 그 정도로 당신 성정에서 깍듯한 겸손과 예의를 느껴볼 수 있다. 어쩌다 문단 모임에서 만나게 되면 멀리서부터 만면에 미소를 머금고 다가와 악수를 청하셨다. 잔잔한 음성으로 안부를 물을 때는 꼭 단골 이발소 아저씨나 집안 형님처럼 친근하고 다정한 느낌마저 들었다. 문단에서 이처럼 후배를 편하게 대해주는 선배가 이젠 드물다. 어떤 선배는 공연히 뻐기고 우쭐대었다. 앞에 세우고 호통을 치던 권위주의 계열도 있었다. 그러나 민영 선생은 언제나 나직하고 잔잔한 생득적(生得的) 기질의 리듬으로 후배를 따뜻하게 감싸주었다.

시인의 본명은 민병하. 2025년 아흔하나의 나이로 세상을 떠나셨다. 책꽂이에서 선생의 시집을 다시 꺼내어 읽어본다. 주옥같은 절창이 수두룩하다. 당신은 줄곧 문단과 시대의 아픔을 껴안았다. 전래민요의 싱그러운 생명력이 거기에 강렬하게 스며들어 있다. 소시민들의 삶과 일상적 서정도 풍부하게 넘실거린다. 살아생전 선생을 만나서 받았던 깊고 따뜻했던 감화가 오늘 내 가슴속에 맑은 물줄기가 되어 흐르고 있다.

나는 땅끝까지 밀려가
파도 속에 사라졌다

김지하 시인의 편지

1

1970년 가을 어느 날의 일이다. 마침 『홍길동전』 수업을 듣고 나오는데 친구 K가 무언가를 한아름 안고 강의실로 들어왔다. 그는 당시 경북대 학내의 진보적 서클이었던 '정진회' 소속 멤버였다. 민청학련, 인혁당 등의 활동으로 박해를 받았던 바로 그 조직이다. 친구는 가쁜 숨을 몰아쉬며 무슨 유인물을 하나씩 나누어주었다. 유인물은 김지하(金芝河, 1941~2022) 시인의 담시(譚詩)「오적(五賊)」이 인쇄된 등사본이었다. 연회색의 값싼 갱지에는 구멍이 숭숭 뚫려 있었다. 원래 1970년 『사상계』에 발표되었지만 이 작품 때문에 잡지는 폐간되고 작품 유통은 금지되었다. 그 때문에 유인물로 몰래 몰래 돌려보고 있었던 것이다. 역사를 뒤바꾼 시작품을 나는 그렇게 처음으로 만났다. 집에 돌아와 호흡을 조절하며 그 작품을 다시 읽어 내려갔다.

세상과 통치자를 깜짝 놀라게 한 작품 「오적」. 시인이 '오적'이라고 단호히 못 박은 것은 정치적 부조리와 부정부패를 양산하는 재벌, 국회의원, 고급공무원, 장성, 장차관 들이다. 말하자면 식민지배와 분단을 거쳐 독재시대로 접어든 시기, 모든 이익을 독점하고 상습적 비리에 젖은 특권층이다. 나는 강의실에서 이 작품을 읽고 엄청난 충격을 받았다. 그때까지는 김춘수 유의 순수시, 박목월 등의 청록파, 미당 서정주, 청마 유치환 유의 생명파, 기껏해야 김소월, 만해 한용운의 서정시에만 익숙했었다. 그런데 이처럼 핵폭탄과도 같은 파괴력을 지닌 격정적인 호흡의 시가 있다니. 어떻게 탄생하게 된 것일까. 충격도 충격이지만 내가 그동안 배우고 경험해온 내부의 무엇인가가 일시에 무너지는 소리가 들렸다. 그 붕괴와 해체, 갈등과 와해의 경험은 놀라웠다. 두려움으로 몸이 떨릴 정도였다. 그러나 그것은 점차 자연스럽고 소중한 체험으로서 나의 내부에 자리를 잡았다.

사실 우리가 분단 이후 배워온 문학사란 대개 왜곡과 변조를 거쳐 일부의 특성만 강조된 기형적인 것이 아니었던가. 김춘수 시인이 그토록 강조하던 무의미시, 혹은 순수문학론의 위선과 허구를 그때부터 깨닫게 되었다. 김 시인은 문학에 정치적 관념이 끼어드는 걸 극도로 싫어하고 비판했다. 그는 민족, 민중, 사회, 평등, 혁명, 현실 같은 낱말들을 특히 혐오했다. 시인은 일본 유학 시절, 불온서적 소지 혐의로 도쿄 세다가야 헌병대 감옥에 갇힌 적이 있었다. 그때 너무도 배가 고파 미칠 지경이었다. 같은 감방에는 당시 일본에서 저명한 사회주의자 교수가 먼저 들어와 있었다. 그는 사식으로 들여온 빵을 누가 볼세라 벽 쪽으로 돌아앉아 혼자 먹었다. 이를 뒤에서 보며 김 시인은 '사회주의나 공산주의라는 것이 모두 거짓이고 위선임을 깨달았다'는 말을 강의 시간에 자주 했다. 그런 발화는 1970년대 문단의 중심 화제였던 민족문학과 민중문학에 대한 시인의 부정적 시각을 나타낸다. 그것을 비판할 때마다 시인은 옥중에서 만난 일본 사회주의자의 모습을 항시 하나의 비유로 빗대어 거론하곤 했다.

하지만 우리 문학의 흐름은 바야흐로 4·19 민주혁명 이후 촉발된 민중적 자각이 신동엽, 신동문, 박봉우, 신경림을 거쳐 마침내 김지하에 다다른 것이다. 장시 「오적」이 이룩한 파괴력은 놀랍고 대단했다. 낡은 고정관념을 일시에 허물어버리고 문학에 현실주의, 역사주의를 확고하게 심어주었다. 나는 「오적」을 두고두고 곱씹어 읽었다. 세상은 지금 이렇게 도도한 변화의 흐름을 타고 있다. 내 문학의 방향과 가치관도 이제는 바뀌어야만 한다. 모든 낡은 것과는 과감하게 작별하자. 위선과 가식의 문학도 청산하자. 이런 상념이 줄기차게 끓어올랐다. 그리하여 김지하라는 청년 시인은 그 무렵 한 시대의 물줄기를 선도적으로 바꾼 영웅적 문학인이 되었다.

그는 '오적 필화사건'으로 투옥되어 오랜 감방생활을 했다. 그가 옥중에 있을 때 전국 여러곳에서 '김지하 문학의 밤'이 열렸다. 주로 가톨릭교회에서 열렸는데, 행사장 주변에 사복형사들이 좍 깔렸다. 설핏 봐도 그들을 분간할 수 있었다. 기관원들은 성당 안으로 들어와 일반 참석자 행세를 하면서 주변을 흘끔거리며 살폈다. 여러곳을 다녔는데 서울의 영등포성당과 동대문성당 행사의 열기가 뜨거웠다. 이어서 대구 신암동성당의 행사도 열띤 분위기였다. 어떤 참석자는 행사 중 격정을 이기지 못하고 펑펑 흐느껴 울었다. 옥중에 있던 김지하라는 시인은 당시 하나의 신화적 존재였다. 그는 많은 청년들의 별이었고 우상이었다. 적어도 1970년대의 김지하는 그러하였다.

2

시인 김지하는 유신시대 긴급조치 4호가 선포되며 민청학련 사건으로 투옥되었다가 해제조치로 풀려났다. 그러나 인혁당사건 관련으로 다시 구속된다. 박정희 사망 이후 형집행정지로 풀려나 전국을 떠돌며 낭인생활을 했다. 그 숱한 유린과 상처, 피멍으로 얼룩진 심신을 무엇으로 달랠 수 있었으리. 마시느니 술이요, 부르느니 노래였다. 서울 종로의 술집 '탑골'은 그의 단골 아지트로 낮과 밤의 구별이 따로 없었다. 시인의 주변을 거두고 시종하는 후배들은 이런 술시중을 드느라 고초가 많았으리라. 김지하 시인이 한 맺힌 노래를 쏟아놓으면 그것이 바로 '장강'과 '폭포'였다. 같은 노래를 반복해서 부르면 아무리 잘 부르더라도 신선함이 떨어진다. 때로는 그것이 취객의 넋두리로 들려 지겹기도 했을 터이다. 어느 날 후배 하나가 기어이 김지하 시인의 속을 뒤집어놓았다.

"형도 잘 부르지만 저어기 충청도 어느 곳에는 형보다 더 옛 노래를 잘 부르는 후배가 있답니다."

김지하 시인은 갑자기 자세를 고치고 정색하며 말했다.

"뭐? 나보다 잘 부르는 놈이 있다고? 즉시 그놈을 꺾으러

가야겠다."

1985년 청주에서의 '가요대전'은 이런 경과를 거쳐서 비롯된 것이었다.

당시 나는 충북대에서 학생들을 가르치고 있었다. 종강을 앞두고 기분이 꽤 느슨하던 어느 날이었다. 철학과 윤구병(尹九炳, 1943~) 교수가 돌연히 연구실로 찾아왔다. 서울의 유명한 문단 선배 한분이 중요한 볼일로 내려온다는 전갈을 했다. 그 중요한 볼일이 바로 노래 시합이었다. 시합도 일방적, 날짜도 일방적, 모든 것이 일사천리로 진행되었다. 장소는 불문과의 전채린(田采麟, 1939~) 교수의 작은 아파트 거실. 드디어 약속 장소로 나갔더니 상대는 다름 아닌 김지하 시인이었다. 작가 김성동(金聖東, 1947~2022)을 비롯한 좌우시중을 여럿 거느렸다.

무심천 뚝방의 국밥집에서 이른 저녁을 든든히 먹고 밤샘 시합 장소를 향해 출발했다. 마트에서 술과 안주 따위를 잔뜩 사서 가슴에 안은 채 일행은 시합장으로 당도하여 제각기 자리를 잡고 좌정하였다. 선수 둘은 마주 보도록 앉고 배심원 넷이 좌우 양쪽에 나란히 앉았다. 그렇게 배열하고 보니 제법 시합장의 면모가 갖춰지고 약간의 긴장도 느껴졌다. 배심원은 집주인 전채린 교수, 작가 김성동, 철학자 윤구병, 그리고 또 누구…… 명색이 시합이니 규정이 필요했다. 그렇게 여럿이 머리를 짜내어 마련한 규칙은 실로 엄격하기 짝이 없었다.

① 모든 노래는 2절까지 부르는 것이 기본
② 3절 가사까지 완창하면 플러스 1점
③ 만약 가사를 잊어서 1절만 부른다면 감점 1점
④ 이미 부른 노래를 다시 부르면 실격
⑤ 동요, 가곡, 팝송, 찬송가류는 절대 불인정
⑥ 상대방의 가창 후 3분 이내에 즉시 이어받을 것

명색이 시합인지라 여러날 전부터 형언할 수 없는 압박과 긴장이 몰려왔다. 마치 시험장에 출동하는 수험생의 심정이었다. 나로서도 대비가 없을 수 없어서 시합을 하루 앞두고 어떤 준비를 했다. 그것은 명함 크기의 백지 앞뒷면에다 내가 알고 있는 노래의 제목을 약칭으로 줄여서 적는 것이었다. 이를테면 「비 나리는 고모령」을 '고모령', 「홍도야 우지 마라」는 '홍도'로 쓰는 식이다. 평소 아무리 잘 기억하고 있는 노래라도 시합이라면 제목과 가사의 실마리를 잊어버리기가 십상이지 않은가. 그 망각과 혼란에 대비하기 위한 내 나름대로의 조치였다.

이 방법은 그날 시합 중 크게 도움이 되었다. 초저녁 여덟시경부터 시작한 노래 시합이 이튿날 새벽 다섯시 반까지 무려 열시간 가까이 그야말로 장엄하게 펼쳐졌다. 처음엔 술도 마시며 농담 속에 장난스럽게 이어졌다. 그러다가 시간이 갈수록 차츰 긴장의 형세로 바뀌기 시작했다. 두 선수가 마주앉아 한곡 끝나면 바로 이어받아 또 한곡을 불렀다. 추정컨대이튿날 동틀 무렵까지 500여곡은 충분히 불렀으리라.

이렇게 오랜 시간 줄기차게 이어가니 멀쩡히 알던 노래가 첫 대목조차 전혀 생각이 나지 않을 때가 있었다. 머릿속이 아득하면서 한순간 멍해진다. 그럴 때 나는 슬그머니 일어나 화장실로 들어가서 메모를 슬쩍 꺼내보았다. 다음 부를 곡을 찾는 동작이다. 처음엔 장난기를 머금고 시작했으나 자정을 지나고 새벽 두세시가 넘었을 무렵에는 방 안이 승부를 가르는 두 선수의 팽팽한 긴장감으로 가득하였다. 그런데 나는이 시합에서 마침내 이기겠구나 하는 자신감을 하나의 예감으로 느끼고 있었다. 김 시인은 온몸을 쥐어짜듯 팔과 머리를 휘저으며 가창을 진행했다. 두 팔을 무리하게 휘저었고 이마에서는 땀이 줄줄 흘러내렸다. 반면 나는 앉음새 하나 고치지 않은 채 소리의 결도 시종일관 잔잔하고 차분하게 펼쳐갔다. 나의 낭창한 모습에 김 시인은 한순간 지친 기색을 보였다.

기어이 시간은 흘러 새벽이었다. 동녘이 훤히 밝아오고 있었다. 그때까지도 시합은 계속되었다. 마침내 다섯시 반이 가까울 무렵, 김지하 시인이 등 뒤로 잔뜩 쌓아놓은 이불에 벌러덩 누워버렸다.

"에익, 누가 이따위 시합을 하자고 했나. 징그럽다 징그러워! 이건 사람이 할 짓이 아니야!"

1980년대 중반, 청주에서 펼쳐진 가요대전은 이렇게 나의 승리로 끝이 났다. 온몸의 모든 기운을 완전히 쏟아부은 듯 나른했다. 허탈감마저 들었다. 하지만 그날 이후 김지하 시인과는 형언할 수 없는 유대감과 정분을 느끼게 되었다. 격전지에 함께 참전했던 전우애와도 같은 것이었다. 다시 세월이 강물처럼 흘렀다. 우리는 서로를 한참토록 잊고 살았다. 우연히 인터넷을 검색하던 중 김 시인이 어느 지면에 연재했던 회고록을 읽게 되었다. 거기서 뜻밖에도 청주 가요대전 이야기를 발견했다.

> 나는 그 얼마 전 충북 청주까지 내려가 충북대학의 시인 이동순 아우와 밤을 꼬박 새우며 노래시합을 벌인 결과 내 스스로 항복을 선언했으니 이동순 시인이 뽕짝의 2, 3절까지를 깨알글씨로 메모하여 그것을 들고 설치는 통에 그의 승부심

에 항복해버린 것이다.✣

이 자리에서 명확히 밝히는 바이지만 이 글의 내용은 완전한 오해이다. 그날 이후로 김 시인은 노래 시합에 대한 그어떤 코멘트도 하지 않았다. 어느 인터뷰의 글 하나가 유일하게 남아 있다. 진행자가 청주 가요대전에 관한 소감을 묻자 김 시인은 "그는 노래를 밥 먹듯이 하는 사람이라 당할 도리가 없었지"라고 웃어넘겼다.

가요대전이 열린 지 두어달이 지났다. 어느 날 윤구병 교수가 내 연구실로 찾아와 무언가 전할 게 있다고 했다. 누런 봉투 안에서 꺼낸 것은 지하 시인이 나를 위해서 특별히 그렸다는 한폭의 난초였다. 화제(畵題)의 글귀는 '암중불견암전물(庵中不見庵前物)', 즉 '암자 속에만 들어앉아 있으면 암자 밖의 현실을 전혀 모른다'는 하나의 경구(警句)였다. 나는 그림을 걸어놓고 그 화제를 몇번이고 곱씹어 음미해보았다. 그간 암자 속에만 갇혀 지낸 나의 고립적이고 옹졸한 삶에 대한 반성의 촉구로 다가오기도 했다. 김 시인의 낙관은 따로 없고 오른쪽 무인(拇印)을 서명 밑에다 빨갛게 찍었다. 이후에 무위당

✣ 김지하 「나의 회상, 모로 누운 돌부처」 264회, 『프레시안』 2003. 4. 16.

(无爲堂) 장일순(張壹淳, 1928~94) 선생의 난초를 보니 지하의 난초는 영락없는 무위당 필법의 계승이었다. 무위당은 지하 시인의 난초 스승이었으니 그것은 당연하다.

3

1987년 가을이던가. '명이(明夷)'라는 이름의 독서회가 발족했다. 멤버는 나를 포함해서 송기원(宋基元, 1947~2024), 김성동, 최원식(崔元植, 1949~), 이시영(李時英, 1949~) 이렇게 모두 다섯이다. 김지하 시인이 참가자를 선정하고 독서회 명칭까지 지어주었다고 했다.

김 시인은 온갖 사건에 연루되어 오랜 시간 차디찬 감방에서 옥중생활을 했다. 독재자 박정희가 시해된 뒤 드디어 풀려났다. 그렇게 겪은 고난이 장장 7년 세월이다. 출옥한 시인은 강원 원주에 머물며 지학순(池學淳, 1921~93) 주교와 자주 만나고 격려를 받았다. 무위당 장일순 선생으로부터 난초 필법을 수련하면서 해방의 자유를 누렸다. 가끔 바람처럼 서울 나들이도 하며 술자리에서 문단 후배들과도 즐겁게 어울렸다. 어느 날 김지하 시인이 문단의 쓸 만한 후배 다섯을 가려 뽑고 민족문학 발전을 위한 재목이 되기를 기원했다. 앞의 다섯이 그때 뽑힌 주인공들이다. '명이'라는 이름은『주역』에 등장하는 36번째 괘 '지화명이(地火明夷)'에서 유래된 말로, 해가 뜨기 직전의 시간, 즉 캄캄한 어둠 속에 숨어 있는 밝음을 뜻한다.

첫번째 모꼬지를 인천 율목동 최원식의 댁에서 했다. 텍스트는 한스 요아킴 슈퇴릭히의『세계철학사』(임석진 옮김, 분도출판사 1989)로 정했다. 책의 전반부를 미리 읽어서 메모해 갔는데 그날 토론은 진지했다. 주로 세계철학사의 변화와 흐름이 한국의 현실에서 어떻게 해석이 되는가, 우리 시대가 당면한 해법은 무엇인가 등등의 관점에서 접근했다. 최원식은 한국고전에 대한 지식이 풍부했다. 구체적 전거와 자료 제시, 인물에 대한 순간적 평가가 기민하고 정교하였다. 모두들 탄복하며 비평가의 선도적 해석에 동의하였다.

이러한 토론보다 더욱 기다려지는 시간이 있었으니 그것은 술추렴이다. 최원식 댁에서는 서해안에서만 잡히는 박대, 서대를 비롯한 지역의 해산물 요리가 상 위에 그득히 올랐다. 모두들 즐거운 분위기에 대취하고 주흥이 도도해졌다. 저절로 노래가 터지고 마침내 자리에서 일어서서 수지무지(手之舞之) 족지도지(足之蹈之), 흥에 겨워 온몸을 마구 흔드는 경지로 이어졌다.

　지하 시인이 명이라는 상징적 함축을 가진 모임에 문단 후배 다섯을 고르면서 굳이 나를 포함시킨 이유가 무엇이었을까 생각해본다. 아마도 시인은 청주 가요대전을 잊지 못한 듯하다. 새벽 동이 틀 때까지 자세 하나 흩트리지 않은 채 무수한 옛 가요를 불렀던 그날의 기억이 새롭다.

4

　김지하 시인의 별세 소식을 들었다. 곡절 많은 삶을 살다가 떠나셨다. 마음이 심란해져서 옛 편지들을 모아놓은 스크랩북을 꺼내어 정리했다. 거기서 뜻밖에도 김 시인의 육필 편지를 발견했다. 아마도 1980년대 중반 청주에서의 가요대전을 다녀가고 서너달 뒤일 것이다. 인편에 소식이 들리는데 시인의 건강이 몹시 악화되어 원주기독병원에 입원 중이라고 했다. 그 소식을 듣고 서둘러 내가 효과를 보았던 비약(秘藥)을 보내드렸다. 말린 나뭇잎인데 이름이 당두중이다. 건조시킨 잎을 찢으면 거미줄 같은 맑은 진이 길게 달려 나온다. 그게 몸에 들어가서 혈액을 정화하는 효과가 있다고 했다. 나

도 지난날 간장이 나빠져서 이것을 달여 오래 복용하고 효과
를 본 적이 있다. 내가 겪었던 경과를 적어서 당두중 한봉지
를 보내드렸다. 그랬더니 곧 그에 대한 감사의 답신이 왔다.
편지는 일곱장 분량이었는데 그야말로 장강대하였다. 거기엔
기상천외한 내용이 들어 있었다.

'나는 이제 곧 죽음을 맞이하는데 내 무덤은 한반도 중허
리에 쓰고자 한다. 그 장소가 아마도 청주 부근이 될 것이다.
청원군 지역의 어느 곳에 무덤을 쓰면 자네가 자주 찾아와 주
변을 보살피고 무덤 앞에서 내 이름을 종종 불러다오.'

이게 편지의 대강이다. 나로 하여금 당신 무덤의 능참봉
(陵參奉), 즉 묘지기가 되어주기를 바라는 서찰이었다. 당신은
편지를 보내놓고도 그에 대한 기억이 전혀 없었으리라. 그만
큼 당시엔 정신이 혼미하고 자신의 행동을 분간하지 못했다
고 한다. 오락가락하는 혼미한 상태에서 일필휘지로 갈겨 쓴
충동적 편지였다. 그런데 왜 그런 서한을 써서 나에게 보내었
는지 전혀 짐작이 되질 않는다. 논리나 발상의 앞뒤가 전혀
맞지 않는다. 가요대전으로 남다른 정이 들기는 했다. 게다가
내가 보낸 선물에 대한 고마움의 표시였을 터이나 그 내용이
너무도 거북했다. 나는 편지를 읽은 즉시 무슨 밀교(密敎)의
경전처럼 깊이 감추었다. 그로부터 다시 긴 세월이 강물처럼

흘렀다. 오래된 편지를 꺼내보는 느낌이 각별하다. 살다보면 이런 불가해한 기록물도 지니게 되는가보다.

김지하 시인의 친필 편지는 그리 흔하지 않다. 그런데 나는 이것을 몇통 갖고 있다. 1986년 여름날 새벽, 정신과 병동에서 써 보낸 편지다. 시인이 정신적으로 매우 허약하던 시절의 글이라 이걸 공개하는 일에 그간 많이 주저했다. 시인은 그로부터 오랜 고통과 시련을 겪다가 한 많은 세상을 아주 떠나가셨다. 이제는 공개해도 되지 않겠는가 하는 판단에서 오늘 이 편지를 내놓는다.

지금 강원도 원주 새벽 4시 정각, 병원 스테이션에서다. 이제부터 네게 띄우기 시작할 긴 편지의 시작치고는 꽤나 어울린다. 간 때문에 입원했다더니 치료는 됐는지? 나 역시 간 때문이고 술 때문이고 미친 못남 때문이다. 난 본디 편지 쓰기를 싫어했는데 간절히 편지 쓰고 싶은 마음이 가득해 이렇게 쓰기 시작한다. 편한 마음으로 읽어주기 바란다.

내가 만약 밖에 있다면 '김지하 장례식'부터 치르고 싶다. '김지하'라는 이름에서부터 벗어나고 싶어서다. 내겐 봄이 시작되는 건가, 허울을 벗게? 나뭇가지를 물어다

제단을 쌓고 그 위에 누워 저 자신을 불 지르고 잿더미 속
에서 부활하는 사막의 불사조가 되려는 것인가? 여하튼
'김지하'라는 이름을 불 질러버리고 싶다. 그래서 본디 어
버이가 지어주신 내 이름 '김영일'로 되돌아가고 싶은 것
이다. 혼자 해도 좋으나 네가 곁에 있어도 좋겠다. 몇명
더 있어도 좋고 싸구려 잡지, 카메라가 있어도 좋고……
새로 태어난 '김영일'이 새로 살고 싶은 땅은 청주 어디쯤
이다. 한달 전 술 취해 문득 청주에 갔다가 원주 친구들에
게 붙들려 돌아왔다. 나는 영영 청주에 못 가는 것일까?
동순이를 만날 수는 없는 것, '영일'에로 되돌아갈 수는
없다는 건가? 가고 싶다. 하루에도 몇백번씩 가고 싶다.
그러나 그곳도 나의 땅은 아닐 터. 나는 죽도록 떠돌 것이
다. 나는 이미 지옥에 가도록 결정지어진 사람. 무간지옥
이 약속된 슬픈 여생.

만약 앞으로도 글을 발표한다면 '영일'로 할 것이다. 장
례식이 필요하겠다.

동순. 애린은 바로, 죽어 다시 태어나는 애린은 바로 나
였다. 나는 땅끝까지 밀려가 파도 속에 사라졌다. 여기 지
금 네게 편지 쓰고 있는 건 '영일'이다. 떠돌이 영일로 나
는 다시 떠난다. 모든 것 다 버리고. 무간지옥에 이를 때

某 兄 에게 ①

지금 강원도 원주 새벽 4시 정각, 병원
스테이션 에서다. 이제 부터 네게 띄우기
시작할 긴 편지의 시작 치고는 꽤나
어울린다. 간 때문에 입원 했다더니 치료는
됐는지? 나 역시 간때문에 술때문에
넘기 못난 때문이다. 난 본디 편지 쓰기를
싫어 했는데 간절히 편지 쓰고싶은 마음이
가득히 이렇게 쓰기 시작한다. 편한
마음으로 읽어주기 바란다.

내가 만약 밥이 없으면 <김지하 장례식>
번데 치룰 생각. <김지하>라는 이름에서 벗어
벗어나고 싶어서다. 내가 봄이 시작되는
건가. 허물을 벗게? 나뭇가지를 물어다
제단을 쌓고 그 위에 누워 제 자신을 불
지르고 잿더미 속에서 부활하는 사막의
불새가 되려는 것인가? 여하튼
<김지하>라는 이름을 불질러 버리고 싶다.

김지하 시인의 편지.
흔하지 않은 그의 친필 편지를 꺼내본다.

까지 울며 떠돌 것이다. 삶의 뜻을 물으며. 그 첫 목적지가 청주인 것이 아무래도 이상하다. 우선 비밀로 해다오. 그곳에 사글셋방을 얻어 명상과 시작(詩作)과 그림을. 떠나야 할 때가 오면 떠난다. 지금 제일 먼저 시작된 곳은 병원이다. 원주가 아니라 병원이다. 모두 낯설다. 슬픈 하루하루 외로운 시간 시간이다. 시를 못 써도 좋다. 그러나 스스로 죽을 수는 없는 건 아이들에 대한, 부모님에 대한 책임이다. 죽지는 않겠다, 데려갈 때까진. 아아, 내가 지금 네 곁에 있다면 수많은 황금강물의 노래와 숱한 푸른 비단실의 시들을 구술할 텐데…… 언젠가는 퇴원할 것이고 언젠가는 가겠다. 그러나 그때 가는 건 '김영일'이다. 손이 또 떨린다.

지금이 4시 반, 5시까지만 쓰겠다. 네가 나를 끌어당기고 있는 것 같다. 네 주위에 틀림없이 '활동하는 빈 눈'이 있어 나를 그 무(無) 속으로 끌어당기는 것 같다. 나는 반드시 갈 것이다. 나를 끌어당기는 내 속의 활동적인 무, 그 신명에게로 내가.

다시 말한다. '김지하'는 죽었다. 이제부터 나를 '김영일'이라 불러다오. 언제일는지 모르지만 장례식은 청주에서 하자. 조사(弔辭)는 네가 써다오.

또 새벽에 쓰마. 우선 얼굴 전(前)에 눈빛 보낸다. 하나 놀라지 마라. 예상되었던 것일 테니까. 안녕.

1986년 7월 5일 새벽 4시 35분

영일

5

2022년 5월 8일이었다. 나는 전날 전남 목포 유달산 자락의 어느 작은 여숙(旅宿)에서 머물렀다. 연두색 신록으로 뒤덮인 유달산은 아름다웠다. 그곳은 과연 어떤 장소인가. 나는 잠자리에 누운 채 온갖 상념에 젖었다. 400여 년 전 임진왜란의 비감한 흔적이 남아 있는 곳, 겨레의 노래 「목포의 눈물」 배경지, 가수 이난영과 그녀의 오빠였던 작곡가 이봉룡의 고향 등등을 떠올렸다. 그러다가 마지막에 이르러 이곳은 시인 김지하의 고향이었지, 하며 생각의 꼬리를 줄줄이 이어가다가 늦게 잠이 들었다. 바로 그날 새벽, 김지하 시인의 부음(訃音)을 들었다. 공교롭게도 시인의 고향 유달산 자락에서 그의 별세 소식을 들은 것이다. 어찌 인연이 이처럼 기묘한가. 나는 황급히 자리에서 일어나 무릎을 꿇었다. 잠시 묵상한 뒤에 책상 앞으로 다가가 앉았다. 그러곤 곧바로 마음속에서 무엇인가 끓어올라 지하 시인께 보내는 작별의 만사(輓詞)를 쓰기 시작했다.

지하 형님의 별세 소식을 접하고 저의 가슴속에는 만감이 교차합니다. 그래서 예전 1986년 7월 5일 새벽, 저에게 직접 써 보내신 편지를 꺼내봅니다.

그때 형님께서는 '지하'라는 이름의 무게가 주는 불편을 저에게 고백하셨습니다. 그 이름으로 썼던 여러 시작품, 그 이름 때문에 겪었던 온갖 고초와 박해의 시간, 그것으로부터 훨훨 벗어나 홀가분한 자유의 시간을 그렇게도 간절히 바라셨습니다.

한 인간에게 짐 지어진 이름의 굴레는 무쇠 갑옷처럼 거추장스럽고 무거웠습니다. '김지하'라는 이름에 요구하는 대중의 강박은 몹시도 거북하고 불편한 부담이었지요. 그래서 소박한 본명 '김영일'로 돌아가고 싶었던 것이지요.

하지만 그토록 바라던 소원을 생시에는 전혀 이루지 못하셨습니다. 그러다가 별세 직후 드디어 본명 '김영일'을 회복하셨네요. 아주 극적인 반전입니다. 그에 따라 저는 '지하 형님'을 이제부터 '영일 형님'으로 부르고자 합니다. 빈소의 영정

사진 밑 '김영일'이라는 이름에서 오늘따라 한층 빛나는 광
채가 느껴집니다.

드디어 '김지하'라는 허명(虛名)에서 벗어나 본명 '김영일'로
복귀하신 형님! 그곳에 먼저 가셔서 평안히 계시옵기를 바라
나이다. 형님 영정 앞에서 정중히 고개 숙이고 두 손 모아 명
복을 비나이다.

유폐된 언어의 저항

그 시골집에
나도 가보고 싶네

작가 황석영(黃晳暎, 1943~)의 삶은 늘 풍파 속에 있었다. 선생은 중국 길림성 장춘 출생이다. 태어난 직후 8·15 해방이 되었고 분단 직전에 가족들과 삼팔선을 넘어오게 된다. 초등학교 입학 직후에 한국전쟁이 발발했는데 고등학교에 입학하니 4·19혁명이 일어났다. 뒤이어 5·16쿠데타를 겪었고 20대 초반, 군에 입대했는데 뜻밖에도 베트남전쟁에 참전하게 되었다. 제대하고 돌아오니 유신독재 반대운동에 휩쓸렸다. 이때 시위에 가담했다가 체포되어 투옥되었으니 이게 황작가의 1차 고난이다.

소설 『장길산』(현암사 1984, 개정판 창비 2004) 집필을 위해 광주에 갔다가 5·18 광주민중항쟁을 겪게 된다. 장편소설을 완성해 서울로 돌아온 직후에는 북한 방문의 소용돌이에 휘말린다. 평양에서 김일성 주석과 면담했는데 그 때문에 서울행 길이 막혔다. 그 바람에 중국 베이징으로 떠나게 되었고 거기서 천안문사태를 목격한다. 중국에 머물던 발길은 독일 베를린으로 향한다. 바로 그곳에서 마침 베를린장벽이 철폐되는 역사적 현장을 지켜본다. 이처럼 그의 시간들은 공교로움의 연속이다. 황 작가의 부유적(浮游的) 삶은 미국 로스앤젤레스로 이어지는데 여기서 뜻밖에도 LA 폭동에 휘말린다. 당시 한반도는 남북정상회담으로 화해의 분위기가 무르익고 있었다. 이에 따라 황 작가는 귀국을 결정한다. 하지만 공항에 도착하자마자 국가보안법 위반 혐의로 그는 즉시 체포되었고, 교도소로 직행했다. 그것이 황 작가의 2차 고난이다. 세월이 흘러 형기를 마치고 출소한 그에게 영국 런던대학에서 강의 요청이 왔다. 거길 갔더니 때마침 런던 폭탄테러가 발생했다. 런던에서의 일정을 마친 뒤 프랑스 파리로 이동했는데 이번에는 파리 이민자폭동 현장에 맞닥뜨리게 된다. 작가가 파란만장을 몰고 다니는가, 아니면 파란만장이 작가를 따라다니는가.

작가가 이동해 다니는 곳은 간데족족 세기적 환난과 시련이 끊임없이 동행한다. 내가 받은 황 선생의 편지는 특별하다. 그가 국가보안법 위반으로 공주교도소에 수감 중일 때 옥중에서 친필로 보내온 짧은 단문의 편지다. '공주우체국 사서함 13호', 당시 황 선생이 갇혀 있던 공주교도소 주소이다. 연하장 여백에 후다닥 쓴 편지다. 평소 황 선생의 장강대하 문체를 생각하면 엄청난 간결(簡潔)이다. 마음으로는 긴 편지를 쓰고 싶었으리라. 하지만 옥중의 죄수에게 그런 시간이 어찌 허용되겠는가. 한해가 바뀌는 시점이라 연하장 사용만은 허가되었다. 평소 연락하지 못한 여러곳에 그 연하장을 보냈을 것이다. 그중 한장에다 메모와도 같은 짧은 글귀를 적어서 나에게 보내주셨다.

분량은 짧지만 행간에 서린 의미는 넘쳐난다. 그 편지를 쓸 때 감방의 주변 환경은 어떠했을까. 차고 서늘한 냉기로 가득했으리라. 등은 시리고 무엇보다도 마음에 한기가 가득했을 터이다. 작가가 겪었던 격정적 삶의 시간을 떠올리면 교도소에서의 시간이 오히려 차분한 휴식일 수도 있었으리라. 몹시도 분주했던 그의 발걸음은 옥중에 묶인 채 그 어느 곳으로도 떠날 수 없었다. 생각하면 가슴이 아프다. 편지 대목마다 여기저기 자유롭게 마구 달려가고 싶다는 욕망으로 가득하다.

> 그 시골집에 나도 가보고 싶네.
>
> 시집도 반가웠고, 김자야 여사의 글도 가슴 저렸고.
>
> 하여튼 나가서 봅시다.
>
> 1996년 1월
>
> 황석영

그 무렵 내가 발간했던 시집 『봄의 설법』(창작과비평사 1995)과 김자야 에세이 『내 사랑 백석』 등을 공주교도소로 보내드렸다. 그걸 받은 소감을 적은 감사편지다. 단조로움과 고통의 정황 속에서 쓴 옥중서신이라 그 감회가 더욱 새롭다. '하여튼 나가서 봅시다'라는 끝 대목의 울림과 과감한 축약에서 고립과 단절로 말미암은 슬픔이나 부자유의 쓰라림이 짙게 느껴진다.

황 작가가 언급한 시골집은 당시 내가 살던 경북 경산의 고죽리 농가를 말한다. 그곳은 김해 허씨 농민이 살던 집으로 마당이 넓고 바람이 시원했다. 안방에서 바라보는 남쪽으로는 그리 높지 않은 산이 하나 있어서 밤이면 고라니가 비명을 질렀고, 소쩍새는 밤새도록 슬프게 울었다. 거기서 나는 고죽리 주민들의 삶을 들여다보며 시를 쓰고 살았다. 『봄의 설법』은 그곳 마을 주민에 대한 문학적 기록이다. 지금은 그곳을

희망찬 새해를 맞아
가정에 웃음과 기쁨이 가득하시기를 기원합니다.
Season's Greetings and Best Wishes for the New Year

그 시골집에 나도 가보고 싶네.
시월로 반가웠고, 김과 여사의
글로 가슴 뭉클했고. 한마디 나누지
못해요. 96년1월 황석영.

황석영 작가의 옥중서신. '검열필'이라는 도장이 찍혀 있다.

떠난 지 오래다.

황 선생의 연하장 편지에는 작가가 직접 쓴 문장 다음에 '검열필'이라는 청색 도장이 찍혀 있다. 교도소에서 나가고 들어오는 모든 편지는 철저한 보안검열을 거친다. 그 도장을 보노라면 교도소의 삼엄한 분위기와 황 선생의 고독과 고난이 실감으로 다가온다.

황석영 선생과는 잊을 수 없는 추억이 하나 있다. 채광석(蔡光錫, 1948~87) 시인이 세상을 떠나고 장례식이 열리던 날이다. 비통한 고별행사가 끝나갈 무렵 누군가가 나의 소매를 슬며시 잡아당겼다. 황석영 선생이었다. 무용가 이애주(李愛珠, 1947~2021), 작가 김성동 등과 함께 장례식장을 슬며시 빠져나왔다. 우리는 원경(1941~2021) 스님이 운전하는 자동차를 타고 경기도 여주 신륵사 입구에 내렸다. 그곳 어느 술집으로 들어가 밤새 통음했다. 한 청년 시인을 돌연히 떠나보낸 가슴속 슬픔과 애잔함으로 마구 술을 마셨다. 비감한 격정이 솟구친 이애주는 밤새 춤을 추고 나는 그 옆에서 줄곧 옛 노래를 불렀다. 밤이 깊어지자 한 여인이 찾아와 황 선생을 데리고 갔다. 남아 있던 일행들이 새벽까지 어떻게 놀다가 헤어졌는지 전혀 기억이 없다. 평소 김성동의 행각처럼 각자 한점 바람처럼 사라지면 그만이다. 나도 이른 아침 신륵사의 일주문을 혼자 비틀거리며 걸어나오던 생각이 어렴풋이 날 뿐이다. 그날의 아련한 실루엣은 마치 낡은 흑백필름처럼, 혹은 아득한 신기루처럼 잠시 보이다가 사라진다. 이젠 원경 스님과 작가 김성동, 춤꾼 이애주까지 모두 이 세상을 떠나고 없다. 아, 이 허전함을 어찌할거나.

고요를 지키기 위한
시끄러운 싸움

백낙청 비평가의 편지

내부에 빼곡한 글이 적힌 봉함엽서가 도착했다. 발신자를 보니 백낙청(白樂晴, 1938~) 선생이다. 이런 형태의 편지는 평소 받아보기가 쉽지 않다. 1981년부터 시행된 봉함엽서는 해외에서 보내오던 항공엽서의 국내판이다. 뒷면에 사연을 적은 다음 귀퉁이의 날개를 겹쳐 접어서 침으로 붙인다. 그렇게 하면 크기가 보통 엽서와 같아진다. 일반적인 엽서는 모든 내용이 바로 공개되지만 봉함엽서는 편지처럼 봉하기 때문에 내용을 가릴 수 있었다. 그런 특징 때문에 이 봉함엽서만 이용하는 경우가 많았다. 일반 엽서보다 비용이 조금 더 비쌌다. 지금은 세월이 흘러서 봉함엽서 제도가 사라졌다.

편석촌 김기림의 문학정신을 테마로 글의 화두를 이끌어

내어 신춘문예 평론 분야에 응모하고 낙방한 뒤 얼마 후의 일이다. 그때 뜻밖에도 백낙청 선생이 심사를 보셨는데, 내가 가명으로 응모를 한 사연을 선생이 뒤늦게 알게 되셨다. 내 글을 읽고 그에 대한 미비점과 충고, 격려 등을 적어 보내주셨다. 그와 더불어『백석 시전집』에 대한 소감, 특히 수원 백씨 일가 종친으로서의 백석 시인, 당신이 유년 시절 평북 정주에 잠시 살았던 어렴풋한 기억까지도 떠올리셨다. 그러면서 백석의 시가 지닌 힘과 오묘한 비의(秘義), 고요하고 그윽한 힘의 위력에 대해 거론하셨다. 가장 가슴에 와닿는 말씀은 우리가 펼쳐가는 싸움이 결국은 진정한 고요를 지키려는 싸움이라는 대목이다. 여기서 고요란 평화와 안정의 또다른 말일 터이다. 백석의 시가 이런 평화와 안정의 메시지를 간직하고 있다는 뜻으로도 해석이 되었다.

> 과세 잘 하시고 댁내 두루 평안하신지요? 세밑에 주신 정겨운 편지가 어제야 들어왔군요. 오늘 창비사에 나갔더니 일간 상경하실지도 모른다고 시영 형이 말하던데, 이 편지가 먼저가 되든 어떻든, 새해에 복 많이 받으시고 건강하시라고 빌겠습니다.
>
> 신춘문예 건은 그렇게 된 것이었군요. 어쨌든 비록 당

선은 못 시켰으나 당선작에 못지않다고 보았던 나의 안목은 인정해주서야겠소. 이선영 교수도 수준작이라고 했으나 그 새로움은 좀 덜 평가하는 것 같기에, 원래 그 분야의 문헌에 생소한 나로서는 나중에 최원식 형의 의견을 물어보았던 거지요. 최 형 역시 창비 복간호에 실을 만한 글이라 해서 연락을 취하기로 했던 것이고…… 시인이 평론도 (특히 시에 관해서는) 잘 쓸 줄 알아야 한다는 것은 새삼 말할 필요 없이 당연한 일이겠지요. 이 형으로 말하면 이번 백석 해설만으로도 평론 실력을 충분히 과시한 셈이고, 이번의 김기림론도 당락에 관계없이 나의 '공정한 심사'(그런 게 꼭 필요하다면)에는 충분히 통과했다고 확언할 수 있습니다. 그러니, 더구나 이제 창비도 복간되는 마당에 좋은 글을 많이 쓰는 일만 남은 거지요.

『백석 시전집』은 나도 많은 감회를 갖고 읽었습니다. 바로 고향 사람이고 우리 할아버지 항렬의 먼 일가인 셈인데 거의 새로 발견하는 신기함과 적잖은 부끄러움도 있었고, 나 자신은 잠깐밖에 안 산 고향이지만 주위 친척들을 통해 아무래도 생소함이 덜한 언어와 풍경을 만나는 남다른 감동, 또 그럴수록 모르는 말과 풍물이 그다지도 많은 데 대한 자탄이 더해지기도 했지요. 그러나 이런

저런 개인적 감정을 떠나, 백석이라는 시인은 무언가 우리네 본래 삶의 고요하고 그윽한 중심을 간직하고 있는 듯하여 감격스러웠고 또 은근히 힘을 주는 느낌이었습니다. 그건 이 형 자신의 시에서 느껴지는 것과도 통하지요. 우리가 더러 시끄럽게 싸워야 할 때는 싸우더라도 결국 그런 고요를 지키기 위한 싸움이어야 하지 않을까 이따금 생각해왔습니다. (…)

계간지 등록은 아직 안 나온 상태입니다. 신원조회 등 절차를 마치고 바로 내주겠다는 이야기이기는 합니다. 잘되리라는 전제 아래 2월 복간을 준비 중입니다. 할 일은 분명 많다고 보는데 힘이 닿을는지 걱정입니다. 잡지 없어진 동안에 태어나고 자라난 많은 유능한 신진들을 규합하는 일에 크게 좌우되겠지요. 형 자신의 도움은 물론이고, 주변의 좋은 분들 추천도 하고 늘 유념해주기 바랍니다.

그러나 무엇보다 건강 조심하시고 무리 없는 정진을 계속하세요. 연전에 몹시 아프셨을 때 소식 듣고 나도 정말 식겁을 했어요. 그럼 이만 줄입니다.

1988년 1월 6일

백낙청 드림

　나의 백낙청 선생과의 인연은 오래다. 첫 시집 『개밥풀』 발간 무렵부터 최근까지 적지 않은 세월을 꾸준히 지켜보며 자주 용기와 격려를 보내주셨다. 나는 1989년 동아일보 신춘문예 평론 부문에 본명을 감추고 응모한 작품이 당선되었는데 그때 심사위원이 백 선생이었다. 사실 나의 비밀스러운 평론 부문 응모는 몇차례나 된다. 대부분 최종에서 낙방했거나 아예 이름조차 보이질 않아 좌절과 탄식에 빠졌다. 칠전팔기의 막다른 심정으로 이번이 마지막 응모라는 각오로 준비에 돌입했다. 김남주(金南柱, 1945~94)의 시작품이 지닌 시적·사회적 기능과 역할에 대한 평론을 써서 응모했다. 이것이 결국 당선작으로 뽑혔으니 나는 백 선생과 뜻밖에도 사제의 인연을 맺게 된 것이다. 선생은 심사평에서 칭찬과 격려를 아끼지 않으셨다. 이 편지에서도 『백석 시전집』 후반부에 쓴 나의 비평적 해설을 크게 인정하며 격려해주신다.

　1987년은 계간 『창작과비평』에 엄청난 위기요 전환기였다. 1970년대 중반부터 계간지의 검열과 판금 조치는 일상다반사였다. 김지하, 신동엽, 리영희 선생의 주목할 만한 저서들이 모진 수난을 받았다. 창작과비평사의 임직원들도 안기부로 끌려가 고문을 받거나 가택수색까지 당하던 시절이다.

5·18 광주항쟁 직후 신군부는 출판물 통제의 일환으로『창작과비평』을 비롯한 정기간행물 182종을 강제로 폐간했다. 일제강점기에서도 그 유례를 찾아보기 힘든 폭력적 행태였다. 이 억압을 헤쳐가는 하나의 방법으로 창작과비평사는 계간지와 단행본을 통합한 형태의 무크지를 발간했다. 다수의 뜻있는 독자들이 창비의 고난에 동참해서 어려움을 극복해가는 일에 여러 도움을 주었다.

1987년 창비사는 온갖 굴욕을 겪었으나 한줄기 서광을 만나기도 했다. 대통령 선거와 서울올림픽을 준비하는 시점에 당시 문화공보부에서『창작과비평』의 조건부 복간을 암시적으로 전한 것이다. 그 조건이라는 것이 설립자 백낙청 선생을 비롯한 책임 일꾼들의 퇴진이었고, 이를 언론에 공표하라는 터무니없는 압박이 이어졌다. 백 선생은 오로지 창비를 살리겠다는 일념으로 이 요청을 수락한다. 그 결과 불완전하게 사용해오던 출판사 명의를 원래대로 회복하고, 정기간행물 또한 자연스럽게 복간되었다. 모든 것은 파쇼적 군사정권에 맞서 싸운 6월항쟁과 민주화운동의 결실이다. 당시『창작과비평』의 복간은 문학사적으로 커다란 의미를 지닌다. 문학인 모두가 규제와 억압으로부터 풀려나 문학적 상상력의 자유를 구가할 수 있게 된 것이다. 이것은 문학인의 창작활동을 자극

하고 밝은 서정성을 회복시키는 계기로 이어졌다.

그로부터 많은 세월이 흘렀다. 선생은 이제 어언 아흔을 앞두고 계신다. 하지만 적극적인 집필과 사회활동은 마치 청년기를 방불하게 한다. 최근까지도 평론집을 발간하셨고 나도 서명본을 받았다. '혼란세월에 앞길을 열어주시는 선생님께 감사드린다'는 짧은 편지로 선생을 향한 감사의 마음을 표했다. 부디 오래도록 건강하시어 삶의 좌표와 방향을 잃고 헤매는 우리 시대 후학들에게 꿋꿋한 등대로 자리해주시길 바라는 마음이다.

우리 삶의 알맹이가
수몰될지라도

염무웅 비평가의 편지

여러 아끼는 편지 중 하나는 평론가 염무웅(廉武雄, 1941~) 선생이 보내주신 서한이다. 나는 이 편지를 보물처럼 여긴다. 원고지에 쓰신 4매의 편지 속에 나를 각별히 염려하고 뒤를 보살펴주시는 염 선생의 따뜻한 정성이 들어 있기 때문이다.

1981년은 내가 청주 충북대에 부임하던 시절로, 5·18 바로 이듬해라 군부정권의 유린과 각종 난동으로 세상이 온통 독재자의 아갈잡이가 되던 역천(逆天)의 세월이었다. 세상은 제정신으로 살아내기 힘든, 억장이 꽉 막힌 분노와 비통함으로 가득했다. 나의 장시 「수몰민」이 『창작과비평』에 실릴 예정이었지만 당시 국보위 검열에서 거부되고 잡지마저 폐간되었다. 「수몰민」 교정지는 온통 붉은 줄로 가득했다. 수몰민이라는 어휘 자체가 불온하다는 시각이었다. 이 때문에 가슴 답답한 나날을 보내던 어느 날이었다. 『창작과비평』의 편집위원으로 잡지를 이끌던 염무웅 선생이 한통의 편지를 보내주셨다. 그 편지를 받고 선생의 다정한 배려가 얼마나 크고 각별한지 새삼 감읍하고 감동했다. 편지에는 창비 폐간호에 수록될 예정이었던 나의 장시 「수몰민」의 제목 이야기가 담겨 있다. 그 제목이 어떤 과정으로 '물의 노래'가 되었는지 확인해주신다. 사실인즉 그 시작품의 제목은 오로지 염 선생의 즉흥적 기지로 얻게 된 보물이다.

> 오랜만이오.
>
> 가끔 소식은 듣지만 어떻게 지내는지 궁금하오. 통금 없는 '대한민국'의 한복판으로 가서 '시에 살고 노래에 사는' 이 형의 하루하루가 알찬 열매로 결실하게 될 것을 기대하고 있소.
>
> 다름 아니고, 이 형의 시 「수몰민」을 실천문학사에서 내주겠다고 하는 『자유시선집』의 일부로 넣어서 보냈더니, 그쪽에서 가로되, 이번 늦가을쯤에 나올 『실천문학』 제2집에 먼저 수록했으면 좋겠다는 제안이구려. 나는 물론 좋다고 했지만, 그 '수몰민'이라는 제목 때문에 창비

시선집에서처럼 못 실리게 될까 걱정된다고 했소. 우스개 삼아 제목을 '물의 노래'라고 고쳐놓으면 괜찮지 않겠느냐고 했는데, 사실 제목도 검열에 관계가 깊은 것 같소. 그러니 후일 좋은 시절에 원제목을 살리기로 하고 우선은 '맹물 같은' 제목을 달아도 그거 뭐 상관이요? '물의 노래' 아닌 더 '부드러운' 제목이 생각나면, 실천문학에 게재를 허락한다는 말씀과 함께 알려주기 바라오.

우리 집 전화는 대구 (63)××72이고 실천문학은 서울 (52)××37 김×× 사장인데, 이 편지 받는 대로 어느 쪽에나 곧 알려주기 바라오. 전화로 하는 게 빨라서 좋겠소. 연락이 없으면 '물의 노래'라는 '물 같은' 제목으로 나갈지 모르니 되도록 빨리 연락해주시오.

허허, 참 별난 세상이오. 기가 막히오. 뭔지 알 수 없는 어처구니없고 끔찍스러운 것들 속으로 우리 삶의 알맹이가 막 '수몰'되는 것 같은 처참한 기분이오.

언제 한번 만납시다. 청주의 좋은 벗들과 늘 건강하기 빌겠소. 시심대발(詩心大發) 욱일문운(旭日文運) 하이소!

1981년 10월 7일

염무웅

등단 후 방향성을 잃고 갈팡질팡 헤매던 시절에 내 작품을 보고 스스로 길을 찾도록 격려와 조언을 해주신 그 특별한 인연을 어찌 방심하고 잊을 수 있으리오. 첫 시집 『개밥풀』의 발간은 오로지 염 선생의 다정한 관심과 격려, 포용 속에서 이루어졌다. 세월이 흘러 1990년대부터는 나도 영남대로 일터를 옮겨 늘 선생님 곁에 머물렀으니 이 또한 나의 청복(淸福)이 아닌가 한다.

염 선생은 등산을 몹시 좋아하신다. 그래서 포항의 아동문학가 손춘익 선생이 염 선생의 아호를 항산(恒山)이라 지어주기도 했다. 나는 일주일에 한번씩 시간을 비워서 선생을 따라 등산을 배우기 시작했다. 먼저 대구 근교의 높은 산부터 찾아다녔다. 경북과 경남의 명산들을 완등했다. 등반은 지리산의 몇몇 코스, 눈 내린 광주의 무등산, 강원도의 태백산과 설악산까지도 이어졌다. 오랜 기간 염 선생을 모시고 함께 산을 다니다보니 온갖 즐겁고 유쾌한 추억들이 많다. 그때그때 동참했던 지인들과의 일화도 즐겁기 그지없다. 그런 이야기까지 모두 풀어놓는다면 여러날 밤을 새운다 해도 부족하리라.

한가지 다짐이 있다면

이시영 시인의 편지

1

이시영 시인은 언제 연락을 해도 반갑게 맞아주는 푸근하고 든직한 벗이다. 그는 창작과비평사가 설립된 이후 자리를 잡기까지 가장 충직하게 봉사했던 멋진 일꾼이다. 1990년대 어느 날 이시영은 경산 고죽리의 내 시골집에 와서 하루 머물고 갔다. 돌아가서 엽서를 한장 보내왔다. 그런데 엽서에는 놀랍게도 고죽리의 이른 아침 새소리가 흥건히 담겨져 있는 것이 아닌가. 하룻밤을 자고 갔는데 그 신선한 느낌을 엽서에 적어서 보내준 벗. 게다가 그 감흥을 시작품으로까지 써서 보내준 다정한 친구이다.

어쩌다 내가 서울을 가게 되면 둘이 반드시 만나서 밤이 이슥하도록 술잔을 기울이며 정담을 나누었다. 이시영은 술이 거나해지면 친구인 소설가 송기원과 마주 앉아 무언가를 시작한다. 두 사람이 무슨 수작을 벌이려는지 곧 짐작한다. 다년간 내공을 쌓은 흔적이 느껴지는 그들 듀엣은 눈빛과 고갯짓으로 박자를 맞추며 노래를 부른다. 추억의 옛 가요「해운대 엘레지」이다. 한산도 작사, 백영호 작곡의 이 노래는 평북 창성 출신의 실향민 가수 손인호가 불렀다. 가사 전편이 애잔하고 곡진한 정서로 가득하다. 두 사람은 평소 즐기던 이 노래를 3절까지 하나도 틀리지 않고 구성지게 불렀다. 그 모습이 너무도 향기롭고 사랑스럽게 다가왔다.

이시영 시인은 일찍이 『만월』(창작과비평사 1976)이라는 시집으로 보름달의 둥글고 환한 기운을 전국의 독자들에게 긍정적 메시지로 전해주었다. 그는 평생 겪어온 이야기를 산문 형태의 독창적 시작품으로 엮어서 독자들에게 조곤조곤 들려주었다. 벗은 내가 새로운 시집을 기획할 때마다 격려와 성원을 편지로 보내주었다. 그 다정함과 은근함을 어찌 잊으리. 어디 그뿐인가. 평소 나직하고 정겨운 목소리의 주인공이 문학과 민주주의 최전방 보루를 지키며 선도적으로 이끌었다는 사실은 놀랍기 그지없다.

이시영을 처음 만난 사람들은 맨 처음 그의 차고 무표정한 얼굴에 불편을 느낄지 모른다. 하지만 그가 얼마나 속이 깊고 도타운 정으로 끓어 넘치는지 곧 알게 된다. 한겨울 꽝꽝 얼어붙은 저수지 수면 밑으로 온갖 수초와 물고기를 품고 있는 것과 같다. 그토록 다정했던 친구와 상당히 오래도록 음신(音信)이 두절되었다. 나는 자주 생각하는데 벗은 나를 아주 잊은 게 아닌지 때로는 오해를 했다. 그런데 알고 보니 벗은 여러가지 정황으로 말할 수 없이 힘든 시간을 보내고 있었다. 그 사연을 어찌 필설(筆舌)로 다 할 수 있으리. 그것도 모르고 벗에 대한 서운한 마음을 느꼈던 나 자신을 반성한다. 나는 때때로 옹졸하기가 둘도 없는 사람이다.

2

2000년에는 모처럼 대학의 연구년을 맞아 미국에서 한해 동안 머물게 되었다. 처음엔 중부 내륙 어배너샴페인의 일리노이주립대학 기숙사에 잠시 있었다. 습기로 눅눅하고 벌레가 스멀스멀 기어다녔다. 깜짝 놀라서 시카고대학 동아시아학과로 소속을 옮겼다. 창문 없는 방을 하나 얻고 매일 출근하듯 도서관 책상 앞에 앉았다. 엄청나게 많은 시간이 내 앞에서 나를 위해 제대로 쓰이기를 기다리고 있었다. 그 조용한 시간에 나는 일거리를 찾았다. 시인의 일거리가 무엇인가. 계획해놓고 제대로 달려들지 못한 시를 쓰는 것이다. 나는 민족서사시 『홍범도』를 떠올렸다. 10여년이 넘도록 쓰다가 묵밭처럼 버려둔 그 작품을 미국에서 다시 쓸 계획을 했다. 기발한 생각이었다. 그렇게 계획을 세우고 단전에 힘을 모으며 준비하던 무렵, 고국의 벗 이시영의 소식을 들었다. 뜻밖에 건강이 악화되어 고통을 겪고 있다는 가슴 아픈 이야기였다. 그의 건강 회복을 위해 무엇이 도움 될까 곰곰이 궁리했다. 우선 비타민을 몇가지 챙겨서 보냈다. 미국은 비타민 품질이 좋기로 유명하다. 벗은 받자마자 그에 대한 감사의 편지를 보내왔다.

오늘 우편함에서 보내주신 비타민 잘 받았습니다. 가실 때 뵙지 못했고 안부도 묻지 못했는데 이렇게 뭘 받기만 하니 몸 둘 바를 모르겠습니다. 다만 시를 통해 그곳이 형의 삶을 짐작하고 있을 뿐입니다. 사시는 곳은 반지하의 춥고 눅눅한 방이라는 것, 그곳에서도 맑은 눈의 다람쥐가 이따금 시인과 반짝 눈을 맞춘다는 것, 아, 이 형네 방에서는 오징어를 간장에 절인 냄새가 배어 있겠다는 것 등등…… 사람 사는 곳은 어디나 비슷하겠거니 생각하면서도 먼 땅 먼 곳의 삶은 꼭 다를 것만 같아 보입니다.

고은 선생이 마포에서, 허름한 지하 포장마차에서, 낙지와 소주를 시켜놓고(사실은 청하) 나서 나더러 하시는 말이 '이제는 술이 나를 알아보는 것 같아, 고은아 오랜만이다 하고……' 그곳 보스턴에서는 포도주 귀신이었던 모양인데 지금 이곳에선 다시 청하로 돌아와 왕성 현역입니다. 요즘 이곳의 문단은 고은에다 황석영의 정력이 보태어져 시끌벅적합니다. 저는 아직 술을 할 수가 없어 자주 어울리진 못하지만 돌연 활기가 도는 작금의 이곳입니다. 동시에, 한편으론, 염 선생님을 보며 느끼는 것이지만 고·황 같은 왕성한 현재형 바깥에선 한 시대가 쓸쓸히 막을 내리고 있다는 엄연한 현실을 또한 목도합니다.

염 선생님, 이문구 형, 지하 형님 기타 등등…… 또 이들과는 달리 우리 백 선생님, 최원식 형 같은 단아한 지성들이 있지만…… 하여간 좀 쓸쓸합니다. 감히 저로 말할 것 같으면, 저는 어디 조용한 논둑길을 흐르는 깨끗한 개울물이고 싶어요. 그냥 잊힌 듯이, 가을 개울물이면 더욱 좋고.

시끄러운 시절, 그리고 변환기에 먼 이국에서 한반도

125

를 더욱 잘 들여다보시는 좋은 시간 되시기를 빕니다. 지
도를 펼쳐놓고 보니 이 형 계신 곳이 참 멀구나 하는 느낌
입니다. 대서양 연안의 여러 곳도, 예를 들면 뉴올리언스
같은 곳도 구경하시기를 바랍니다. 건강하시고!

1983년 5월 9일 서울

이시영 드림

벗은 별것 아닌 물건을 받고도 이토록 우정이 듬뿍 느껴
지는 답장을 보냈다. 길지 않은 편지로 서울 소식을 그림처럼
실감 나게 들려준다. 사실 커다란 출판사의 업무 전담자로서
그의 땀과 노고는 얼마나 많았을 것인가. 각종 출판기획, 청
탁, 교정, 접대, 상담, 회의 등등 회사의 온갖 살림을 거의 혼
자 도맡았다. 그러니 제아무리 강철 같은 이라도 탈이 안 날
수가 있겠는가.

워낙 바쁜 일과에 시달린 탓인지 벗은 논둑길을 흐르는
가을 개울물처럼 조용히 살아가고 싶다는 마음을 고백한다.
가슴이 애잔해진다. 다정한 친구란 언제 어디에 있든 마음이
하나로 엮여 서로를 신뢰하고 염려하며 성원하는 관계이다.
그런데 이런 벗과 통교(通交)가 오래 두절되었으니 그건 모두
내 탓이다. 벗의 건강이 요즘은 어떤지 궁금하다. 바람결에

아련한 그리움을 띄운다.

3

　내 스크랩북에서 한 개인의 것으로 가장 많은 분량은 단연 이시영 시인의 편지다. 그의 편지에서는 특유의 분위기가 느껴진다. 반듯한 필체와 깍듯한 말씨, 따스한 온기가 풍겨나는 문장 등이 그것이다. 벗의 편지에는 직접 만나서 대화할 때와는 또다른 분위기가 듬뿍 들어 있다. 편지는 읽는 재미, 보는 즐거움, 읽고 난 뒤의 가슴 설레는 여운까지 두루 갖추고 있다. 그래서 이시영의 편지는 가히 명품이다.

> 먼저 이단비 양의 돌을 축하드립니다. 단비처럼 온 대지와 인간에게 기쁜 인물로 자라나도록 힘써주시기 바랍니다. 최 선생과 송기원 형과 상의해봐야 알겠지만 지금 생각으론 28일에 청주 내려가기가 매우 어려울 듯합니다. 정각〔正覺, 김성동 작가〕이 그때까지는 퇴원할 것 같지 않고, 송도 허리 치료 중이며, 최 선생은 어떤지 모르겠으나, 나는 요즘 대(對) 불제자(佛弟子)들과의 싸움에 진력이

나 있는 상태입니다. 하루에도 7~8건씩 찾아오는 승려들, 걸려오는 공갈협박 전화 등에 맞서고 있는 중입니다. 다만 한가지 다짐이 있다면, 잘못된 체제와의 싸움 못지않게 구습 내지 구악과의 싸움도 해볼 만한 가치가 있다는 것입니다. 작품을 삭제하고 공개 사과하라는 터무니없는 요구를 하고 있습니다. 멀리서이지만, 표현의 자유와 실력대결을 벌이고 있는 상대측과의 싸움에 관심 가져주시기를 빕니다.

강의 중임에도 열편 이상의 시를 썼다니 반갑습니다. 끝없는 소모만 되풀이되고 실속이 없는 저의 나날입니다만, 청주의 맑은 햇빛과 공기, 그리고 숲속에서 마음껏 창작의 열기를 누리시는 이 형의 삶이 부럽습니다. 『학원』 창간호의 시는 잘 읽었습니다. 백두산의 기초를 다지는 시라고 생각되었습니다. 많이 그리워하시고 많이 다듬어가시기 바랍니다. 위대한 서사시에의 꿈을……

단비의 돌을 내려가 축하함이 마땅한 도리이오나 그러하지 못함을 너그러이 용서해주시기 바라며 이만 쓰겠습니다. 다음 달 '명이' 모임에서 뵙기로 합니다.

1984년 4월 21일

이시영 드림

1980년대 중반 독서모임 명이에 참가하던 무렵의 아련한 편지다. 멤버들의 집집마다 돌아가며 모임을 열었다. 그런데 독서가 위주여야 할 독서회에서 토론은 뒷전이다. 매번 토론보다 더 다급한 음주를 가장 으뜸가는 실천으로 삼았다. 이러니 날과 달이 흘러갈수록 처음의 팽창되었던 의욕은 느슨해지고 고달픈 이취(泥醉)의 기억만 남았다. 이 모임은 결국 가가호호 한차례씩 순회를 겨우 마치고 4회차에 저절로 막을 내리고 말았다. 최원식 형이 가장 먼저 인천에 첫 테이프를 끊었고, 두번째가 이시영 형이 주관했던 서울 모임이다. 세번째가 청주 내 집이었고 네번째는 그 무렵 김성동 형이 살던 대전 산내면 구도리에서 했다. 그것이 마지막 모임이다.

세번째 모임 때 벗 이시영은 참석이 어렵다는 뜻을 전해왔다. 꼭 참석하고 싶지만 창비와 주변의 소란 때문에 자리를 비울 수가 없다고 했다. 진보적 성향의 민중불교연합은 반독재투쟁을 펼쳐나갔다. 하지만 보수적 색채의 불교권에서는 사사건건 훼방을 놓거나 그들에게 공격을 퍼부었다. 그러한 현실을 우려하고 해결 방안을 모색하는 글이 계간 『창작과비평』에 실렸다. 보수 쪽에서는 즉시 이 글을 비판했다. 과격한 승려들은 출판사로 전화를 걸거나 직접 찾아와서 협박

하고 항의했다. 도무지 신속한 수습이 어려운 정황이었다. 그 때문에 이시영은 청주 모임에 참석이 어렵다고 했다. 그런데 뜻밖에도 그날 저녁 청주 모임에 벗이 나타났다. 다행히 흐름이 부드럽게 바뀌어서 올 수 있었다고 말했다. 모든 멤버가 다 참석하니 한결 흥이 돋고 분위기는 행복감으로 넘쳤다. 흐뭇한 표정으로 서로에게 술을 권하며 웃음소리가 낭자했다.

일정을 모두 끝내고 우리는 청주 교외의 개신동 가을 들판을 함께 거닐었다. 가을걷이한 들판에서 다정히 찍은 기념 사진이 있었는데 지금 어디 있는지 찾을 길이 없다. 1980년생인 내 딸 단비의 돌잔치 소식도 편지글에서 보인다. 그 아기가 벌써 불혹의 나이를 넘었으니 세월은 어찌 이다지도 주춤거림도 없이 마구 질주해버리는 것인가. 친구의 편지는 구구절절 나에 대한 배려와 안부, 우정의 표현이 진하게 배어 있다. 그후로 벗은 건강이 나빠져서 오래도록 힘든 시간을 보내었다. 그런 와중에도 여러 대학으로 시창작 강의를 열심히 다녔다. 그는 분명 상상을 뛰어넘는 특별한 열정의 소유자임에 틀림없다.

무정한 세월은 누가 시킨 것도 아닌데 저 혼자 분주히 흘러갔다. 명이 모임 벗들의 신상에도 엄청난 변화가 있었다. 김성동이 낙백(落魄)의 세월을 혼자 허망하게 보내다가 가장 먼저 세상을 떠났다. 이어서 송기원이 전라도 해남 땅에 은거하며 글쓰기에 전념하고 그림으로 작품전도 하더니 홀연히 불귀의 객이 되었다. 이제 최원식, 이시영, 나 이렇게 셋만 남았다. 우리도 고희(古稀)를 단숨에 넘어 어느덧 망팔(望八)이 가깝다. 이제는 예전처럼 함께 만나 지난날을 회고하는 일도 전혀 불가능하다. 다만 혼자서 그 시절을 다시 되새기며 옛 추억만 조용히 헤적일 뿐이다.

4

저서라는 것을 발간할 수 있을까. 나도 과연 저자가 될 수 있을까. 20대 시절에는 이런 것에 대해 고민했다. 평생을 대학에서 살며 이런저런 글을 썼다. 그렇게 해가 지나니 발표한 논문 분량이 제법 되었다. 그걸 모아서 책을 내기 시작했다. 나이 서른부터는 시집도 몇년마다 한권씩 발간했다. 이렇게 세월이 흘러 지난 2023년은 등단 50주년이 되던 해였다. 그간 펴낸 각종 저서들을 정리해보노라니 어언 70권이 넘었다.

내가 어떤 책을 발간했던가 하고 목록들을 살펴보는데 낯이 화끈 달아올랐다. 그저 가짓수만 잔뜩 늘여놓은 실속 없는 구멍가게의 모습이 떠올랐다. 하지만 다시 생각하니 그것들은 나무의 나이테처럼 그간 살아온 나의 경과였다. 책 한권 한권마다 거기에 얽힌 사연과 내력이 제각기 서려 있다. 그걸 더듬어 생각하는 시간은 나름대로 혼곤한 추억에 젖어 들게 했다. 그 많은 저서 목록 중 가장 자랑스럽고 가슴 뿌듯한 책이 하나 있으니 그게 바로 『백석 시전집』이다. 이 책은 나의 학문적 성과와 업적으로 떳떳하게 자랑 삼을 수 있다. 1987년 10월 하순, 창작과비평사에서 발간된 이 시전집은 오로지 거기서 일하던 나의 벗 이시영의 전적인 배려 덕분이다.

학부를 마치고 대학원 진학을 위해 나는 한국 현대문학사 관련 서적들을 통독하기 시작했다. 문학사 공부에 대한 지식과 안목을 제대로 갖추는 것이 무엇보다도 급했다. 그런데 우리에겐 제대로 된 문학사가 없다. 식민지배와 분단 때문에 형태와 체계가 일그러진 책들만 나왔다. 백철, 조연현, 정한숙, 김윤식, 조동일 등의 문학사가 있지만 만족을 느끼지 못했다. 그 가운데서도 여러 자료 소개가 으뜸인 백철의 『조선신문학사조사』(상권 수선사 1947, 하권 백양당 1949) 상하권을 읽던 중이었다. 1930년대 시 해설 부분에서 '백석'이라는 이름의 시인이 자주 등장했다. 인용된 여러편의 시작품에는 주로 20세기 초반의 농촌 풍경과 유년 시절의 추억이 담겼다. 세월이 그리 길지도 않은 우리 문학사에 어찌 이리도 낯설고 생소한 이름들이 많은가. 대체 그게 무엇 때문인가. 가만히 생각해보니 이런 혼란을 빚어낸 근본 원인은 모두 분단이었다. 분단이라는 흉물이 본래의 질서와 규범을 깎고 헐어내었다. 그뿐만 아니라 모습을 변조해가며 체계를 일시에 무너뜨리기까지 했다. 모든 것을 둘로 쪼개고 나누는 기형적인 해체와 붕괴였다. 이것은 남과 북 모두 마찬가지였다. 그런 상태로 세월이 흐르니 원형 회복의 길은 점점 더 아득해졌다.

그날부터 도서관, 고서점, 옛 신문과 잡지, 간행물, 장서가의 목록 등을 뒤지며 나는 백석의 시작품을 찾아 헤맸다. 흰 백(白)이라는 글자만 눈에 띄면 우선 가슴부터 두근거렸다. 그러나 막상 확인해보면 '백철' '백신애' '백광홍' 등 다른 사람이었다. 이런 노력 속에서 백석의 시작품은 하나둘 그 모습을 드러내기 시작했다. 이렇게 모은 작품이 100여편 가까웠다. 그것은 켜켜이 쌓인 낙엽 속에서 잃어버린 보물을 찾는 일과 같았다. 작품 하나를 찾으면 원문을 복사해서 발표순으로 엮은 가본(假本)을 만들었다. 그것을 저본(底本)으로 마침내 시전집이 발간된 것이다.

출판사에서 맡아 하는 모든 일은 나의 벗 이시영이 전담했다. 당시 벗의 노고와 정성은 눈물겨웠다. 그는 발간 작업의 경과와 진척 상황을 틈틈이 소상하게 알려주었다. 벗이 편지를 보낸 시기가 9월 하순이니 이것은 『백석 시전집』이 발간되기 불과 한달 전이다. 진행의 구체적 경과를 편지에서 읽어볼 수 있다.

김이구 편에 보내주신 편지 잘 받았습니다. 그리고 뜻밖의 조의금도 잘 받았고요. 장인이라 일부러 연락 안 드렸는데도 결국은 폐를 끼치고 말아 죄송합니다. 학과장을 맡으셨다니 더욱 분주하시겠습니다. 누구나 돌아가며 한번씩 하는 일이니 슬기롭게 넘기십시오.

『백석 시전집』은 착착 진행 중입니다. 지금 재교 나오기를 (조판소에서) 기다리고 있습니다. 재교가 나오면 연락 드리겠습니다. 교정지를 우송해드릴 터이니 일독해주셨으면 합니다. 다만 걱정되는 것은 정지용, 김기림의 복권도 아직 단행될 기미가 전혀 안 보이고 있는 상황의 불변입니다. 노력해보도록 합시다. 상황을 잘 판단해보겠습니다. 캠페인도 아울러. 참, 『개밥풀』 인세가 조금 나왔습니다. 18만원. 온라인 번호를 알려주시면 우송해드리겠습니다. 『홍범도』 작업은 여전히 잘 진행되겠지요? 역작되기를 기원합니다.

고 선생의 『백두산』 진행은 교정에서 콱 걸려 있어 잘 넘어가질 못하고 있습니다. 저자가 귀국하면 대폭 수정이 필요한 셈이지요. 특히 서사시에서 유의할 점이 역사적 사실과의 부합인 것 같으며(완전한 일치는 아닐지라도) 주인공의 작품 내적 성격 통일인 것 같습니다. 너무 그런 곳에 치중하다보면 예술적 성취도와 발랄한 생동감이 결여되기 쉽고, 그렇다고 작품 속의 사건의 전개가 허구가 아닌 이상 일반적인 역사 견해와 별개일 수는 또한 없지요. 교정 경험을 얘기드리는 것이니 크게 신경 쓰실 일은 못 됩니다만 참고하십시오. 이 형의 수고가 손길 닿는 대로 뻗친 의의 있는 작업 『백석 시전집』의 햇빛 보는 날을 함께 기원합시다. 거듭 감사드리며 분주한 펜을 놓습니다.

1987년 9월 22일

이시영

5

그리운 벗 이시영은 격랑의 시대 한 중심에서 계간 『창작과비평』을 우뚝 지켜온 인물이다. 그 때문에 겪었던 심리적

이시영 시인의 편지. 벗의 노고와 정성이 지금도 눈물겹다.

중압감이 얼마나 무거웠을 것인가. 일례를 들어본다. 김지하 시집 『타는 목마름으로』(창작과비평사 1982)는 제5공화국 집권 뒤인 1982년 6월, 막 출간을 앞두고 있었다. 당시 정권은 이 시집의 발간을 극도로 염려하고 두려움을 느꼈다. 어느 날 느 닷없이 공권력을 동원해 인쇄소를 기습하고 시집 5천부를 임 의로 압수해 갔다. 그렇게 빼앗아 간 시집을 모조리 절단기로 잘라버렸다. 하지만 창비는 여기에 굴복하지 않았다. 시집을 다시 제작해서 전국 서점에 납본했다. 이렇게 되자 정부 당국 의 억압은 무색해졌다. 이시영은 그 숨 막히는 긴장과 격정의 시간을 조절하고 주관하는 관리자였다. 어떤 위기 상황 속에 서도 항상 굳건히 제자리를 지켰다. 벗은 '세상의 격려와 도 움으로 모든 난관이 해결되었다'고 편지에서 말하지만 이는 겸손한 어법이다. 가파른 시대의 첨단을 통과해오며 그가 겪 은 심신의 노고는 얼마나 크고도 고통스러웠을 것인가. 문학 작품이 집권 세력에 의해 부당한 억압과 수난을 겪는다는 것 은 참혹한 일이다. 그러나 여기에 굴복하지 않고 맞서 싸우며 힘든 시간을 견디는 일도 대단하다. 그 빛나는 성과를 이시영 은 몸으로 실천했다. 그런 벗에게 사랑과 존경의 꽃다발을 보 낸다.

주신 편지 잘 받았습니다. 사실은 '21인 신작시집'이 너무 늦게 나오게 된 점을 깊이 사과드리려고 했는데, 막상 이 형의 편지를 먼저 받고 보니 죄송스럽기 짝이 없습니다. 원고 마감을 2월 말인가에 했는데 여러가지 회사 사정이 겹쳐서 그렇게 늦고 말았습니다. 양해해주시기 바랍니다.

『타는 목마름으로』건은 그럭저럭 여러분들의 도움과 격려로 해결되어가고 있는 중입니다. 다만 우리 시대의 문학이 그 어떠한 이유에 의하던 간에 금기시된다는 것이 못내 안타까울 뿐입니다. 우리 모두의 노력과 지혜에 의해 다시는 그런 사고가 터지지 않도록 해야 할 것 같습니다. 하여간 여러분들께 걱정을 끼쳐드려 무어라 말해야 좋을지 모르겠습니다.

창비신서 42, 43은 아직 발송치 않았습니다. 그러니 안 받으신 것도 당연한 일이지요. 곧 보내드리겠습니다. 그리고 『개밥풀』 30부는 영업부에 의뢰, 발송토록 했습니다. 처형 되시는 분께는 저희가 따로 편지를 내도록 하겠습니다.

이 형의 오랜만의 글월을 통해 이 형의 근간의 생활 모습을 대략 읽어볼 수 있습니다만, 저 역시 마찬가지로 일

더미, 술 더미 속에서 허우적거리느라 가을도, 그 가을의 정감도 느끼지 못하고 있습니다. 늘 정신을 차려야겠다는 자각증상은 조금 있습니다만……

간혹 가다가 윤구병 형을 통해 이 형의 여러 얘기를 듣기도 합니다만, 바쁨 속에서도 생활의 피로와 분노와 더러움 속에서도 역겨움 속에서도 이 형다운, 가장 시다운 시를 보여주시기 바라며 이만 펜을 놓습니다. 건강하십시오.

1982년 9월 15일

이시영 씀

언어와 문자라는 것은
결국 무엇인지

김성동 작가의 편지

1

그의 편지를 읽는 느낌은 우선 처연하다. 박제된 시간의 내부를 들여다보는 야릇한 실감도 있다. 문맥마다 그 시절의 따뜻한 우정, 정겨운 포용, 개결함, 아름다운 긍정이 눈물겹게 서려 있다. 읽으면 읽을수록 과거로 떠난 그것들이 홀연히 되살아난다.

'정각(正覺)'은 작가 김성동의 승려 시절 법명이다. 환속한 뒤로는 '석남거사(石南居士)'라는 자호를 쓰기도 했다. 그의 아버지는 해방 직후 충남 보령 지역의 남로당 간부였다. 그것을 당시 용어로는 '복잠치(伏潛治)'라고 했다. 민간에 숨어서 활동하는 지도자라는 뜻이다. 그 때문에 부모가 모두 보안기관에 체포되어 고통을 겪다가 참혹하게 세상을 떠났다.

아무도 돌볼 사람이 없던 어린 소년은 사찰에 맡겨져 일찍부터 삭발하고 승려가 되었다. 거기서 고등학교를 다녔지만 중퇴했다. 학교 공부보다도 경전 읽기가 더 좋았기 때문이다. 그 과정을 통해 삶과 존재의 인식, 우주에 대한 통찰까지 경험하고 깨달음을 얻었다. 그는 한문 읽기에 능숙했으며 서예 솜씨도 뛰어났다. 특히 고전에 대한 지식이 해박했다. 김성동이 남긴 모든 저작물에는 청소년기 시절의 승려 체험, 세상의 모순과 부조리, 올바르게 살아가는 길 등에 대한 깊이 있는 담론이 담겨 있다.

독서회 명이를 통해 더욱 가까워졌지만 우리는 주로 편지를 주고받으며 돈독한 우정을 쌓았다. 1984년, 내가 장시 「풍등사설(風燈辭說)」을 발표했을 때 벗은 그걸 읽고 격려의 독후감을 써서 보내주었다. 우정과 기대와 신뢰가 구구절절 눅진하게 묻어나는 필치로 써서 보낸 존경하는 벗님의 편지를 오랜만에 읽어본다.

'원주 테제' 보냅니다. 결국 세계와 나(我)를 대립하는 절대의 개념으로 보지 않고 생명의 고리로써 선택된 절대의 개념으로 파악하자는 동양정신으로의 귀일(歸一)을 얘기한 것으로 읽었는데…… 그러나 언어와 문자라는 것은 결국 무엇인지?

「풍등사설」신명 나게 읽었으오. 슬픈 노래임에 분명하건만 읽는 자에게 기묘한 신명을 불러일으킨다는 것은 분명 노래하는 자가 그 슬픔의 근저(根底)를 꿰뚫어봄으로써 어떤 아름다움(그것이 이른바 시에서 추구하는 것이라면)의 한 끈을 잡은 것으로 보입니다. 능청스러운 형용의 모습이랄까. 인형(仁兄)으로서야 한 시도이겠으나 그 가락, 그 목청을 더욱 확대·심화시켜 민족사와 민중사를 한줄에 꿰는 대하서사시로 성큼성큼 나아가시어 가없는 공감 바다에서 몸을 떨고 있는 이 시대의 중생들에게 장명등(長明燈)으로 길이 빛나소서. 여불비례(餘不備禮).

1984년 2월 6일

정각 합장(合掌)

2

정각 김성동의 편지는 보면 볼수록 정겹고 기분이 아늑해진다. 특유의 달필이 멋과 향기로움을 풍긴다. 만년필로 쓴, 구불구불하면서도 항시 제자리를 찾아가는 서법은 고전적 풍류를 느끼게 한다. 그것은 마치 취객이 어두운 밤길을 비틀거리며 걷지만 반드시 제 집을 찾아가는 모습과 흡사하다. 길이가 짧으면서도 서간으로서의 형식을 모두 갖춘 격조 높은 편지글이다.

> 염려 덕분에 무사히 귀가. 우선 약을 먹으며 흐트러진 몸과 마음을 추스르고 있습니다. 입원 시에 보여주신 인형의 후의(厚意), 늘 가슴에 새겨 건강을 되찾아 '진정한 작가'가 되는 것으로서 갚아나가고자 합니다. 인형의 문학과 가내의 균안(均安)을 기원드리며, 경황 중에 총총.
>
> 1983년 10월 23일
>
> 김성동 합장

그는 1980년대 중반 김지하 시인과 강원도의 산간 오지를 여행하다가 깊은 밤 자동차가 낭떠러지로 추락하는 사고를 당했다. 다행히 목숨은 건졌지만 몹시 큰 중상을 입었다. 사고의 후유증으로 한쪽 눈의 시력까지 잃게 되었다. 병원에 누워서 삶의 비관과 절망이 얼마나 컸을지 당시를 생각하니 지

東洵 仁兄

    엄려덕북에 무사히 ...
유사 약을 먹으며 ...
... 마음을 ...고 있습니다.
    ...時에 보여주신 仁兄의
... 늘 가슴에 새겨, ...
...이 「진정한 作家」가
되는 것으로나 ...
합니다.
    仁兄의 文學과 家內의
평安을 기원 드리며, 정황중에
총총.

                    1983. 10. 23
                    金聖東 드림

김성동 작가의 편지.
달필의 글씨가 정겨우면서도 독특한 아름다움을 풍긴다.

금도 가슴이 아려온다. 그때 회복에 도움이 되라며 약재를 선물로 보내드린 것이 어렴풋이 기억나지만 그게 무엇인지는 뚜렷이 떠오르질 않는다. 그걸 받고 감격해서 보내온 답신이다. 병원에서 대수술을 받고 여러달 입원했다가 퇴원한 직후였으리라. 편지에 따르면 벗은 사고로 입은 혹독한 충격에서 조금씩 헤어나는 것으로 보인다. 나의 작은 정성에 그는 마치 소년처럼 진실한 다짐을 보내왔다. '진정한 작가'가 되는 것으로 거기에 보답하겠다고 말한다.

3

문장을 쓸 때 일부러 예스러운 문체와 분위기를 이끌어오는 방법을 의고체(擬古體, pseudoclassic)라고 한다. 우리 현대문학사에서는 일찍이 1930년대 이병기, 정지용, 이태준 등이 그런 고전적 스타일을 중시하였다. 공교롭게도 그들은 모두 일제 말 우리말이 위기를 겪던 시절의 문학지 『문장』에서 추천 심사위원으로 활동했다. 그러니 그들의 의고체 사랑은 『문장』 발간 취지와도 분명 관련이 있으리라.

조선시대 양반, 선비, 지식인 들이 주고받던 편지글 문투를 그대로 재현함으로써 거기에 서린 격조, 품위, 고풍(古風)의 중량감을 재생시키는 스타일이 있었다. 그러한 의식이나 감각의 되살림에는 민족적 주체의식이 금가루처럼 갈무리되어 있었으리라. 앞서 거론한 문인들 외에도 정인보, 홍명희, 이광수, 안확, 김용준 등 당대 일급의 한국학 지식인들은 이런 의고체를 몹시 즐겼다. 우리 할아버지 세대들은 대체로 이런 문체의 편지를 생활에서 실천하셨다. 하지만 그 어른들 모두 돌아가시니 의고체는 이제 거의 절멸(絶滅)이다.

작가 김성동의 편지는 사라진 의고체를 고스란히 경험해볼 수 있는 드물고 귀중한 글이다. 짐짓 무게감이 느껴지는 의고체 문장 속에서 그는 시대에 대한 걱정과 비판, 우리가 장차 나아가야 할 방향성 따위를 넌지시 암시하고 있다.

마음으로만 늘 궁금하던 차에 인형의 혜함(惠函)을 받고 보니 여간 반갑지 않습니다. 식소사번(食少事煩)한 나날이 다보니 편지 한장 쓰지를 못하였지요. 건강이 그만하시다는 이야기는 풍문으로 가끔 듣고 안심하고 있습니다.

정치판도 그렇지만 문단의 동향 또한 어차피 한번은 겪어야 할 과도기적 현상으로 알고 있습니다. 도덕적인 순결성이 절제되지 않은 이데올로기 편향과 이데올로기 편향으로부터 드러나는 진보주의는 결국 관념적 과격성에 다름 아니지요. 이른바 좌익 맹동주의(盲動主義), 또는 좌익 소아병(小兒病) 말씀입니다. 필요한 것은 언제나 한 사람의 맑스와 한 사람의 레닌일 터입니다. 문단으로만 국한시켜 전환기를 보더라도 일제하의 카프와 팔일오 직후의 문학인들의 움직임은 지금도 여전히 우리에게 많은 시사를 던져준다고 봅니다. 그런 의미에서 오늘의 진보적인 문인들이 그토록 열광하는 임화의 개인사적 삶의 궤적을 엄혹하게 살펴볼 필요가 있겠지요. 관활임장(觀闊臨長)이어야 할 것이라고 믿습니다.

면구스러워 미루어두고 있던 잡문집 보내드리오니 소납(笑納)하소서. 여불비례.

1987년 9월 12일

각(覺) 배

1980년대는 민중문학의 전성기였다. 입만 열면 오로지 민중을 상투적으로 거론하는 경우가 많았다. 그런 부류 속에는 행동보다 관념적 이론이 앞장서는 사례가 흔했다. 이런 흐름을 작가는 좌익 맹동주의로 규정한다. 우리는 그의 관점에서 호된 비판과 질책을 느끼게 된다. 어떻게든 넓고 길게 바라보며 큰 흐름에서 창작에 임하라는 매서운 교훈을 우리에게 던져준다. 해방 직후 좌파문학의 흐름이나 월북 후 비운의 삶을 마감했던 시인 임화(林和, 1908~53)의 모습에서 그러한 타산지석의 교훈을 얻게 되었으면 하고 바란다. 그로부터 세월은 한참이나 흘렀는데 이젠 그런 가식과 표피성이 사라졌는지 우리 스스로 오늘을 냉철하게 반성하고 점검할 필요가 있다.

4

그리운 벗 김성동이 보내온 두장의 엽서편지가 있다.

첫번째 엽서는 발신지가 서울 은평구 불광동으로 신접살림을 차린 직후에 보낸 것이다. 이사를 했으니 한번 다녀가라는 전갈이다. 작가 김성동은 당시 '석남거사'라는 자호를 즐겨 썼다. 옛 문헌에 석남(石南)에 대한 기록이 보이는데 그것은 만병초 혹은 홍가시나무를 이르는 말이다. 그 나무를 사랑의 상징이라고 일컫는다. 나는 첫돌 전에 어머니를 잃고 성장기에는 사랑에 몹시 굶주렸다. 하지만 벗이야말로 어려서 부모 이별의 돌연한 횡액을 겪었다. 그것도 흉측한 시대의 마수가 부모자식의 천륜을 강압으로 떼어놓았다. 그토록 천인공

노할 아픔과 상처를 산사태처럼 겪으며 살았으니 부모님 사랑이 얼마나 그립고 사무쳤으리. 그 속내는 소상히 알 수 없지만 스스로 석남거사라 자호한 연유가 이와 무관하진 않으리라.

또 하나의 엽신(棄信)은 1998년에 받은 것이다. 그로부터 바로 한해 전, 그러니까 1997년 봄에 벗이 대구를 다녀갔었는데 그것은 전혀 예상치 못한 방문이었다. 어떤 기별도 없이 돌연히 찾아왔다. 그런데 웬 낯선 여인과 동행했다. 내 앞에 당도한 두 사람은 모두 이미 이취(泥醉) 상태였다. 발걸음도 제대로 옮기지 못하는 와중에 두 사람은 또 술을 찾았다. 내가 어쩔 도리가 없이 안내한 술집 구석에 그들은 함께 앉았다. 그런 모습으로 벗은 줄곧 밑도 끝도 없이 중얼거리며 오래도록 혼자 떠들었다. 그러다가 두 사람은 온다 간다 말도 없이 바람처럼 홀연히 사라졌다. 그러고는 한참토록 소식이 없었다. 그로부터 한해가 지나 초여름이 시작될 무렵, 벗은 지난해 일에 대한 너그러운 용서를 구하는 엽신을 백담사에서 보내왔다. 나는 그 엽서를 받고 눈물이 핑 돌았다. '찔레꽃머리'라는 시절 표현의 대목도 애잔하고 슬픈 아름다움이다. 그가 아니면 누가 이런 향기로운 표현을 쓸 수 있는가. 지금 세상에는 아무도 없다.

엽서의 서두가 '관생(冠省)'이다. 예전 편지의 첫머리에서 번거로운 인사말을 생략한다는 뜻으로 쓰던 말이다. 한자는 '관성'이지만 읽을 때는 '관생'이다. 이런 관용어를 이해하고 쓸 수 있는 사람을 찾지 못한다. 그런 분들은 모두 사라졌다. 김성동도 그 가운데 한 사람이다.

> 관생(冠省). 상년(上年) 이맘때 달구벌에서는 이 중생이 많이 취했었지요. 장 걸려 잊으면서도 이제야 적어보는 미안함이니, 해량하소서. 여불비.
>
> 1998년 6월, 찔레꽃머리에, 어(於) 백담사
>
> 김성동 합장

물론 벗이 보내준 장문의 편지도 적지 않다. 그의 서찰에는 전체적으로 옛 선비의 고졸한 문장, 투식, 격조가 풍부하게 넘실거린다. 구구절절 고아(古雅)한 풍류가 서리어 명문의 경지를 이룬다. 여기저기 흘러넘치는 흥건한 기품을 보면 때로 신명이 솟구치기도 한다.

> 호구난(糊口難) 봉인극난(逢人極難).
>
> 막막할 때마다 하여보는 붓장난인데, 아지 못게라. 진

세(塵世)와 청산(靑山) 어느 쪽이 옳은지. 모름지기 봄이 오면 어느 곳엔들 꽃이 피지 않으리오만, 아, 산시비산(山是非山)이요 수시비수(水是非水)이니, 어느 곳에 또 지친 육신을 의탁해야 할 것인지. 육침(陸沈)한 지 스무해 만에 터럭만 세어버린 것 같으오. 끝없이 앞으로만 달음박질쳐가는 사람들 틈에서 오구구 몸뚱이만 오그라들 뿐인 방외인(方外人)인 것이오.

허망은 허망대로 참됨은 참됨대로 두어두라고 옛사람은 일렀건만, 아지 못게라. 무엇이 허망이고 무엇을 가리켜 또 참됨이라 일컫는 것인가, '무생불혜유산수(無生佛兮有山水)'라고 옛 중은 읊었건만, 애홉어라. 중생도 없고 부처 또한 없는 것이야 고금(古今)이 다를 바 없겠되 이 중생이 애홉어하는 것은 산도 없고 물도 없다는 데 있으니 남은 시각이 많지 않음이오이다그려. 염량세태(炎凉世態)에 마음 상하실 것 없고, 강 출판사의 젊은 친구들한테서 기별이 있었는가 모르겠으오.

그들(시인 안찬수, 평론가 정홍수)한테 이찬 등의 시집 출판 이야기를 하였더니 좋다고 하였고 겸하여 인형과 상의하여―의병가사(義兵歌辭)부터 재북(在北) 시인에 이르기까지―인형의 노작(勞作)인 『민족시의 정신사』를 중심으로 '민족시 총서' 형식으로 출판을 하여보면 어떻겠느냐고 하였더니 또한 좋다고 하면서 한번 인형을 심방하여 상의드리겠다고 하였습니다. '울대' 국문과 출신의 64년생 젊은이들인데 문학을 대하는 태도가 요즘 젊은이들과 다르게 진지하고 인품 또한 진실한 사람들입니다. 댁의 전화를 몰라 개강하면 학교로 기별하겠다 하였으니 이 형이 먼저 연락을 해봐도 무방하리다. 여불비.

1997년 3월 18일

이니(履泥) 합장

　서두의 '호구난'이나 '봉인극난'이라는 대목은 입에 풀칠하기도, 사람 만나기도 어렵다는 뜻이다. 이 대목을 음미하면 가슴이 아린다. 글쟁이의 삶이란 예나 제나 이처럼 어렵고 가난하며 절절했다. 작가는 진세와 청산이라는 극명히 대조가 되는 두 세계를 비교하고 있다. 진세, 즉 티끌세상은 우리가 몸담고 살아가는 속세이다. 그곳은 언제나 먼지투성이로 사기, 협잡, 권모술수가 가득하다. 청산은 그 현실을 벗어난 공간이니 죽음 이후에나 가서 길이 쉬며 드러눕게 될 고요한 적료(寂寥)의 터전이 아닐 것인가. 산도 물도 이미 예전의 맑음을 아주 잃어버렸으므로 살아갈 일은 그저 막막하기만 하다.

세상에 머물러 살면서도 스스로가 낯선 외계인 같고 무엇이
진실이며 거짓인지 분간조차 어렵다.

당시 벗님은 여러 자호를 번갈아 썼다. 여기선 '이니'라 하
였으니 이는 세상의 더러운 속진(俗塵)을 밟고 산다는 뜻이다.
'이(履)'는 가죽으로 만든 신발을 뜻한다. 세상에 던져진 내 목
숨과 대자연의 존재는 둘로 나눌 수 없지만 애당초 그 둘은
서로 무관하다. 그저 현재의 삶을 충실하게 지극정성으로 살
아갈 도리뿐이라는 조금은 쓸쓸한 허무감이 느껴지는 외우
(畏友)의 편지글이다.

편지글 중에서 '애훕다' '애훕어라'라는 대목이 유난히 눈
에 띈다. 지금은 아주 사라진 조선시대 고어인데 '슬프다' '안
타깝구나'라는 뜻으로 읽으면 된다. 조선왕조 제21대 영조의
사설시조에서 '아훕다 우리 태모성은(太母聖恩)은 헤아리기 어
려워라'라는 구절이 언뜻 떠오른다. 이처럼 어렵고 희귀한 옛
말을 벗은 어디서 어떻게 찾아내어 일상적으로 썼는지 나는
그것이 신기하고 신통했다. 벗은 때로는 자신의 산문에서 신
조어를 만들어 쓰기도 했다. 그의 모국어에 대한 집념과 애착
은 그 정도로 강렬했다. 독자들이 어려운 낱말에 익숙하지 않
은 것을 배려하는 뜻으로 책의 후반에 '낱말풀이'를 달기도
했다.

또 하나 눈길이 쏠리는 대목은 '울대'라고 쓴 부분이다. 석남거사 김성동은 국립 서울대학교를 자주 비판하고 성토했다. 그곳이 지닌 허상과 가식, 교만을 통렬히 지적한 것이다. 지난날 경성제국대학 시절의 식민지적 습관과 청산하지 못한 적폐를 매섭게 꾸중하였다. 두계(斗溪) 이병도(李丙燾, 1896~1989)가 중심이 되었던 이른바 '울대파' 사학자들이 이 땅의 민족사를 온통 망가뜨렸다며 대성일갈로 호통을 쳤다. 그런 과정으로 그들이 한국현대사에 끼친 해독과 병폐는 심각한 위기의 수준임을 자주 역설했다. 그래서 벗은 평소 서울대를 일컬을 때 거기서 한음절을 뺀 '울대'라는 명칭을 썼다. 조롱과 빈정거림이 들어 있는 작가만의 조어였다.

5

나의 다정한 벗 김성동은 대전 대덕군 산내면으로 집을 지어 이사했다. 그런데 그곳이 어떤 장소인가. 작가의 부친 김봉한 선생이 오랏줄에 묶인 채 서북청년회에 의해 사납게 끌려와 두 무릎 꿇리고 뒤에서 쏜 비겁한 총탄에 슬픈 최후를 맞이하신 곳이다. 대전시 동구 낭월동 13번지 일대, 예전 지명으로는 충남 대덕군 산내면 뼈잿골. 그곳은 골령골이라는 다른 이름으로 불리기도 한다.

한국전쟁 직전, 보도연맹을 비롯한 좌익 인사들이 7천명 가량 끌려와서 총살당했다. 한국 최대의 민간인 학살현장이다. 흔히 이르기를 '세상에서 가장 긴 무덤'이라고 한다. 시신들은 신분 확인도 전혀 되지 않은 채 겹겹이 쌓여서 썩어갔다. 비 오고 바람 부는 날이면 원혼들의 슬픈 울음과 비명이 들리는 곳. 벗의 아버지도 거기서 그렇게 최후를 맞으셨다.

벗은 하필 그 골짜기가 빤히 바라다보이는 곳에 터를 장만해서 집을 지었다. 아버지에 대한 사무치는 그리움 때문이다. 그곳에서 어머니와 아들은 하루해를 보내며 오도카니 넋을 놓고 살아가는 것이었다. 한번은 명이 독서회 모임을 산내면 벗의 집에서 열었다. 과연 책이 제대로 읽힐 리가 있겠는가. 한참 동안 고개를 푹 숙이고 있던 벗은 눈물에 젖은 얼굴을 들고 말했다.

"어젯밤에도 아버지가 다녀가셨어. 내가 분명히 보일러 스위치를 내리고 잠들었는데 말이야. 이 아들이 춥다고 우리 아버지가 일부러 오셔서 보일러를 켜주고 가셨어. 난 그걸 알지."

벗은 아버지의 혼령이 음습한 골령골에서 터벅터벅 걸어

나와 아들을 만나러 자주 오신다고 했다. 그것은 결코 상상이 아니라 나날의 진실이었다. 벗은 그 무렵에 어느 문예지에다 장편소설 「풍적(風笛)」을 연재한다고 기뻐했다. 아버지 이야기를 마음껏 쓸 수 있었기 때문이다. 그 연재를 위해 골령골 부근으로 이사를 온 것이었다. 하지만 소설 연재는 단 2회를 넘기지 못하고 강제로 중단되었다. 사상검열 때문이다. 소설 속에 등장하는 좌익에 대한 옹호와 반미의식 등이 크게 문제가 된 것이다.

독서회 벗들은 작가의 정신적 건강을 크게 염려하였다. 하나같이 입을 모아 시간의 불건강성, 삶의 근본이 교란되는 위험을 지적했다. 아무리 부친에 대한 미련과 연민이 끓어 넘친다 할지언정 생과 사는 엄정히 구분되어야 한다, 이승과 저승의 일은 결코 하나로 소통하지 말아야 한다 등등. 이런 사실들을 누누이 강조하며 함께 눈물을 글썽이기도 했다. 우리 벗들은 산내면 집을 방문한 뒤 이구동성으로 이사를 권했다.

"이곳은 정각이 오래 마음 붙여 살 집이 아니여. 다시 서울로 복귀해야 목숨이 살아난다네. 제발 살림을 정리해서 속히 떠나게나."

이렇게 재삼재사 타이르고 강권했던 것이다. 반드시 그런 권유 덕분만은 아닐 테지만 벗은 얼마 뒤에 과연 서울로 거처를 옮기었다. 여러 벗들은 안도감으로 가슴을 쓸어내렸다. 대전 산내로 이사를 앞두고 벗이 보내온 편지를 다시 읽어본다. 그의 정신적 불안정, 방황과 설렘, 극단적 고독의 우듬지, 이런 애달픔과 아슬아슬함이 고스란히 담겨 있다. 마치 이성에게 쓰는 연서(戀書)처럼 눅눅한 눈물의 습기가 느껴진다. 애잔한 마음의 눈길로 더듬어가는데 그 겨를을 참아내지 못하고 어느 틈에 눈가에 눈물이 고인다.

어떻게 하나…… 하고 막막해하고 있는 해거름 녘에 형이 보내주신 『조선창극사』를 받고 잠시나마 바닥 모를 외로움으로부터 벗어날 수 있었습니다. 형의 다슨 정 두고두고 마음에 새기려오.

모든 것이 단지 그 '마음'에 있다고 하더이다만 웬일로 나는 그 마음이 잡히지 않는 것이오. 도무지 안정이 되지 않는 것이오. 그래서 또 초주검이 되어 며칠을 떠돌다가 원주까지 잠깐 다녀왔지만, 역시 마찬가지인 것이오.

정녕 '마음'은 어디에 있는 것이리까. 내 목탁에선 소리가 나지 않는 것이리까. 이 밤도 구만리장천을 외롭고 서럽게 떠돌고 있을 중유(中有)의 넋들을 잠재울 수 있는 진혼(鎭魂)의 소설 한편 써내지 못하는 자를 일러 누가 작가라고 불러줄 것이오. 막막할 뿐이외다.

동순 인형. 내 마음의 깊은 호수까지를 전부 보여주고 싶은 동순 시인. 연인처럼 형의 단아한 얼굴이 보고 싶구려. 따스한 눈빛과 정겨운 목소리가, 무엇보다도 맑고 튼튼한 시가, 노래가.

대덕군 산내면에 조그만 집을 짓고 이사를 하기로 했습니다. 무엇보다도 어머님의 뜻이고, 무엇보다도 튼튼하게 발을 붙여야겠지요. 문득 형의 얼굴을 보러 가리다. 아주머니와 아기와 그리고 또 탄생할 아기에게 합장을 드리며.

1983년 4월 20일 밤, 어(於) 대전

성동 합장

한해 가운데 가장 마음이 황량한 시기는 2월 말이다. 긴 겨울을 움츠리고 지내다가 아직 봄맞이 채비도 제대로 안 되었다. 그런데 날짜 수가 현저히 모자란 2월은 재빨리 줄어들어 3월이 어느 틈에 코앞까지 당도한 것이다. 그래서 봄은 대체로 얼떨결에 맞는다. 이 때문에 2월 하순 무렵은 밥을 먹어도 먹은 것 같지 않고 마음속은 여전히 어둡고 쓸쓸하다. 겨우내 움츠렸던 어깨를 제대로 펴지 못한다. 이런 때 작가 김성동의 엽서가 날아왔다. 그는 부친이 비극적으로 최후를 맞이한 골령골 후미진 수렁을 겨우내 물끄러미 바라보았다고 했다. 그러한 울분을 안주 삼아 소주잔을 기울이며 치솟는 슬픔에 눈물도 찔끔거렸으리라. 보나마나 그렇게 우울한 석달 삼동을 보냈으리라.

> 텔레비전에서는 봄이 온다고 난리들인데, 그러나 봄이 온들 무엇하리. 꽃도 피지 않고 새도 울지 않고 그리고 또 바람도 불지 않는 것을. 문예지로부터 일체의 청탁이 끊어져서 답답한 마음에 술만 마셨더니 몸만 축난 것 같고, 재미없는 세월이오. '민중' 소리만 나오면 잡아먹으려고 드는 세상이니…… 그러나 소설을 쓸 작정이외다. 비록 발표는 못하더라도. 인형 또한 『홍범도』를 계속 쓰시오. 그 범 같은 조선 민중의 노래를. 유정(有情)한 인형이 보고 싶으오. 여불비.
>
> 1986년 2월 끝날에
> 정각 손 모음

모처럼 어느 문예지에 장편소설 연재를 시작했으나 돌연히 집필권을 박탈당하고 참담한 충격에서 헤어나지 못하던

시절이었다. 다시금 곰곰이 생각해도 아지 못게라. 글 쓰는
문학인에게 흉측한 분단 세월은 어찌 이리도 가혹하고 비정
하기만 한가. 춘래불사춘(春來不似春)이라더니 봄이 와도 그 봄
이 전혀 실감되지 않고 세상의 온전한 흐름은 꽉 막혀 있다.
그러니 혼자 비통한 마음으로 술병만 잡게 되는지도 모른다.

　세간에서 흔히 '민중'이라는 말에 질색하는 버릇은 이미
오래된 분단시대의 악습이다. 이 단어와 비슷한 금기어로는
민족, 현실, 사회, 이념, 시민, 변화, 개혁, 변혁, 개조, 진보, 혁
명, 이데올로기 등이다. 세상의 우파들은 이런 낱말들을 무조
건 불온의 씨앗으로 규정한다. 혹시라도 작품 속에 이런 단어
가 등장하면 당장 눈썹과 갈기를 곤두세우고 본다. 그런 눈빛
이 심상치 않다. 요즘은 자신과 뜻이 다르거나 반대파일 경
우 무조건 '빨갱이'로 호칭한다. 무서운 세상이다. 자칫 방심
하면 자기도 모르게 싸잡혀서 어느 틈에 불온세력이 되고 마
는 것이다. 국가보안법을 비롯한 흉한 악법들이 계속 유지되
는 한 대부분의 언론이나 출판사에서는 먼저 자체검열을 한
다. 그게 마음 편하기 때문이다. 그것도 불편하면 편집진에서
아예 게재 불가 판정을 서둘러 내려버린다. 그리 되면 원고는
즉시 반려되고 해당 글을 쓴 작가에게는 청탁이 끊어진다. 이
런 둔주(遁走)와 광기의 계절이 작가에게 과연 어떤 빛깔로 다

가갔을 것인가.

6

1980년대는 내내 병원에 입원하거나 통원치료 하느라 세월이 갔다. 시절이 하 수상하니 몸이 먼저 반응하는가보았다. 건강이 몹시 악화되었던 시기에는 마당의 철쭉을 그윽이 보면서 비감해했다.

'너를 내년에 다시 볼 수 있을까.'

이렇게 홀로 중얼거리며 철쭉꽃 더미를 손바닥으로 쓰다듬기도 하였다. 그럴 때면 마음이 약해져서 저절로 눈물이 주르르 흘렀다. 얼굴은 완연한 병색으로 점점 시들어가고 마음도 자신감을 잃어 자포자기에 빠졌다. 그런데 하늘이 가련히 여겼는지 나는 깊은 수렁에서 다시 밖으로 나올 수 있었다. 그후 나는 새로 부여받은 목숨을 소중히 갈무리하며 제 역할을 하는 시인으로서 충실히 살아가야겠다는 각오와 다짐을 했다.

병원에 입원해서 환자복을 갈아입고 창백하게 누워서 바라보는 일몰은 처연했다. 많은 지인들이 문병을 다녀갔다. 위낙 위중한 판정을 받은 터라 그들은 마지막 작별 인사의 심정으로 다녀갔으리라. 내 손을 잡고 기도하는 사람, 값비싼 음식을 들고 찾아온 사람, 일부러 와서 노래를 불러준 사람, 꽃이 만발한 화분을 안고 들어온 사람. 병원비에 보태라며 봉투를 전해준 사람…… 나는 그들의 표정을 기억한다.

나의 벗 김성동은 내 입원 소식을 듣고 우선 편지부터 보내주었다. 문면에는 온통 걱정과 근심, 염려와 위로로 가득하다. 그러곤 며칠 뒤에 곧장 병실 문을 왈칵 젖히고 근심 어린 얼굴로 들어왔다. 벗은 내 머리맡으로 다가와 자상한 형님처럼 이마를 짚어주었다. 병의 회복과 관련된 여러 덕담을 들려주었다. 그렇게 다녀간 뒤에도 하루가 멀다 하고 엽서를 또 보내주었다. 줄곧 내 몸 걱정이다. 이런 뜨거운 우정이 세상에 어디 있을까. 세상에 태어나 이런 극진한 사랑을 받는다는 것은 얼마나 크나큰 행복인가. 그 따뜻한 정이 고맙고 감격으로 느껴져서 나는 벗이 보내준 엽서를 읽고 또 읽었다. 나중엔 기어이 옷소매로 눈물을 닦았다.

청정(清淨)하던 인형의 글씨가 힘없이 흐트러진 것을 보니 인형의 병세를 보는 듯하여 마음 아프오. 단단히 몸조리를 해온 것으로 알았더니 이게 무슨 소식이오? 전

선생한테서 입원 소식을 듣고 이내 달려가고자 하였으
나 나 또한 근력이 부실하여 머뭇거리던 차에 인형의
글월을 받게 되었구려. 며칠 안으로 한번 가리다. 힘을 내
시오!

1986년 5월 10일

정각 합장

환후(患候)는 어떠시오? 훌훌히 다녀온 뒤로 늘 마음만
으로 생각합니다. 지금은 집에서 정양을 하고 계신지? 그
리고 상태는 어떠하신지? 출옥(出獄)한 송[기원] 형과는
술 한잔 나눴지요. 함께 만나 많은 이야기를 나눠야 될 터
인데…… 인형의 몸이 걱정이오. 하루속히 병석에서 해
방되시기를 기원드리며.

1986년 6월 끝날

정각 손 모음

벗 김성동은 출생부터 유소년기 전반을 고통 속에 살았
다. 분단, 이념, 부모 이별로 말미암아 온통 가슴에 피멍 든 곤
죽의 삶이었다. 그럼에도 불구하고 절대로 지치거나 꺾이지
않고 때로는 한잔의 술로 비분강개했다. 가슴속 애끊는 사연

을 소설과 산문 등의 장강대하로 풀어내었다. 나는 나를 짓누르는 삶의 업보와 제대로 한판 겨루어보지도 못했다. 고작 초췌한 몸으로 병실의 음울한 공기를 마시며 실낱같은 명줄을 이어갔던 것이다. 그러니 이보다 더 초라하고 참담한 꼴이 어디 있겠으랴.

벗이 보내준 두장의 엽신을 찬찬히 들여다본다. 손으로 직접 쓴 편지엔 그걸 쓴 사람의 당시 마음가짐이나 필체, 영혼의 상태, 감정의 기복까지 담겨 있다. 그것은 그냥 알게 되는 것이 아니라 오감으로 온몸에 전해져온다. 벗의 편지는 그런 점에서 여러 편지 중 단연 압권이다. 그 기발한 솜씨는 들끓는 정을 억제하거나 조절하지 않는다. 마음속은 마구 솟구쳐 철철 넘치는 뜨거운 온도로 끓어오른다. 그는 그 풍경을 전혀 감추지 아니하고 온전히 드러내 보여준다. 나는 그게 싫거나 질리지 않는다. 오히려 깊은 감동과 아픔, 눈물과 서러움이 솟구쳐서 세상의 모든 가녀린 생령들과 함께 하나 되도록 이끌어준다. 이것이 바로 육필 편지가 주는 특별한 매력이 아니고 무엇이랴.

당분간은 술 대신
좋은 시를

송기원 작가의 편지

시인이자 작가인 송기원은 신춘문예 3관왕이다. 1967년에 전남일보 신춘문예를 통해 시 「불면의 밤에」가 당선되었다. 아마도 고등학교 3학년 재학 중이었을 것이다. 그후 1974년 동아일보 신춘문예에서 시 「회복기의 노래」가 당선되었다. 놀라운 것은 같은 해 중앙일보 신춘문예에 소설 「경외성서」가 동시 당선으로 뽑혔다는 것이다.

편지 스크랩북에 벗 송기원이 보내준 편지가 언뜻 보인다. 그를 만난 듯 반가웠다.

> 차일피일하다가 이 형께 책을 보내는 일조차도 많이
> 늦어버렸습니다. 가을도 깊어졌어요. 간혹 맑고 서늘한

몇잔의 낮술, 혹은 낮술에 취하여 나를 바라보던 이 형의 맑고 서늘한 시선이 그립습니다.

몸은 어떠신지요? 어서 쾌유되어서 그리운 얼굴들이 다시 만나기를 빕니다. 매번 술자리가 질펀하게 끝날 때마다 괜스레 이 형께 미안했던 기억이 새롭습니다. 착하고 아름다운 이 형이 자칫 술 때가 묻는 것은 아닌가 하고요. 당분간은 술 대신 좋은 시나 열심히 쓰세요.

1986년 7월 18일

기원 드림

겉으론 무뚝뚝한 듯 보이지만 속은 남달리 살갑고 따스하던 벗 송기원, 명이 독서회 멤버로 더욱 친해졌지만 나이가 나보다 몇살 위의 형뻘이다. 내가 신동엽문학상을 받던 날, 그리고 동아일보 신춘문예 평론 시상식 날 그는 일부러 참석해서 군고구마처럼 따끈따끈한 축하를 전해주었다.

경기도 화성시 발안읍 월문리, 그 썰렁하던 시골집 집필실도 생각이 난다. 명이 모임을 거기서 열었던 겨울, 우리는 도착해서 퀴퀴한 냄새 나는 방 안으로 들어가 아랫목에 발목을 묻었다. 미리 군불을 많이 넣어서 따끈따끈해진 바닥에 몸을 붙이고 앉아 우리는 송기원의 어머니 이야기를 들었다.

1980년 송기원은 김대중 내란음모사건으로 체포, 구속되어 투옥되었다. 어머니는 그 시골집을 혼자 지키다가 청천벽력 같은 소식을 들었다. 집 앞을 지나가던 사람들이 모두 '빨갱이 집'이라 쑤군댔다. 어머니는 여러 밤을 꼬박 잠자리에 들지 못하시고 그 집에서 홀연히 세상을 떠나셨다. 출옥한 송기원은 시골집 문고리를 잡고 울었다. 단편소설 「다시 월문리에서」(1983)에 그 소상한 사연이 그려져 있다. 바로 그곳을 우리 명이 멤버들이 찾은 것이다. 그로부터 많은 세월이 흘렀다. 그날 만져본 월문리 송기원 시골집의 문고리는 내내 잊어지지 않았다.

독서회 모임 다음 날 오전, 햇볕이 따스하게 내리쬐는 송기원 작가의 시골집 대문 옆 담벼락에 세 사람이 쪼그리고 앉아서 사진을 찍었다. 앞으로는 파릇한 무가 한창 기운차게 자라고 있었다. 송기원이 가운데 앉았다. 그 오른쪽으로 비평가 최원식이 다소곳이 앉았다. 나는 송기원 왼쪽에 앉았다.

송기원은 술도 잘 마시지만 누구보다 노래를 즐기고 가슴엔 풍류가 넘실거리던 이다. 그러나 불의에 대해서는 완전히 불칼 같다. 잘못된 것을 그냥 어벌쩡 넘기지 않는다. 송기원에게는 그런 당찬 저돌성이 감추어져 있다. 그의 가슴속엔 항시 활활 불타는 화산이나 용암 덩어리 같은 것이 분명히 있었다. 전남 보성에서 태어난 송기원은 시골 장터에서 우쭐거리며 놀던 거침없는 '건달'의 기질도 지녔다. 그의 가슴에 들어있는 화산이나 용암 같은 것이 모조리 시와 소설 작품으로 자연스럽게 육화되어 나타난 것인지도 모른다. 1994년에 발표한 장편소설 『너에게 가마 나에게 오라』(한양출판)에는 작가의 기질이나 성품과 관련된 모든 것이 담겨 있다. 이 성장소설은 이후 영화로 제작되어 세간의 화제가 되기도 했다.

그는 처음엔 시작품으로 출발해서 차츰 소설로 영역을 넓혀갔다. 항상 밑바닥 생활에서 얻은 깨달음으로 구원을 이룩해간다는 테마가 많았다. 국선도에 입문해서 기공수련을 익혔고, 나중에는 인도로 가서 수행에 전념했다. 델리의 변두리 불가촉천민 거주 지역에서 그들과 함께 생활하며 처절한 경험도 했다. 그것을 소설로 쓴 것이 「안으로의 여행」 「또 하나의 나」 「사람의 향기」 등이다. 이 모든 것이 작품집 『인도로 간 예수』(창작과비평사 1995)에 담겨 있다. 그 시절에는 인도 수행을 마친 송기원이 담요를 타고 하늘을 날아서 단숨에 한국으로 귀국하는 방법을 궁리하고 있다는 풍문이 들렸다.

송기원의 문학에는 운명적으로 내재된 문학적 폭발성이 잠재되어 있다. 그는 그것을 품고 작가적 치열성으로 살아왔다. 전남 해남 백련재 '문학의 집'에 들어가 뜨거운 창작생활을 보내고 있다는 소식을 신문기사로 읽은 것이 그리 오래되지 않았다. 친구인 조각가 강대철(姜大喆, 1947~)과 함께 독특한 스타일의 한국화 전시회를 열었다는 소식도 흥미로웠다. 그런 소식은 송기원의 생애처럼 신선한 놀라움으로 다가왔다. 작가는 언제부터 그런 재능을 몸속에 갈무리하며 살아왔던가. 그런 꿈틀거림을 지니며 어떻게 평범한 일상을 견뎌낼 수가 있었던가. 하지만 그건 나만의 기우(杞憂)였다. 송기원은 밤낮을 가리지 아니하고 작품의 착상이 떠오를 때면 붓을 잡았다. 잠언으로 시를 썼고, 해골을 주제로 수묵화를 그렸다. 아니, 쏟아내었다는 표현이 적절할 것이다.

해남의 땅끝순례문학관에서는 2023년 겨울, 작가 송기원과 조각가 강대철의 특별초대전이 열렸다. 표제는 '시인의 초상 또는 조각가의 상념'이다. 시인과 조각가의 협업이니 참으로 기발한 어울림이 될 수 있었으리. 그 무렵 시인은 시집 『그대가 그대에게 절을 올리니』(살림 2023)를 발간했다. 방문객들은 이 시집을 읽으며 송기원의 작품을 감상할 수 있었다. 조각가 강대철은 종이를 진흙 질감으로 구현해서 망초꽃을 비롯한 부조작품을 50여점 출품했다. 강 작가의 작품 중에는 친구 송기원의 시정신과 작품세계를 표현한 부조물(浮彫物)도 있었다. 놀라운 우정의 협업이다. 송기원의 작품은 세상의 상처와 치부, 자기혐오의 감정을 탐미적 문장과 구도적 서사로 승화했다는 평을 들었다. 전시회 소식을 듣고 몹시 반가웠다.

그런데 그 얼마 뒤 느닷없이 송기원의 부음이 언론에 일제히 보도되었다. 남도에서 집필에 전념하고 있다는 소식을 들은 것이 불과 얼마 전이었기에 충격이었다. 명이 독서회 멤버 중에서 김성동이 맨 먼저 떠나고 뒤를 이어 송기원도 떠났다. 두 벗은 마치 약속이나 한 듯 곡절 많은 이 세상을 2024년 갑진년 여름에 홀연히 떠나고 말았다. 만약 그와 소통할 기회가 주어진다면 그는 단숨에 이렇게 격정적 어조로 쏟아놓으리라. 송기원의 말소리가 지척에서 들리는 듯하다.

"나는 죽지 않았어. 모두들 내가 죽었다고 하지만 잠시 거처를 옮긴 것일 뿐이야."

오래 못 본 벗이 그립다. 송기원을 생각하면 웃을 때 안경 속으로 실눈이 살짝 보이던 특유의 미소와 정겨운 넉살이 먼저 떠오른다. 얼마 전 해남을 찾았던 길에 송기원이 머물던 백련재 문학의 집을 일부러 찾아가 벗의 자취를 더듬었다. 벗의 육신은 이미 그곳을 홀연히 떠나 계시지 않고, 적적한 고요만 짙은 안개처럼 감돌았다.

새해에는 그리운 사람끼리
자주 만납시다

최원식 비평가의 편지

1

1980년대 중반, 나는 밀정(密偵)을 중심 테마로 하는 연작
시 쓰기에 골몰해 있었다. 『홍범도』를 집필하면서 무수히 맞
닥뜨린 단골 아이템 중 하나가 밀정이다. 홍범도 장군은 독립
운동을 한다며 다가오는 많은 사람들을 만났는데 그 가운데
는 홍 장군을 염탐하고 해악을 끼치려는 밀정도 적지 않았다.
민족사의 토대를 좀먹고 마구 허물어대는 독충 같은 존재들
을 생각하면 가슴이 따갑고 아팠다. 일본경찰 당국은 밀정이
수집해오는 첩보를 적극 활용했다. 상해 일본영사관은 임시
정부를 염탐하고 파괴하려는 '밀정 공장'이라는 말까지 있었

다. 1961년 군사정권이 발족한 중앙정보부라는 조직도 오로지 독재자의 정권 유지를 위해 만들었던 거대한 첩보 기관이었다.

밀정이란 어떤 사실을 알아내기 위해 남몰래 타인의 삶을 엿보거나 살피는 행위, 혹은 그런 부류를 일컫는다. 간첩, 첩자, 스파이, 제5열 등으로 이르는데 예전에는 '밀때꾼'이라는 용어를 쓰기도 했다. 비밀스러운 염탐꾼이라는 뜻이다. 한자어로는 '창귀(倀鬼)'라고도 일컫는다. 이는 범에게 물려 죽은 사람이 범 아가리 앞에서 춤을 추며 먹이를 찾아준다는 고전 설화에서 비롯되었다.

밀정은 독립군 조직이나 단체로 파고들었고 중요한 직책을 맡은 중량급 인사들이 일제에 매수되어 밀정이 되기도 했다. 홍범도 장군의 후배나 직속 부하 중에도 밀정들이 몰래 박혀 있기도 했다. 상해 임정 요원들 중에도 밀정이 있었다. 독립군들이 자주 넘나드는 압록강과 두만강 일대에는 소년, 나무꾼, 마을 노파, 떠돌이 방물장수 중에도 일제에 포섭된 밀때꾼이 많았다고 한다. 이런 밀정들은 불쑥 남의 집에 들어가 가족들 동태를 적극적으로 염탐해서 헌병대에 보고하고 돈이나 양식표를 받았다. 이들 중 상당수가 훈장이나 포상을 받고 현재 국립현충원에 묻혀 있다고 한다. 누가 어느 정도로 밀정 활동을 했는지 아직도 제대로 파악이 안 된 경우가 많다. 밀정과 독립운동을 겸했던 자가 해방된 조국에서 명예를 얻고 터무니없는 부귀를 누린 사례도 적지 않다.

나는 이런 악인들의 자료를 수집하며 밀정 연작시를 써보려는 계획을 세웠다. 실제로 수십편의 작품을 썼으며 그중 일부를 모 계간지에 발표하기도 했다. 그 무렵 비평가 최원식이 나의 이런 활동을 격려하며 고무하는 편지를 보내왔다. 사마천의 『사기(史記)』에 나오는 '자객열전' '협객열전' 등도 도움이 되니 꼭 읽어보라고 권유하기도 했다.

답장이 늦었습니다. 지나가는 말로 부탁한 것을 유념하여 그처럼 곧 자료를 확인하여 보내준 데 대해 다시 감사드립니다. 그런데 그 '기생도감'(『조선미인보감』)을 보고 있노라니 기가 찰 지경입니다. 사진과 신상명세서와 심지어 특기까지 기록해놓은 왜놈들!

이 형이 계획하고 있는 '밀정열전'은 흥미롭습니다. 『사기』 중에 자객열전(刺客列傳)이나 임협열전(任俠列傳)을 한번 읽어보기 바랍니다. 혹 참고가 될 것입니다. 그리고 이갑성에 대한 자료는 염무웅 선생에게 물어보십시오. 6, 7년 전 『대구매일신보』에 염 선생이 그에 대해 쓴 적도

있습니다. 염 선생, 서울로 이사한 건 아는지요? 토요일

부터 월요일까지는 서울 집에 계시다고 합니다. 집 전화

는 302-××××.

단비가 참 예쁩니다. 두루 안부 전해주십시오.

1987년 3월 27일

최원식 배

『손자병법』의 '용간(用間)'에 대한 기록을 보면 밀정의 역
사는 오랜 세월 지속되어왔다. 그러나 한참 열심히 써가던 중
에 돌연 의욕의 좌절과 무기력이 몰려왔다. 단순 사례 고발의
나열로만 반복되었기 때문이다. 그러한 작업에 회의가 느껴
졌다. 상당한 분량으로 진척되었는데 어느 날 관리 소홀로 컴
퓨터에서 원고가 통째로 사라지고 말았다. 그런 허탈한 상태
로 오늘에 이르렀다. 언젠가는 의욕을 재정비해서 다루고 싶
은 중요한 분야이다.

2

국문학자인 최원식은 우리 시대가 배출한 뛰어난 비평가

중 하나이다. 그의 비평은 언제나 고전적 비유를 통해 현실의 당면 문제점을 지적하고 해결 방안까지 제시한다. 명료하고 확연하며 두루뭉술하게 넘어가는 법이 없다. 날카롭기는 서슬 푸른 비수와 같고 분명하기는 청명한 가을 밤하늘의 보름달과 같다. 그의 비평이 있어서 우리 문학사의 품격이 제대로 갖추어졌다. 그러한 높은 경지에 도달하기까지 엄청난 독서량, 그리고 고전에 임하는 뜨겁고 치열한 탐구정신이 바탕 되었으리라.

최원식은 인천에서 나고 자란 토박이다. 송림초, 인천중, 제물포고 등을 졸업하고 서울대 문리대에서 국문학을 전공했다. 대학 졸업 직후 인천 광성중학교 국어 교사로 일하던 중 『창작과비평』에 자신의 비평을 게재하고 이른 나이에 계명대 국문과 교수로 임용되었다. 이후 영남대를 거쳐 30대 초반에 인하대로 옮겨와 정년까지 그 자리를 지켰다. 지금은 명예교수로 여전히 뜨겁게 독서에 전념한다.

그에게는 계명대 교수 시절의 코믹한 에피소드가 있다. 워낙 가느다란 몸집이라 연구실 책상에 앉으면 그 모습이 잘 보이지 않았다. 연구실 문을 자주 노크하는 사람들이 있는데 대개 월부 책장사나 보험 가입 권유자이다. 한창 책을 읽거나 사색 중일 때 이런 부류의 방문은 자못 귀찮고 성가신 면이 있다. 소중한 리듬을 자꾸 끊어놓기 때문이다. 그런데 그들이 연구실에 불쑥 들어와 방 주인의 행방을 묻는다. 해당 인물이 책상에 버젓이 앉아 있는데도 불구하고 그들은 최 교수를 교수라고 생각하지 않았나보다. 계속 '교수님 어디 가셨느냐'고 물어댔단다. 그들은 아마도 최 교수를 연구실 지키는 조교나 대학원생쯤으로 여긴 것이 분명하다. 이럴 때 최 교수는 일부러 시치미를 뚝 딴 채 '교수님은 지금 출장 중'이라고 재빨리 말해준다. 성가신 존재를 퇴치하는 기발하고도 재치 있는 방법이다.

명이 독서모임을 할 때도 항상 주도적으로 분위기를 이끌고 진지한 탐구로 다가가게 하던 중심인물이 최원식이다. 어떤 항목이 토론에 제출되든 그는 무불통지(無不通知)였다. 하나의 이야기가 다른 이야기로 줄줄이 이어져 밤은 저절로 깊어만 갔다. 동년배이지만 한참 우러러보게 되는 그런 선학(先學)의 수준이었다. 만나면 그로부터 한가지라도 더 새로운 지식을 얻고 일깨움까지 덤으로 받아오는 기쁨이 있었다. 내가 영남대 국문과에 재직 중일 때는 내 제자의 박사논문 심사위원으로 그를 여러번 초빙했었다. 그는 그때마다 항상 날카로운 충고와 따뜻한 격려로 잔뜩 긴장된 표정의 논문 제출자에게 도움을 주었다.

다음 편지는 내가 1986년 세번째 시집『지금 그리운 사람은』을 발간해서 보내었을 때 그 시집을 읽고 보내준 격려 편지다. 대목마다 자상하고 따뜻한 훈풍의 우정이 느껴진다. 학문과 토론에는 엄정한 칼이요, 우정에는 다정한 봄바람이 서려 있다. 이런 벗이 있어 늘 든든하다. 그는 친구이지만 내가 존경심을 가지고 마음 기대는 커다란 나무이다.

> 이번에는 내가 먼저 편지를 쓰려고 시영이한테 물어 형의 주소까지 알아두었는데 또 한발 늦고 말았군요.『지금 그리운 사람은』은 너무나 훌륭한 시집입니다.『농구도해(農具圖解)』를 대조하면서 제1부를 읽고, 제2부를 읽으면서 불현듯 형이 새로 이사 간 그 동네에 가보고 싶었습니다. 아파트에서 정말 잘 이사했습니다. 그리고 다시 제3부를 읽고 나니 어느 한군데 흠을 잡을 수가 없습니다. '명이' 모임을 다시 시작하는 게 어떨까요?
>
> 형이 보내준 선물을 과연 내가 받아도 되는 것인지 부끄럽습니다. 나는 언제나 형처럼 따뜻한 사람이 될 수 있을까? 형수 씨, 단비, 응이 모두 무고하시겠지요. 안부 전해주십시오. 형의 쾌유를 감축하며 형의 쨍쨍한 시정신에 더욱 동경(同慶)합니다.

새해에는 그리운 사람끼리 자주 만납시다. 신년 만복

만복(新年萬福萬福).

1986년 12월 18일

원식 배

이럴 때 어색하게 웃는
버릇이 있지요

정채봉 작가의 편지

1

아동문학가 정채봉(丁埰琫, 1946~2001)은 나와 같은 1973년 동아일보 신춘문예 동기이다. 그는 동화 「꽃다발」이 당선되어 문단에 나왔다. 간결하면서도 깊은 울림이 느껴지는 작품으로 많은 독자의 심금을 울렸다.

우리는 늘 연락을 나누는 사이는 아니었지만 마음속에는 신뢰와 반가움의 연결이 있었다. 정채봉은 손바닥에 쏙 들어오는 잡지 월간 『샘터』의 성공을 주도해서 이룩해내었다. 그는 유능한 편집자로 뛰어난 기획력까지 겸비했다. 그의 덕분으로 나는 『샘터』에 여러차례 시와 산문을 발표할 기회를 얻

었다. 또 언젠가는 신입사원이 필요하다며 나의 제자를 추천
해달라는 부탁도 해왔다. 그래서 흔쾌히 마땅한 제자 하나를
찾아 서울로 보내었다.

다음 편지는 내가 정채봉의 신간동화집을 읽고 어느 저널
에 정채봉론을 썼는데 그에 대한 감사의 편지다. 그는 그 뜻
을 겸해 원고 청탁까지 덧붙이고 있다.

> 필이 늦었네요. 마음은 늘 있었는데…… 이럴 땐 '흐'
> 하고 어색하게 웃는 버릇이 있지요.
>
> 서평은 정말 내가 미처 깨닫지 못한 부분에까지 짚어
> 주셔서 다음을 위해서도 큰 도움이 되겠습니다. 책을 한
> 권 보냅니다. 시는 잘 받았고요. 그런데 저희 책에서는 자
> 필적(自筆跡)을 싣는 못된 편집이 있으니 형의 그 고아한
> 필체로 하얀 백지에 옮겨 써서 다시 보내주셨으면 합니
> 다. 『샘터』 8월호에 게재할 예정이니 6월 30일까지만 닿
> 게 수고해주시기를.
>
> 동순 씨의 눈웃음까지를 생각하고 있습니다. 늘 건강
> 하시고요.
>
> 1991년 6월 7일
>
> 정채봉 드림

언제였던가, 그 정채봉의 건강이 몹시 악화되어 현재 병원에 입원 치료 중이라 했다. 그런 소식을 들은 지 여러달이 지난 어느 날, 정채봉과 의형제처럼 가까웠던 시인 정호승(鄭浩承, 1950~)의 전화가 왔다.

"채봉 형의 병세가 아주 위중해졌어. 우리가 얼굴이라도 보러 가면 어떨까."

아무것도 모르고 있던 나는 깜짝 놀랐다. 서둘러 서울중앙병원 입원실로 병인(病人)을 만나러 갔다. 날 저무는 서울 거리는 인파로 붐볐으며 하늘은 희뿌연 먼지로 가득했다. 그날따라 먹구름이 무겁게 내려앉아 오후 내내 찌푸렸다. 어두컴컴한 병실에서 만난 정채봉의 깡마른 얼굴은 완전히 다른 사람처럼 낯설었다. 허스키한 목소리는 여전했지만 기운이 없었다. 숨조차 가빠서 그는 겨우 말을 이어갔다. 뼈만 남은 앙상한 손가락을 내밀어 악수를 청하는데 갑자기 서러운 연민이 왈칵 일어나 눈물이 핑 돌았다. 어찌 이리도 수명의 복을 타고나지 못하셨는가. 그는 병상의 등받이를 반쯤 일으켜 거기에 기댄 채 마주 앉은 자세로 말했다.

"이제 살 만큼 살았으니 미련은 없어요. 동화를 몇편 더 쓰고 싶은 그런 욕심은 아직도 남아 있는데 크고 높으신 분이

저 위에서 그만 정리하고 오라 하시니 훨훨 가야겠지요."

이렇게 말하며 씨익 웃었다. 그런 정채봉의 눈은 슬픔을 머금은 청노루의 그것처럼 굵고 맑았다. 아버지의 재능을 그대로 물려받아 동화작가로 활동하는 딸 리태가 아버지 옆에 서서 눈물짓고 있었다. 정채봉으로서는 이승의 온갖 파란을 두루 겪어온 끝이었다. 병문안을 다녀온 지 일주일 뒤에 그는 세상을 떠났다. 향년 55세. 세상은 넓고도 큰데, 해야 할 일은 산처럼 많은데 그의 삶은 어찌 이다지도 짧기만 했던가.

한 문학인으로 세상이라는 무대에서 살다가 막상 떠날 때의 심정이 어떠했을까. 그때 마지막으로 본 정채봉의 얼굴은 편안했고 은은한 미소를 머금고 있었다. 우리는 나직하고 잔잔한 애기를 한참 동안 이어갔다. 한번씩 활짝 너털웃음을 웃기도 했다. 1973년 1월 하순 동아일보 신춘문예 시상식이 있던 그날의 추억을 아련히 떠올리기도 했다. 그때 찍은 흑백사진을 보면 내 바로 뒤에 정채봉이 앉아 있다. 유난히 해맑은 얼굴이다. 정채봉이 세상을 떠난 지도 어느 틈에 20년 세월이 훌쩍 지나갔다. 작가의 고향에는 그를 기리는 문학관이 세워졌다.

2

정채봉은 전남 순천시 승주군의 바닷가 마을에서 태어났다. 3세에 어머니를 잃고 아버지마저 일본으로 떠나 그의 어린 시절은 고아와 다를 바 없었다. 그 가련한 아이를 할머니가 극진하게 거두어주셨다.

고등학교에서는 온실을 관리하는 당번을 했다. 그런데 어느 날 자신의 실수로 난롯불이 꺼져서 화초들이 모두 얼어 죽는 바람에 온실에서 도서관으로 쫓겨났다고 한다. 책과의 만남은 그의 앞길을 오히려 환하게 열어젖혔다. 동서고금의 고전을 두루 찾아서 읽고 한국문학사의 대표 작품을 단숨에 통독했다. 그렇게 책을 읽은 감흥을 이기지 못해 채봉은 친구들에게 손편지를 적어 보냈다. 독후감과 에세이, 때로는 창작동화와 소설까지도 썼다. 정채봉의 작가 수업은 사실상 이때부터 시작되었는지도 모른다. 그렇게 시작된 문학에 대한 탐구는 기어이 열병으로 이어졌다. 그 문학소년은 마침내 서울 동국대학교 국문과에 진학하게 되었다. 그로부터 정채봉은 본격적 작가를 꿈꾸기 시작했다.

1973년 2월, 서울 세종로 동아일보사 5층 회의실에서 열린 신춘문예 시상식장에서 나는 그를 처음 만났다. 첫인상은 상글상글 웃는 얼굴에 유난히 굵고 커다란 눈이 선량하게 느껴졌다. 목소리가 특이한 허스키였다. 일찍 신춘문예로 등단한 대부분의 청년문사들이 그러하듯 정채봉도 당선 이후로 5년 동안 별반 뚜렷한 방향성을 찾지 못했다. 그러다가 월간 『샘터』에 입사해 편집부 일을 맡으면서 새로운 삶이 펼쳐졌다. 그는 평소 말이 없고 조용한 성품이지만 자기가 맡은 일에 대해서는 철저한 책임감을 보였다. 그의 창조적 기획과 참신한 아이디어들은 샘터라는 직장 안에서 단연 돋보이는 존재감을 얻게 되었다. 모든 잡지나 저널은 독자들과의 연결이 가장 중요하다. 정채봉은 독보적인 감각으로 샘터 잡지의 고정 독자를 엄청나게 늘렸다.

정채봉이 기획한 첫 아이디어는 잡지를 손바닥에 쏙 들어오는 부담 없는 부피로 만드는 것이다. 비록 책은 작지만 읽을수록 중량감이 느껴지는 내용들은 수많은 독자의 갈채와 환호를 얻었다. 그는 샘터 잡지의 한 코너의 집필을 직접 맡기도 했다. 그것은 '생각하는 동화'라는 꼭지였는데 『샘터』의 대표적 상징으로 자리 잡았다. 다음호를 기다리는 독자들의 성화와 재촉이 불같았다. 시내 여러 서점에는 『샘터』를 읽으려는 독자들이 매대 앞에 줄을 지었다. 그의 이런 활동은 우리 문학사에서 '성인동화'라는 새로운 장르의 개척으로 연결되었다.

정채봉의 대중적 인기와 지명도는 이때부터 서서히 높아 갔다. 연재된 동화작품은 곧바로 창작동화집 발간으로 이어졌다. 『물에서 나온 새』(샘터사 1983), 『오세암』(창작과비평사 1984) 등의 작품들이 잇달아 베스트셀러가 되었고 명성 높은 문학상도 여러번 받았다. 특히 『오세암』은 영화로도 만들어져 많은 관객들에게 깊은 슬픔을 안기며 흥건한 눈물로 젖게 했다. 정채봉 작품의 기본 바탕을 이루고 있는 무대와 배경은 자신의 가련했던 소년 시절의 실루엣이다. 그 가슴 아린 연민과 애달픔이 독자들을 깊은 공감으로 젖어들게 했다.

정채봉의 회고를 들어보면 그는 편지 쓰기를 통해 자신의 문학 수업이 이루어졌다고 한다. 어느 인터뷰에서 그는 이렇게 말했다.

"편지 참 많이 썼습니다. 마음속에 있는 불만, 욕구, 기쁨, 슬픔. 이런 것들을 쏟아낼 대상이 나에겐 없잖아요. 남들처럼 아빠, 엄마가 있는 것도 아니고. 그래서 편지는 나하고 나 아닌 다른 세계를 만나게 해주는 유일한 통로였지요."

지금은 편지가 사라진 시대이다. 따뜻함, 다정함, 은근한 속삭임, 위로, 격려, 부추김, 건강의 기원, 행복과 희망의 감지 등은 편지가 지닌 고유의 미덕이다. 이 미덕을 되살릴 수 있도록 우리 모두가 편지 쓰기를 새롭게 펼쳐가면 어떨까 한다.
그것은 필시 가파르고 생기 없는 우리 삶에 획기적인 변화를
불러오리라.

하늘이 조금 흐리다고
비를 걱정할 수 없다

김명인 시인의 편지

　김명인(金明仁, 1946~) 시인은 경북 울진 출생으로 고려대 국문과 출신이다. 1973년 중앙일보 신춘문예로 시 「출항제(出航祭)」가 당선되어 등단했다. 같은 해 신춘문예 당선자들과 『1973』 동인을 시작할 때 처음으로 인사를 나누었다. 검정색 굵은 뿔테안경을 껴서 첫인상은 무뚝뚝하고 투박해 보였다. 그러나 대화를 나누다보면 그가 몹시 자상하고 따뜻하고 다정한 성품을 지녔다는 사실을 알게 된다.

　1975년, 나는 대학원을 마친 뒤 고등학교 국어 교사를 할 때 입대 소집영장을 받았다. 마치 죽음터에 가는 듯한 심정으로 공연히 전국을 다니며 주유천하를 시작했다. 서울에서 만난 『1973』 동인들은 나를 위해 송별식을 열어주었다. 그날 저녁, 갈 곳이 마땅찮은 내 기색을 알아채고 김 시인은 곧장 내 손목을 잡아끌었다. 당신 댁으로 가서 함께 밤 깊도록 이야기하며 놀자는 것이었다. 나는 주저하지 않고 중랑교 부근의 면목동 댁으로 따라갔다. 오래된 한옥이었는데 부엌 왼쪽으로 붙은 곁방이 형의 서재였다. 형수는 미리 준비해둔 술상을 차려서 방으로 들여주었다. 이미 전작(前酌)이 있었지만 나는 명인 형이 부어주는 술잔을 사양 않고 넙죽 받았다.

그날 밤 김 시인은 혼곤히 눈을 감고 당신의 군 시절을 회고했다. 그는 육군에 입대했고 베트남전쟁 파병에 지원했다. 대학 졸업 직후에는 동두천에서 교사 생활을 했다. 이때 겪은 체험들이 시집 『동두천』(문학과지성사 1979)에 인상적인 시작품들로 형상화되었다. 밤이 깊어갈수록 형은 굵고 묵직한 목소리로 여러가지 당부를 들려주었다. 시인은 자기 앞에 다가오는 어떤 고난과 시련도 달갑게 받아들여야 한다. 왜냐하면 그것이 모두 시의 비옥하고 훌륭한 재료가 되기 때문이다. 힘든 군 생활도 잘 견디고 인내하노라면 보석 같은 시로 바뀔 수 있다. 그러니 고달픈 중에도 시와 삶에 대한 성찰을 줄기차게 이어가라고 조언했다. 입대를 앞둔 나에게는 참으로 고귀한 충고였다. 벽의 괘종시계가 새벽 두시를 칠 때까지 우리는 도란도란 이야기를 나누었다. 내가 하품을 하자 명인 형이 말했다.

"너무 늦었으니 이제 그만 잠자리에 듭시다."

그날 밤의 아련한 추억이 지금도 생생하다. 나는 군 복무 중 동인지 『반시(反詩)』에 참가해서 창간호에 작품을 실었다. 『1973』의 후속 조직이었다. 우리는 서울 조계사에서 명사 초청 강연회를 열기도 했다. 신경림, 김우창, 한완상 세분이 그날의 연사들이다. 사찰 마당에 매미 소리가 요란하던 여름날, 나는 군복 차림으로 그 자리에 참석했다. 김 시인은 이후 '문학과지성' 그룹의 충실한 멤버가 되었고, 나는 '창작과비평' 쪽에서 활동했다. 명인 형은 새로 발간한 시집을 잊지 않고 꼭 챙겨서 보내주었다. 그러나 그로부터 우리는 오래도록 만나지 못했다.

1980년대 중반, 나는 『백석 시전집』 출판을 준비하고 있었다. 어떻게든 한편의 작품이라도 더 찾아내어 시전집에 추가해 넣으려고 동분서주하고 다녔다. 그때 문득 명인 형이 떠올랐다. 그는 나보다 먼저 백석 시에 주목하고 진작 그와 관련된 논문을 써서 발표했다. 그 논문에는 여러 시작품이 인용되어 있었다. 나는 곧 형에게 편지를 썼다. 내가 그때까지 찾아내지 못한 백석 시의 목록을 적어 도움을 청했다. 명인 형은 내 편지를 받고 먼저 뜻깊은 작업을 시작한 데 대한 축하를 전했다. 그러면서 백석의 시작품 「구장로(球場路)—서행시초(西行詩抄)」를 비롯한 두세편의 복사본을 보내주었다. 얼마나 감격스러웠는지 모른다. 이러한 형의 배려는 시전집이 좀더 확충된 형태로 만들어지는 데 크나큰 도움이 되었다. 그 고마움을 내 어이 잊을 수 있으리.

발송 날짜가 5월 15일로 된 편지를 어제야 받아들고 뒤늦게 몇자 안부를 전합니다. 그동안 수학여행 인솔이며, 다른 볼일로 학교를 오래 비웠더랬습니다. 그곳에 출강하는 사람들의 편으로 소식도 자주 듣고 있고, 가끔 발표하시는 시도 열심히 읽고 있습니다. 그러나 제 일이 지지부진하여 마음의 여유도 없고, 쓸데없이 시간만 낭비하다가 주변 사람들에게까지 소홀한 경우가 되고 말았습니다. 지금부터라도 제대로 인사를 차릴까 합니다. 언젠가 청주에서 기거하며 그곳 조치원분교에서 고전문학을 가르치는 설중환이라는 후배가 동순 씨와 만나고 싶다고 하길래 서로 교유하라고 권한 적이 있습니다. 좋은 친구간이 되리라고 여겨집니다.

참, 부탁한 건은 별쇄가 있긴 하나, 그 별쇄보다도 이미 학기에 제출한 학위논문에 백석을 좀더 자세히 다루었기

에 그 논문이 나오는 대로 보내드리겠습니다. 6월 15일경
에 인쇄가 완료될 것 같습니다. 만약 그동안이라도 시간
이 급하면, 저희 학교의 행사 때에 만나서 전하기로 하겠
습니다.

일간 틈내어 대전이랑 청주랑 한번 내려갈 작정입니
다. 청주는 제 처갓집도 있지요. 그럼 만나서 회포를 풀기
로 하고 오늘은 이만 줄이겠습니다.

1985년 5월 30일

김명인

1990년대 초반쯤으로 기억된다. 여러 시인들과 어울려 경
북 울진의 김명인 시인 생가를 방문했다. 1946년 울진 바닷
가에서 출생한 김 시인은 동해의 파도 소리를 들으며 자랐다.
시인의 생가는 바다가 지척인 곳에 있었다. 뒷문을 여니 방풍
용으로 심은 듯한 대밭이 있었고 그 사이로 동해의 파도 소리
가 스며들었다.

당시 시인의 옛집은 노모가 혼자 지키고 있었다. 노모는
독실한 기독교인이었다. 머리맡에는 두툼한 신약 성경이 놓
여 있었다. 얼마나 열심히 보셨는지 책갈피에 묻은 손때가 보
였다. 잠 오지 않는 밤이면 성경을 소리 내어 읽으셨으리라.

그 소리는 동해의 파도 소리에 뒤섞여 희미해졌으리라. 우리가 모여 앉은 작은 방은 시인이 어릴 때 지내던 곳이었다. 그곳에서 일행은 무릎을 맞대고 앉았다. 제각기 시와 삶과 추억을 화제로 이야기를 나누다가 밤이 깊어갔다.

명인 형의 삶에서 파도 소리는 삶의 생기와 활력을 주는 원천일 것이다. 동해가 한 시인을 빚어내었고, 시인을 품에 안아 젖을 먹여 길러주었다. 시인에게 동해는 생명력을 빚어내는 모태(母胎)였다. 언뜻 명인 형이 이런 말을 했다. 멀리 떠나가서 살다가도 기운이 빠지면 불현듯 생가로 허겁지겁 돌아와 동해의 파도 소리를 멍하게 듣는다고 말이다. 이렇듯 시인은 동해라는 삶과 터전에서 시를 터득했고, 그것을 창작의 근원으로 만들었다. 그렇게 빚어낸 정결한 시작품이 다시 독자의 삶과 머리와 가슴으로 들어가 영향을 준다. 「영동행각(嶺東行脚)」이라는 그의 연작시에서 독자들은 시인의 동해안 성장기와 그 실루엣을 흥미롭게 대면하게 된다.

'시인은 언제나 시의 본질을 뜨겁게 껴안고 진지하게 살아가야 하며 초심을 잃지 않아야 한다'는 의미 있는 충고를 들려준 명인 형. 오래 만나지 못해 그리움이 깊다. 지난 세월을 돌이켜보면 누구나 온갖 힘든 일을 두루 겪어왔으리라. 그런데 그 과정을 곰곰이 되짚어보면 그것이 나 자신의 힘과 노력만으로 겪어낸 것이 아님을 알게 된다. 여러 친구와 선배, 다정한 사람들의 각별한 염려와 배려 속에서 힘을 얻고 견디어온 것이다. 사람은 결코 자기 혼자의 힘으로만 살아갈 수 없다. 그렇게 주장하는 것은 몹시 오만한 착각이요 만용이리라.

나는 20대 중반 교단에서 학생을 가르치는 국어 교사가 되었다. 그러다가 갑자기 입대영장을 받고 맨머리로 삭발한 뒤 훈련소로 들어갔다. 이 땅의 청년들로서 누구나 짊어져야 할 의무이긴 하지만 심정은 착잡했다. 공부를 한답시고 입대를 자꾸 미루기만 했었는데 그게 20대 중반에 이르러 기어이 머리를 깎게 될 줄이야.

명인 형은 군 시절 가혹한 환경을 이겨낸 경험을 들려주었다. 그런 혹독함조차도 시인은 시의 질료(質料)로 만들어야 한다며 몇번이나 힘주어 말했다. 살아가면서 겪게 되는 삶의 모든 역경이라는 게 시인에게는 오히려 소중한 시적 소재가 되어야 한다. 누가 이런 고귀한 말을 들려주리오. 그후 내가 군복무 중일 때 명인 형은 다시 자상한 편지를 보내주었다. 항상 진지하고 적극적으로 시를 생각하며 살아가는 시인의 본분을 잊지 말라고 당부했다. 그로부터 수십년 세월이 흘렀다. 명인 형의 편지는 지금 읽어도 여전히 싱싱한 생명력으로

한 대목 한 대목이 살아서 꿈틀거린다.

급사 아이한테 형의 엽서를 받아들고, 그곳 연병장의 군가 소리와 통일화 끌리는 소리와 꽉꽉 차 퍼져오를 땀 내조차 전해오는 것 같아 눈물이 왈칵 날 뻔하였습니다. 불볕 따갑게 그을린 팔뚝, 그리고 군가에 목이 쉰 음성, 오히려 건강해진 모습 같아 조금은 마음이 놓입니다. 견디기 어려운 것은 몸이 아니라 정신이라는 것을, 그리고 잃어버리고 던져버리는 우리들의 감상이라는 것을……그러나 형이 꼭 이기고 있을 것이라고 느낍니다. 모든 추락 속에 우리의 것들이 있고, 또 그곳에서 건져내는 것이 우리의 시이길 또 한번 부탁합니다. 많이 견디고 힘껏 받아들이고 보내세요.

그날 면목동 자정 이후로는 호승 씨도 만날 수 없고 창완 형을 만난 지도 꽤 오랩니다. 김승희 씨는 9월 초쯤 1년간 예정으로 제주도로 갈 모양인데 지금 연락이 없습니다. 20여일 남짓 대학원 공부를 해서 모교 대학원에 진학하였는데 9월부터 공부가 시작될 것 같습니다. 이즈음은 통 시가 안 잡히고 조금 지쳤나봅니다. 빨리 동해의 푸르름이라도 잡아 머릿속을 조금 씻어내어야 할 것 같습니다. 방학이 내일모렌데 방학이 시작되면 우선 바다부터 보고 그리고 열심히 시를 생각하겠습니다. 우리들의 하늘이 조금 흐려 있다고 해서 비를 걱정할 수 없듯이 지금은 망설이지 않을 작정입니다. 그리고 『1973』 제4집은 준비하려고 하는데 형의 작품을 아무래도 실어야 할 것 같아요. 꼭 보내주시길 바랍니다.

언제 동인들 만나면 형의 이야기도 하며 즐겁게 놀다가 그 이야기라도 전해드리면 조금은 이곳 기분도 알릴 수 있을 것 같습니다. 힘들더라도 열심히 삽시다. 내일의 우리를 위해서, 그리고 시를 위해서. (조금 신파조 같지만 절실하니까.) 그럼 틈나는 대로 소식 드리겠습니다. 건승 바랍니다.

1975년 7월 22일

명인

미움도 없고
증오도 없습니다

정호승 시인의 편지

1

시인 정호승은 경남 하동 출생으로 대구에서 성장했다. 원래 가문의 터전이나 근거지는 대구이지만 가족들이 부친의 직장을 따라 옮겨 다니다가 경남 하동에서 다만 출생했을 뿐이다. 대구 계성중, 대륜고를 마치고 경희대를 졸업했다. 1973년 대한일보 신춘문예에 시 「첨성대」가 당선되어 등단했다. 1972년에는 한국일보에서 동시도 당선된 바 있어 시와 동시 두 분야에 두루 관심이 특별하다. 1973년 같은 해의 신춘문예 당선자들과 뜻을 맞춰 동인지 『1973』과 『반시』를 발간하기도 했다.

최하림(崔夏林, 1939~2010) 시인이 운영하던 열음사에서 4인 시집 『마침내 겨울이 가나 봐요』를 발간할 때였다. 저자는 김명인, 김창완, 이동순, 정호승 넷이다. 이 시집을 기획한 정호승 시인이 동참 의사를 묻는 내용을 편지로 보냈다. 호승 형은 언제 만나도 정겹고 자상하다. 그러한 성품이 문장에서도 그대로 느껴진다.

동순 형의 새해를 축하드립니다. 물리적으로야 시간의 변화나 매듭을 느낄 수 없는 일이지만 새로운 해를 축복하듯 눈이 하도 많이 내려 저도 덩달아 신의 축복을 받은 듯합니다. 언제나 동순 형을 그리워하면서도 소식 한장 제대로 전하지 못했습니다. 그러나 마음속으로는 그 누구보다도 동순 형을 늘 사랑하고 있었습니다. 지난해에 불현듯이 동순 형을 만난 일이 지금 생각해도 즐겁습니다. 고속버스 타는 데까지 배웅하지 못하여 퍽 죄송했습니다.

저는 그동안 뜻하지 않게 여러가지 인생 공부하느라 참으로 열심히, 그러나 퍽 부끄럽게 살아왔습니다. 근간의 3, 4년이 언제 어떻게 지나가버렸는지 지금 생각하면 적이 안도감조차 느낍니다. 어떻게 살아가야 할지, 무엇

을 가장 중요하게 여기며 살아가야 할지 다소 확실하게 느낀 지난 몇년간이었습니다.

술을 잘 못할 정도로 건강을 잃었다는 동순 형의 말을 듣고 퍽 안타까웠습니다. 언젠가는 난초 잎 위에 눈송이 내리듯 스러져버릴 우리의 삶이지만은 그래도 하고 싶은 일이 있을 때까지는, 날마다 쑥쑥 자라나는 아이들이 한사람 어른이 될 때까지는 건강해야 합니다.

이제 저는 퍽 건강합니다. 지난날에 비하면 그리 큰 악몽도 없습니다. 미움도 없고 증오도 없습니다. 오히려 잔잔한 미움, 싫음 등의 일에 매달리게 되는 저 자신이 요즘은 우습습니다. 올해는 그동안 제대로 쓰지 못했던 시를 좀 써볼까 합니다. 그러나 마음은 원이로되 육신이 약해서 어렵습니다. 또 깊은 생각도 사상도 갖지 못한 채 그저 밤낮 회사 일에만 매달리다가 녹초가 되곤 하여 어떤 땐 저 스스로 안타까울 때가 많습니다. 동순 형은 이상하게 창비에 대작을 발표하려 하면 그만 창비가 문을 닫게 되어 안타깝습니다. 그러나 낙담하지 마시고 꾸준하십시오.

얼마 전 김창완, 김명인 형과 함께한 자리에서 73년에 등단한 지 벌써 10여년이 넘었으니, 동순 형과 저를 포함해서 4인 시집을 한번 묶어보자는 얘기가 나왔습니다.

별다른 문학적 뜻은 내세울 것이 없고, 그저 같이 출발해서 오늘에까지 함께 걸어왔다는 의미에서…… 출판사는 최하림 씨가 맡아 하는 열음사입니다. 동순 형만 좋으시다면 함께했으면 합니다. 그동안 시집이나 기타 지면에 발표한 작품 중에서 20편, 신작 10편, 도합 30편을 준비하시면 됩니다. 창완 형과 명인 형과는 수일 내에 다시 만나 서로의 작품을 의논, 선정할 작정입니다. 이건 어디까지나 동순 형이 결정하실 문제로, 우리 세 사람의 열망이나 강요(?)에 따르시면 안 됩니다. 제 생각엔 그저 서로 우정을 다짐하고 앞으로의 문학적 삶을 위한 자신과의 약속, 뭐 그런 데에 뜻이 있는 것 같습니다. 최하림 씨에게는 우리가 부탁하는 입장이므로 출판에 대한 상업성은 애초부터 없습니다.

보고 싶은 동순 형! 새해에 눈길을 많이 걸어 다니시고, 또 위의 문제에 대해 답장도 보내주십시오. 평화가 동순 형과 함께……

1986년 1월 7일

호승

인간은 누구나 살아가면서 별의별 일을 다 겪는다. 그런데 나의 벗 정호승은 유난히 그 시련과 아픔을 혹독하게 겪었다. 벗이 겪는 고난에 나는 아무런 도움도 되지 못하고 그저 조바심과 안타까움만 머금을 뿐이었다. 이젠 그 시절의 거친 풍파도 다 지나가고 인생의 배는 고요한 바다를 미끄러지듯 천천히 나아간다. 우리는 어느덧 삶을 잔잔하고 관조적인 모습으로 꾸려가야 하는 결산과 정리의 시기에 다다른 것이다. 벗은 여러가지로 업적도 성과도 많다. 그가 걸어온 시인의 길에서 광채가 비친다.

1973 동인들 중에서도 나는 정호승과 유난히 친했다. 동년배였고 같은 지역 출신이라는 점 때문에 저절로 그리 된 듯하다. 전화와 편지를 자주 주고받았고 만남도 잦았다. 동갑내기였으나 늘 서로에게 깍듯한 경어를 썼고 편지에서도 높임말을 썼다. 그렇게 여러해를 보내다가 어느 날 그게 갑자기 무겁고 불편한 느낌이 들었다. 그래서 내가 먼저 말을 편하게 하자고 제의했다. 그로부터 자연스럽게 평어를 쓰면서 친밀감은 더해졌다. 지금으로부터 40년 전에 받았던 벗의 편지를 찾아서 다시 읽어본다. 편지는 이미 오래되어서 색깔이 누렇게 변했다.

2

동순 형의 그 양복이 못 입을 정도로 찢어져버렸다는 얘기를 듣고 마음이 아팠습니다. 그 양복은 동순 형이 결혼식 때 입은 양복일뿐더러 동순 형에게는 아주 소중한 예복일 텐데…… 아무튼 내일 태호 형이 돌아오면 동순 형 양복을 토해내라고 큰소리 큰소리쳐야겠습니다.

동순 형! 그런 의미에서(?) '또 하나의 발견'을 집필하여주시면 고맙겠습니다. 양복 수선비라도 될까 해서 (……?). 평소의 일상생활에서 꼭 남에게 전하고 싶은 감동 어린 이야기를 적어주시면 됩니다. 바쁘시더라도 꼭! 꼭! 꼭!

1981년 4월 10일

정호승

독자 여러분은 이런 원고청탁서를 본 적이 있을는지 모르겠다. 친구의 찢어진 양복 수선비에 도움을 주려고 일부러 특집 원고 집필을 요청한다는 내용이 담겨 있다. 그 양복에 대해서 나는 전혀 기억이 없다. 입고 있던 양복이 왜 찢어졌는지, 거기에 무슨 사연이 있었는지 전혀 모른다. 편지의 문맥으로 보면 호승 형의 결혼식 때 입었던 양복인데 그때 내가 술이 취해 비틀거리다가 어딘가에 걸려서 찢어진 모양이다.

비록 짧은 편지글이지만 벗의 자상한 품성이 그대로 물씬 풍겨난다. 호승은 여러 일터를 옮겨 다녔다. 대학 졸업 후 숭실고등학교 교사로 시작해서 여성잡지사 기자로도 일했다. 그러다가 월간 『샘터』 편집부에서 근무하게 되었다. 아동문학가 정채봉이 주관하던 『샘터』는 작지만 알찬 잡지였다. 읽을거리가 꽤 많이 담겨서 당시 정기 구독자가 많았다. 이 샘터사 편집부의 지난 시절 역사를 돌이켜보면 여러 쟁쟁한 문인들이 거쳐갔다. 비평가 염무웅 선생도 잠시 머물렀고, 시인 김형영, 작가 김승옥, 이태호, 정찬주, 그리고 노벨 문학상의 주인공 한강도 한때 거기서 일했다. 서울 방문길에 종로구 동숭동의 붉은 벽돌 건물인 샘터사에 들리면 정채봉과 정호승이 활짝 웃는 얼굴로 맞이해주었다. 1973년 동아일보 신춘문예 소설 부문 당선자였던 이태호(李泰豪, 1951~)도 샘터사 직원으로 일하고 있었다. 호승의 옆 책상에서 함께 지내는 모습이 몹시 부러웠다.

1970년대 후반, 내가 안동에서 머물 때 정호승, 이태호 두 친구가 방문했다. 정호승은 특집 취재 차 안동 지역의 누군가를 인터뷰하기 위해, 또 이태호는 동행하는 사진기자 신분으

원 고 청 탁 서

샘터사 편집부
☎ 763-8962

《또 하나의 발견》

　「또 하나의 발견」은 저희 샘터의 고정란으로 일상생활에서의
그릇된 점을 시정하는 제언, 인간이 빚어낸 감동어린 장면, 교
훈이 될만한 인생수상, 생활에서 얻은 지혜 등 독자에게 감동
과 희망을 주는 내용의 글을 모아 싣고 있습니다. 신변 잡기가
아닌 무언가 뚜렷한 인상을 줄 수 있는 애기였으면 더욱 좋겠
읍니다.

　짤막한 컬럼 하나 쓰시는 기분으로 써 주십시오.

　홍순행!
　홍순행의 그 양복이 못입을 정도로 찢의져버
렸다 얘기를 듣고 마음이 아팠습니다. 그 양복은
홍순행이 결혼식 때 입은 양복일 뿐더러 홍순행
에게는 아주 소중한 예복일 텐데…… 아무튼
내일 태훈이 돌아오면 홍순행 양복을 토해 내라고
큰 소리 큰 소리 쳤야겠습니다……
　홍순행!
　그런 의미에서 (?)「또 하나의 발견」을 집필하
여 주시면 고맙겠습니다. 양복 수선비라도 될까
해서 (? ……?)
　됨돌이 일상생활에서 꼭 남에게 전하고 싶은
감동 어린 이야기를 적어 주시면 됩니다. 바쁜 시더
라도, 꼭! 꼭! 꼭!

[길 이]　2백자 원고지 3장 안팎

[마 감]　19 81년 4월 10일　[담당자]　정호승

[기 타]　마감일 꼭 지켜 주세요!　　（5월호 게재 예정）

정호승 시인의 편지 겸 원고청탁서. 짧은 글에서도 자상한 품성이 물씬 풍겨난다.

로였다. 내 첫아이 응이 안동에서 태어나 아직 첫돌이 되기 전이었다. 두 벗은 아기를 번갈아 안아보며 몹시 흐뭇한 표정을 지었다. 회사 일로 출장을 왔기 때문에 오래 머물 시간도 없이 벗들은 금세 떠났다.

나도 한때 샘터사의 입사 권유를 받아 여러날 고심하다가 뜻을 접은 기억이 있다. 누가 어떤 곳에서 무슨 일을 하느냐에 따라 잡지의 성격은 확연히 달라진다. 정호승이 샘터사에서 일할 때는 편집 기획과 특집 설정 따위에서 그의 흔적이 묻어났다.

3

그동안 별고 없으셨는지요? 시집이 나와도 편지 한장 제대로 올리지 못했습니다. 마음 같아서는 동순 형한테 가서 이런저런 얘기하며 기쁨을 나누고 싶으나 몸은 서울에 매여 있습니다. 어제 급한 김에 동순 형에게 시집 몇권 보냈습니다. 예쁜 학생 있으면 동순 형이 주라고. 동순형의 글이 담긴 시집을 하나 갖게 돼서 저는 정말 기쁩니다. 마치 합방(合房)한 기분입니다. 어제 『월간조선』 팀들

하고 안성 대림동산에 사는 고은 선생 댁을 방문해 고 선생 술 마시는 모습을 보았습니다. 딸 차령이의 손을 잡고 문밖까지 따라나와 우리 일행을 따라 또 술 한잔하러 나서는 고 선생을 배웅하던 부인의 모습이 퍽 무겁고 슬펐습니다. 취한 고 선생과 고 선생의 가족, 가정, 뭐 그런 것들이 어떤 슬픔을 자아내는 듯했습니다. 고 선생께서는 동순 형을 '지금도 사위 삼고 싶은 사람'이라고 하시더군요. 동순 형에 대한 고 선생의 따뜻한 마음을 읽는 것 같아 기뻤습니다.

요즘 동순 형의 하루하루는 어떠하신지요? 대구가 큰 도시이긴 하지만 서울보다는 긴장이 부족할 것입니다. 물론 넉넉한 여유도 중요하지만 문학적 긴장, 문화적 긴장 뭐 그런 것들을 잃지 않도록 하십시오. 저는 너무 긴장하고 서울에서 산 탓인지 그만 지쳐버리고 말았습니다.

얼마 전에 지하철 서울대입구역에서 내려 5분 거리 정도에 있는 곳에다 제 방을 하나 얻었습니다. 아무래도 집에는 있을 수 없는 것 같아 제가 출근할 수 있는 장소부터 먼저 구했습니다. 지난 일요일엔 책들을 옮겼으며, 곧 전화도 놓고 컴퓨터도 옮겨놓을 작정입니다. 그동안 15년 동안 하던 직장생활을 한순간에 그만두려니 마음이 떨리고 불안합니다. 아직 회사 측에 말은 안 했으나 올해를 끝으로 새로운 전기를 맞을까 합니다. 당분간 기사 형태의 글은 쓰지 않고 소설 준비만 하면서 지낼 작정입니다. 문학에 무슨 커다란 꿈과 욕심이 있어서가 아니라 현재 제가 열심히 잘할 수 있는 일이 그것밖에 없어서 그 길로 가는 것입니다.

오늘부터 퍽 추워졌습니다. 함박눈이라도 한바탕 쏟아졌으면 하고 기다리게 됩니다. 늘 건강에 유의하시고, 제가 대구에 한번 내려가든가 동순 형이 서울로 한번 상경하시든가 하소서.

1990년 11월 20일

호승

벗은 늘 바쁜 직장생활에 쫓기었다. 잡지사에서의 틀에 박힌 글쓰기에 지친 기색을 보였다. 언제부터인가 벗은 전업 작가로서의 삶을 꿈꾸었다. 마침내 용기를 내어서 그것을 결행에 옮겼다. 모든 직장생활은 그로부터 작별이었다. 이 편지는 바로 그 무렵, 직장을 그만둔 직후에 쓴 것으로 보인다. 당시 벗은 짧고 폭발적인 시의 형태보다 소설을 선호해서 그쪽에 관심이 깊었다. 그간의 공력이 쌓였던지 마침내 조선일보 신춘문예 소설 부문에 당선이 되었다. 시인의 길인가, 아니면 작가로서의 길인가. 선택이 필요한 갈림길이었다. 하지만 그의 소설 쓰기는 그리 오래 이어지지 않았다. 몇권의 창작집을 발간한 뒤 벗은 시인의 길로 돌아왔다. 자신의 터전이나 본령이 시 장르라는 걸 새삼 절감하게 된 것이다.

이후로 벗은 시 장르에 더욱 확신을 갖게 되었다. 그의 시는 한층 알차고 단단해졌다. 정호승의 시는 언제 읽어도 깊은 울림을 준다. 삶에 대한 통찰과 깊은 상징을 머금은 절창이 많다. 때로는 경구나 잠언적 분위기의 작품들이 독자들에게 뜨거운 반응을 이끌어내었다. 그래서 정호승의 시는 여러 작곡가와 가수 들이 탐을 낸다. 지금까지 노래로 작곡된 정호승의 시작품은 80여편은 족히 넘으리라 추정된다. 그 가운데 여러 곡이 대중에게 널리 사랑받는 인기가요가 되었다. 대중과 친화력이 높은 시인이 된 것은 노래들 덕분이기도 하다. 벗의 전업작가 생활은 이제 오래되었다.

수년 전, 대구 수성구 범어동에 정호승문학관이 건립되었다. 시인 스스로 '범어천은 내 문학의 고향, 내 문학의 모태'라고 일컫는 범어천변에 자리를 잡고 있다. 벗의 어린 시절 살던 집이 바로 그 부근이다. 이제 정호승문학관은 대구의 명소가 되었다. 살아생전에 이처럼 어엿한 문학관까지 세워졌으니 얼마나 복된 일인가. 그곳에는 그의 시집 『별들은 따뜻하다』(창작과비평사 1990)의 발문으로 원고지에 쓴 나의 육필이 전시되어 있다. 시집을 발간한 뒤에도 벗은 그 원고를 줄곧 간직하고 있었던 것이다.

난필을 용서 바라며

이태호 조각가의 편지

1973년 내가 동아일보 시 부문에 당선되었을 때 소설 부문 당선자가 이태호였다. 당선작은 단편소설 「횡적(橫笛)」. 대전 출생으로 홍익대 미대에서 조각을 공부한 미술학도였지만 그에게는 문학적 재주가 반짝였다. 눈빛이 부리부리한 친구였다. 얼마 뒤 서울의 여섯개 신문사에서 등단한 당선자들끼리 연락해서 하나의 모임을 발족했다. 그게 '73그룹'이다. 멤버들은 자기 당선작의 일부를 발췌해서 친필로 쓰고 액자를 만들었다. 그것을 국립공보관 전시실에 걸어놓고 손님을 맞았다. 내방객 맞이보다는 그저 우리 멤버들끼리 자주 만나는 게 주된 목적이었다. 그 모임의 연락과 제반 사무를 작가 이태호가 보았다. 73그룹 멤버들은 작가 박범신과 이경자, 시인 정호승, 김승희, 김창완, 김명인, 하덕조, 이동순, 시조시인 류제하, 오영빈 등이다. 우리는 종로 피맛골 술집에서 막걸리를 마셨다. 어떤 날은 박범신의 정릉 집으로 몰려가서 놀다 오기도 했다. 혈기 방장한 청년문사들에게 밤과 낮의 구분이 없던 시절이었다.

당시 이태호는 광화문을 걸어가다가 빈번히 파출소 앞에서 경관에게 잡혀 끌려 들어갔다. 죄목은 장발. 이태호 특유의 긴 머리가 단속에 걸린 것이다. 경관이 태호의 모발 길이를 줄자로 측정한 뒤 가위를 들고 와서 자르려 했다. 한바탕 실랑이가 벌어지고 고성이 오갔다. 73그룹 멤버 모두가 들어가서 항의하니 경관도 움찔해서 태호를 석방해주었다. 이런 일까지 겪고 나서 멤버들은 더욱 각별해졌다.

태호와 나는 동년배로 살뜰한 친구가 되었다. 내가 벗들을 만나러 상경했을 때 서울에서 잠잘 곳이 마땅치 않은 걸 알고는 나를 데리고 마포 상수동으로 갔다. 가보니 그곳은 태호의 누님 댁이었다. 자신도 얹혀사는 신세인데 거리낌 없이 나를 대동한 것이다. 이후로 나는 서울로 행차할 때면 반드시 태호의 누님 댁에서 잤다. 그는 미대생 특유의 앞서가는 감각으로 선도적인 패션을 실천하고 있었다. 늘 단정한 스타일로만 살아온 나에게 태호의 개방적 사고와 아방가르드적 행동은 감각의 격차를 느끼게 했다.

　나는 태호의 화실에서 밤 깊도록 소주를 마시며 그의 통기타 반주에 맞춰서 노래를 불렀다. 태호는 술을 즐겼지만 얼굴이 붉게 달아올라 많이 마시지는 못했다. 그는 조각과 문학 사이에서 진로의 방향을 한참 고민하다가 결국 조각의 길을 선택했다. 한때『계간 미술』기자로 일하며 미술사학자 유홍준과 같이 근무하기도 했다. 대학원에서는 멕시코 벽화운동을 주제로 석사논문을 썼다. 그 무렵 샘터사에 취업해 시인 정호승과 동료 직원으로 같이 일했다.

　그후 태호는 거제도 방앗간집 따님과 결혼을 했고 얼마 뒤 미국으로 유학을 떠났다. 뉴저지주에 주택도 마련했는데 그 무렵 나는 미국 동부로 연수를 가게 되었다. 마침 태호와 연락이 되어 그와 만나기로 했다. 벗은 공항에 일부러 마중 와서 나를 기다렸다. 나는 그의 저택에서 한달가량 머물다 왔다. 초원 언덕에 새로 지은 하얀 건물이 그림처럼 호젓하고 예뻤다. 2층 주방에서 식사를 하다보면 창문으로 놀라운 광경이 보였다. 커다란 사슴 한마리가 숲에서 나와 뒤뜰 마당을 어슬렁거렸던 것이다.

　미국에서 태어난 태호의 쌍둥이 딸들은 제법 소녀티가 났다. 그로부터 몇년이 지나 태호는 미국 생활을 홀연히 정리하고 귀국했다. 귀국을 전후해서 여러 힘든 일을 겪었다고 했다. 돌아온 뒤로는 진보적 작가그룹인 '현실과 발언' 멤버로 조각활동을 계속했다, 그러다가 다행히도 경희대 미술대학 교수로 임용이 되었다.

벗은 소설을 아주 접고 현재 조각가로서의 길을 당당히 걸어가고 있다. 경기도 양평에 작업실을 마련하고 여러 작업에 몰두 중이다. 나에겐 그가 대학 시절에 재작한 불두(佛頭)가 하나 있다. 도자기로 구운 작품이다. 나무를 깎아서 만든 소녀 두상도 있었는데 지금은 찾을 수가 없다. 내 실질적 첫 시집이라 할 수 있는 『백자도(百子圖)』의 표지 사진도 '절규'라는 제목의 이태호 작품이다.

또 하나의 즐거운 추억도 있다. 언젠가 태호는 나를 그의 작업실 침대에 반듯이 눕게 했다. 그러더니 반죽한 석고를 내 얼굴에 부어서 데스마스크를 떴다. 베토벤을 비롯한 저명한 예술가들의 경우 사망 직후에 이런 데스마스크를 만든다. 그 과정을 장난스럽게 재현한 것이다. 작업하는 동안 호흡이 불편하지 않도록 종이를 도르르 말아서 내 콧구멍에 끼웠다. 반죽한 석고는 신속하게 응고되니 전체 작업 시간은 오래 걸리지 않았다. 완성된 나의 데스마스크를 보니 기분이 묘했다. 눈썹 부분에는 내 눈썹 털이 몇올 빠져서 그대로 박혀 있었다. 그 물건이 지금도 나의 작업실 어느 구석엔가 감추어져 있다. 가족들이 그것을 볼 때마다 불편해해서 보이지 않는 곳에 숨겨두었다. 내가 세상을 떠난 뒤에 혹시 요긴하게 쓰일 일이 있을지도 모르겠다.

지난해에 태호와 오랜만에 다시 만나 즐거운 시간을 보냈다. 정호승 시인도 함께 만났다. 모인 곳은 경기도 양평 그의 작업실. 우리는 옛 친구가 그동안 해왔던 조각 분야의 여러 활동 경과를 두루 확인할 수 있었다. 태호의 작업실 2층에는 친구가 그동안 펼쳐온 작품의 발자취가 일목요연하게 전시되어 있었다. 양평 일대에는 작가들의 이런 작업실이 구석구석 자리를 잡고 있다. 성실히 자신의 작품세계를 열어온 옛 친구 이태호의 활동에 존경심마저 들었다. 우리 셋은 양평의 어느 식당에서 점심을 먹으며 그간의 적조함을 말끔히 씻었다. 셋이 기념사진도 함께 찍었다.

정호승 시인은 그날 급한 일이 있어서 먼저 일어났다. '석불(石佛)'이라는 특이한 이름의 간이역에서 열차를 타고 떠났다. 태호와 나는 떠나는 친구를 향해 손을 흔들었다. 호승도 열차 안에서 활짝 웃으며 마주 손을 흔들었다. 전형적인 정거장 작별이다. 돌아올 때는 태호의 작품집 『근대 짱돌의 역사』라는 두툼한 책 한권과 그가 제작한 판화 작품 「책벌레」까지 한점 얻어서 품고 왔다. 판화 작품은 곧 액자로 만들어 나의 서재 벽에 걸어두었다. 그걸 볼 때마다 태호 생각을 한다. 그는 예나 제나 잊을 수 없는 마음의 벗이다. 다음 편지는 태호가 샘터사에서 일할 때 보내온 것이다. 문투에는 넉살과 풍자가 들어 있다. 그때만 하더라도 늦도록 장가 못 간 총각이었는데 그는 곧 결혼식을 올렸다. 안부편지 겸해서 시작품을 청탁하고 있다.

두번씩이나 상경하셨는데 뵙질 못했으니 다시 뵐 면목이 없습니다. 내외 두루 안녕하시리라 믿으며, 대구에 계신 시형들도 평안하리라 믿습니다. 정〔호승〕 형을 통해 부부싸움했다는 얘기까지 듣고 이 몸이 참 가소로워서 오랫동안 웃었습니다. 우선 장가 못 간 이 총각을 약 올리려는 책략이라 여기고 더 늠름히 총각을 유지할 것이냐 혹은 초조히 총각을 벗어버릴 것이냐 하는 문제로 잠시 망설였었습니다.

이제 서울 오시기가 쉽지 않을 텐데 뵈오려면 이 몸이 대구나 안동으로 가야 할 것 같은데 그것도 쉬 생길 여유가 아니라 안타깝습니다. 제게 보내신 『안동간호』 원고 청탁을 곧 보내드리기로 약속드립니다. 동시에 이번 『샘

터』7월호에 실릴 형의 시를 부탁드립니다. 『샘터』 분위

기에 맞게 (곱고 아름다운 감동?) 한수 보내주시면 대단히

감사하겠습니다. 도착을 5월 10일에 할 수 있도록 해주십

시오. 새 시집을 축하드리며, 난필 용서 바라며……

1980년 4월 30일

이태호

일상의 서정

이것을 정말 나는
희망처럼 믿습니다

이가림 시인의 편지

죽음이란 무엇인가. 모든 사람이 생애 단 한번은 반드시 거쳐야 하는 절차이다. 하지만 이것을 통과하기 위해선 이승에서 맺은 모든 관계, 지녔던 돈과 부동산과 지위와 명성까지도 벗어던지고 알몸으로 가야 한다. 떠나기 위해 염습을 하지만 그건 잠시 동안의 표피적 절차일 뿐이다. 아주 홀가분하게 눈을 감고 떠나간다. 그 가는 곳이 어디인가. 그곳은 아무도 아는 이가 없는 막막한 초행길이다.

불가(佛家)에서는 왔던 곳으로 되돌아가는 복귀(復歸)라 한다. 그렇다면 애당초 왔던 곳은 과연 어디인가. 흙인가, 물인가, 아니면 공기인가, 바람인가, 구름인가. 그 어떤 확신도 할 수 없으나 하여간 어떤 공간으로 표연히 떠나는 '장소의 변경' '거처의 이동'인 것만은 분명하다. 이승에서 애착을 갖고 사용하던 육신은 낡고 추레하고 다시는 재생이 불가능한 폐가와 같다. 그 폐가는 영혼이 떠나면서 급격히 부패하고 해체되며 덧없는 붕괴를 맞는다. 한채의 집이 무너지듯 영혼이 떠난 육신은 간단없이 소멸된다. 아, 홀가분해진 영혼이 가는 곳은 어디인가.

일제 말 풍파 속에 태어나 일정한 세월을 살다가 바람처럼 홀연히 떠나버린 시인이 있다. 이가림(李嘉林, 1943~2015), 본명은 이계진이다. 그의 편지를 모처럼 꺼내 읽으면서 문득 죽음에 대한 성찰을 해보았다. 나는 이가림 시인과 그리 밀접한 인간관계를 맺진 않았다. 하지만 문단 선후배로, 같은 출판사에서 시집을 여러권 펴낸 동지적 공감과 유대감이 있다. 그래서 언제 만나도 반갑고 흔쾌하며 상호 긍정으로 푸근하다. 전북 정읍에서 출생한 시인은 일찍이 성균관대 불문과를 졸업하고 대전 숭전대 교수로 일하다가 인천의 인하대 불문과로 옮겼다. 인하대에서는 동료 교수였던 비평가 최원식과 친밀했다. 내가 어쩌다 일이 있어서 최원식을 만나러 인천에 가면 그날 저녁 이가림 시인이 동행했다. 체질상 술은 그다지 즐기는 편이 아니었고, 밤이 깊도록 찻집에 앉아 조곤조곤 낮고 은근한 목소리로 나누는 정담을 즐겼다. 옛 중국 시구에 이런 글귀가 생각난다.

주봉지기천배소(酒逢知己千杯少)

화불투기반구다(話不投機半句多)

마음 맞는 지기(知己)와 술을 마시면 일천잔도 부족하지만, 말이 통하지 않는 사람과는 반마디의 대화도 많다는 뜻이다. 비록 이가림 시인과 나눈 술잔의 숫자는 적었을지언정 우리는 서로 열린 관계였다. 그러니 만남의 횟수는 전혀 중요하지 않다. 스크랩북에서 1981년에 보내준 시인의 필적을 찾았다.

이 형의 시집 『개밥풀』과 장시 「수몰민」을 대하고 믿음직스럽게 생각했습니다. 비록 시절이 '개들의 시절'이라 할지라도 건강한 시적 상상력은 결코 포기되거나 꺾이지 않을 것입니다. 형과 같은 따스한 체온의 사람들이 있는 한 인간은 영원할 것이고 시 또한 영원할 것입니다. 이것을 정말 나는 희망처럼 믿습니다.

우선 소식이나 전하는 의미에서 글월 띄웁니다. 이 형의 시적 투혼 더욱 활발히 살아나 만인의 심금 깊숙이 박힐 작품 많이 쓰길 빕니다. 그럼 만나서 일배(一杯) 할 때까지 몸 건강히 계시길.

1981년 9월 2일, 오정(梧井)골에서

이가림 배

천천히 음미하면서
보겠습니다

이선관 시인의 편지

1

사람 때문에 고통 받고, 사람의 말이나 행동으로 인하여 삶의 뜻이 중단될 뻔한 시간도 있었다. 이승의 시간이란 어차피 사람과의 부대낌이리라. 하지만 사람이 주는 실망, 사람에게 겪는 상처는 칼로 도려내는 것보다 따갑고 아플 때가 있었다. 그 후유증이 몹시도 맵고 시리고 쓰라렸다. 그렇게 시달림 속에서 한해를 뒤돌아보니 회한과 아픔과 악몽의 기억만 남는다. 세상엔 어찌 그리도 사람 같은 사람이 드문 것인가. 인간미 물씬 풍기는 인간은 어찌 그리도 찾아보기 힘든 것인가. 그래도 어딘가에 그런 사람이 있지 않을까. 나는 자꾸만

기웃거리며 주변을 둘러본다. 그것은 이런 아쉬움 속에 저절로 생긴 하나의 습관이다. 오늘도 사람을 찾다가 풀죽어 돌아왔다. 지난 시절을 생각하니 한 사람이 문득 떠오른다.

그런데 그분은 이미 이 세상에 없다. 여러해 전에 먼지 자욱한 사바세계를 떠났지만 그가 새삼 그립고 또 그립다. 그의 천진성, 무구성(無垢性), 순정성에는 어떤 세속적 계산이나 비루한 욕망이 없다. 오로지 시에 관한 의욕과 집념을 가슴에 품은 채 고단한 일상을 혼자 힘겹게 꾸려갔다. 내가 1975년 『반시』 동인에 참가할 때 그 동인지에 실린 시작품을 보고 이런 엽서를 보내주었다.

안녕하십니까? 저는 마산에서 시작(詩作)을 하는 만학도입니다. 지방에서 문학활동을 하는데 애로점이 한두가지가 아닙니다만 이 선생님은 대구에서 작품활동을 하고 계시고 또 『반시』라는 동인지에서 참여한 것도 지면을 통해 알고 있습니다. 선생님과 여러 동인님들의 작품을 보고 싶습니다만 여분이 있는지요? 날씨가 변덕스럽습니다. 건강에 유의하시고 안녕하십시오.

1975년 12월 30일

이선관 드림

심지가 통하는 사람은 어디서든 서로 알아보며 먼저 다
가와 연결되고 소통한다. 시인은 손을 뻗어 악수를 청하고
만면에 그득히 미소를 머금었다. 경남 마산의 이선관(李善寬,
1942~2005) 시인. 일평생 10여권의 시집을 발간했다. 그는 온
힘을 시쓰기에만 골몰하면서 한세상을 살았다. 그분의 우직
한 고결성이 왈칵 그리워진다.

2

영혼이 아름다웠던 이선관 시인은 신체적 장애가 있었다.
어릴 적에 약물 부작용으로 뇌성마비가 되었다. 그렇게 평생
을 불편하게 살면서도 한없이 맑고 순정한 시를 써서 시집도
발간했다. 그의 시는 많은 독자의 심금을 울렸다. 지난날 함
석헌(咸錫憲, 1901~89) 선생이 발간하던 『씨알의 소리』1971년
10월호에는 매우 이채로운 시 한편이 발표되었다. 바로 이선
관의 「애국자」라는 풍자시였다.
　시인은 이른 새벽, 아직 비몽사몽인데 누군가 '동포여!'라
고 크게 외치는 소리를 듣는다. '이 시간에 웬 선각자인가' 하

고 돌아눕는데 그 소리는 다시 우렁차게 들렸다. 깜짝 놀라 정신을 차리고 들어본즉 그 소리는 골목을 돌아다니며 '똥 퍼 요!'라며 외치는 환경위생사의 고함이었다. 그 소리를 듣고 쓴 시가 「애국자」이다. 참으로 놀랍고 기발한 시적 발상이자 모티브가 아닐 수 없다. '동포여'와 '똥 퍼요'의 상관성은 전혀 무관하지만 발음상으로 비슷한 두 구절을 절묘하게 접합한 시인의 솜씨가 비범하다. 가식과 위선으로 가득한 애국자에 대한 비판과 풍자로 훌륭하게 연결되는 것이다. 한국어의 묘미가 이처럼 재치 있게 활용될 수도 있다는 것에 우리는 크게 놀란다.

조선왕조 연암(燕巖) 박지원(朴趾源, 1737~1805) 선생의 시대에도 환경위생사가 있었던가보다. 그것을 연암식으로 표현하자면 '예덕선생(穢德先生)'이다. 1970년대 초반, 격동의 세월 속에서 민주주의 발전이냐 퇴보냐 기로에 처했던 당시 일그러진 현실과 세태를 이선관은 이렇게 짧은 시작품으로 압축해내었다. 입만 열면 국민과 민주주의를 들먹이며 권력의 이익을 독점하고 전횡(專橫)을 일삼던 이른바 정치인들의 비리와 독선을 속 시원히 비판한 것이다. 작금의 세태는 그때와 무엇이 얼마나 달라졌을까.

얼마 전 어린 시절에 살았던 옛 동네를 우연히 들렀다. 그곳 어느 낡은 집 대문 옆에서 예전의 '푸세식' 화장실을 보았다. 재래식 화장실이 가득 차면 골목으로 난 구멍을 통해 인분을 퍼내곤 했었다. 그걸 보는 순간 나는 이선관 시인의 이 작품을 떠올렸다.

온갖 편지로 가득한 스크랩북을 뒤적이노라니 이선관 시인의 친필엽서가 하나 보인다. 온몸이 뒤틀리는 장애를 무릅쓰고 책상 앞에서 천천히 글씨를 쓰셨으리라. 그 모습이 떠올라 마음이 애잔해진다.

> 정열과 열정으로 작업하신 소중한 시집 받고 고맙다는 말을 전합니다. 천천히 음미하면서 보겠습니다. 추운 날씨 안녕하십시오.
>
> 1980년 5월
> 이선관 드림

시인이 세상을 떠났을 때 지역 신문은 1면에 부음기사를 실었다. 영결식에서 후배 시인 이소리는 추모시를 통해 "시인 이선관이 없는 마산은 마산이 아니다/이제 마산은 그 이름표를 잃어버렸다"라고 애달파했다. 그는 영혼이 아름답고 고결한 시인이었다. '마산의 보물'로 불리던 이선관 시인. 그의 시를 사랑하는 사람들이 모여서 마산합포구 산호공원 '시의 거리'에 그의 시비를 건립했다. 비석에는 시 「마산, 그 창동 허새비」가 새겨졌다. 마산을 찾게 되면 이선관 시비 앞에 가서 두 손 모으리라.

게으른 펜을 들었습니다

김승희 시인의 편지

1973년 신춘문예에서는 활동적인 시인들이 다수 배출되었다. 처음엔 등단 연도를 표제로 삼은 소박한 시문집을 발간했다. 그러다가 뜻을 함께하는 사람끼리 모여 마침내 동인지 『반시』의 창간으로 이어졌다. 『반시』는 7집까지 발간되었는데 시간이 흐르면서 동인들 구성에 변화가 생겼다.

73그룹 동인까지 함께했던 멤버 중 유일한 여성 시인이 김승희다. 1952년 광주 출생으로 등단 당시 서강대 재학생이었다. 경향신문 신춘문예를 통해 등단했고 당선작은 「그림 속의 물」이라는 제목의 시작품이다. 작품 전면에서 신화적이고 몽상적인 분위기가 물씬 풍겨났다. 기본적 색조가 서구풍 감각과 모던한 이미지였다. 그의 언어감각은 생경하면서도 흡

인력이 있었다. 시작품에 '프랑다스의 개' '벨지움' '이카루스의 날개' '캔버스' '칸나' '아시아' 등 외국어와 외래어를 과감하게 쓰는 기교가 1930년대 김기림, 오장환의 초기 시를 떠올리게 했다. 이국적인 정취, 즉 엑조티시즘을 유난히 즐기는 스타일은 영락없는 모더니스트의 후예였다.

한국현대시사에서 이러한 경향은 일찍이 1930년대 이상이나 김기림 등의 시에서 충분히 경험한 터였다. 그러니 김승희의 작품에서 그것이 새삼스러운 놀라움이나 대단한 혁신으로 느껴지진 않았다. 모임에서 처음 대면한 김승희는 과묵하고 대체로 무표정한 얼굴이었다. 살뜰한 대화나 소통을 할 기회가 없었다. 어느 날 김승희가 보내온 친필 편지 하나를 받았다.

모든 편지는 우선 받을 때 가슴을 두근거리게 한다. 나에게 전하고 싶은 말이 무엇일까. 무슨 긴급한 용무가 있는 것일까. 이런 기대를 품게 하는 것이 일반적 모습이다. 그러나 김승희의 편지는 공문서 같은 인상이 물씬 풍겼다. 73그룹 동인지 3집 발간의 실무 책임을 뜻밖에도 김승희가 맡게 되던 것이다. 기본적으로 시작하는 안부 인사나 근황에 대한 물음 따위는 전혀 없었다. 편지를 끝낼 때 의례적으로 흔히 쓰는 격식 따위도 찾아볼 수 없었다. 어떤 감정적 반응도 없이 꼭 필요한 용건만 아주 간략하게 줄여서 썼다. 놀라운 것은 다섯개의 일련번호를 붙여 내용을 전달하고 있다는 점이다. 그 저돌성에 나는 다소 실망스러웠다. 최소한의 안부 정도는 넣어도 되지 않았을까. 그것마저도 불편하고 번거로웠던가보다. 시인이 쓴 편지로서는 읽는 즐거움이 없었고 무미건조하기까지 했다. 감정이 완전히 표백되어 앙상한 사실만 전달하고 있었다. 이것도 하나의 특색일 수 있다.

『1973』 제3집을 위하여 제 게으른 펜을 들었습니다.

---

① 1974년 10월 20일까지

② 작품 5편과

③ 시론 2~3매와(더 많아도 좋음)

④ 사진 1매를

⑤ 김승희 앞으로 보내주세요.

1974년 10월 1일 오전

김승희

그런 과정을 거쳐 『1973』 3집이 발간되었으리라.

김승희는 동인지에 거기까지만 같이 합류하다가 그후로

李 東 洵 詩兄께

<1973> 詩三輯을 위하여
째 게으른 펜을 들었읍니다.

① 1974년 10月 20日 까지
② 作品 5篇과
③ 詩論 2~3枚와 (더 짧아도 좋음)
④ 사진 一枚를
⑤ 金勝熙 앞으로 보내주세요.

金勝熙
1974. 10. 1. 午前.

김승희 시인의 편지. 필요한 용건이 간략히 적혀 있다.

는 독자적 창작활동을 이어갔다. 간간히 발표되는 그녀의 작품들은 대체로 당선작의 연장세계였다. 가끔 다정한 벗 정호승 시인으로부터 김승희의 근황을 전해 듣곤 했다. 그녀는 학부 시절 영문학을 전공했다. 그러나 대학원에 진학하면서 국문학으로 방향을 바꾸었다고 한다. 박사과정까지 진학해서 학위를 받고, 모교의 국문과에서 시를 가르치는 교수로 부임했다. 문단에서 적극적으로 활동하는 여러 제자를 길러내기도 했다.

언젠가 김승희의 시작품 하나를 우연히 보게 되었다. 등단 초기의 작품 스타일과는 완전히 달라진 모습이었다. 가슴이 시원했고 깊은 울림이 느껴졌으며 또다른 작품까지 궁금해지기 시작했다. 나에게 놀라움을 준 것은 「그래도라는 섬이 있다」라는 시작품이다. 읽으면 읽을수록 삶의 고난을 이겨낸 사람만이 써낼 수 있는 달관과 깊은 통찰, 따뜻한 위로와 격려까지 느껴진다. 나는 그 시작품에서 시인 김승희의 놀라운 품격을 확인하게 되었다. 어느 비평가는 이 시를 '희망의 백신'으로 표현하기도 했다. 시인은 그로부터 연속으로 작품집을 발간해서 문단의 주목을 받았다. 그의 시작품 「못 박힌 사람」이 자꾸 생각나는 늦여름 저녁이다.

고통과 애씀이
눈에 선하여

송우혜 작가의 편지

반드시 국문과나 문예창작학과를 나와야 작가가 되는 것은 아니다. 오히려 다른 계통에서 일한 경력의 소유자가 두께 있는 작가의식을 지닌 경우가 많다. 약사, 경찰, 고물상 운영자, 미용사, 재래시장의 닭 장수, 건축 공사현장의 일용직 노동자 등으로 일하던 분이 작가로 등단해서 빛나는 성과를 이룬 경우가 많다. 그런 분들의 문학이 오히려 신뢰도가 높게 느껴질 때가 있었다.

송우혜(宋友惠, 1947~2024)는 작가가 되기 전 간호사로 일했다. 서울대 간호학과를 나와 세브란스병원에서 간호사로 일하다가 작가의 길로 들어섰다. 꾸준한 글쓰기 수련 끝에 1980년, 소설 「옛 야곱의 싸움」이 동아일보에 당선되어 등단했다. 이후 소설, 수필, 르포 등 다양한 장르에서 활동했다. 1982년에는 한국문학 신인상을 받았다.

송우혜는 여러 저서를 남겼는데 '작가 송우혜'라는 이름이 특별하게 알려진 저술은 1988년에 발간한 『윤동주 평전』(열음사)이다. 이 책에 독자들이 갈채와 성원을 보내는 까닭은 윤동주(尹東柱, 1917~45)의 고종사촌 송몽규(宋夢奎, 1917~45)의 서술 덕분이다. 송몽규는 윤동주와 일본 유학을 같이했고, 비슷한 시기에 일본경찰에 체포되었다. 두 사람은 후쿠오카 형무소에 구금되어 고통을 받던 중 차례로 의문의 죽음을 당했다. 실제로 작가의 부친 송우규는 송몽규의 아우이다. 그러니까 송우혜는 송몽규의 조카딸, 윤동주 시인은 송우혜의 내종숙(內從叔)이다. 성장기에 부친으로부터 백부 송몽규 이야기를 많이 들었을 것이다.

1990년대 중반, 나는 중국 연길현 용정에 가서 윤동주 생가 터와 명동촌 일대를 둘러보고 용정의 은진중학교와 윤동주의 무덤도 참배하였다. 공동묘지는 황량했고, 용정 시내가 한눈에 바라다보였다. 윤동주 시인의 무덤은 민둥산처럼 풀이 전혀 돋아 있지 않았다. 그의 시 「별 헤는 밤」의 마지막 대목에는 자신의 별에 진정한 봄이 도래했을 때 무덤 위에 풀이 무성히 돋아날 것이라 했다. 그런데 풀이 없는 걸 보면 아직 그의 별에 봄이 오지 않은 것이다.

그 처연한 무덤 앞에는 허술한 묘비가 세워져 있었다. 그 앞에 엎드려 절을 올리는데 슬픔과 서러움이 치밀어올라 저절로 눈물이 났다. 윤동주 시인의 무덤에서 왼쪽으로 몇걸음 떨어진 곳에 송몽규의 무덤이 있었다. 그 앞에도 일부러 찾아가 한잔 술을 따르고 경건한 절을 올리었다.

일본으로 유학을 떠난 식민지의 두 청년은 그곳에서 결국 자신의 종생을 맞은 것이다. 이 기막힌 운명을 과연 짐작이라도 했을까. 그들은 옥중에 수감된 기결수 상태로 형무소 안을 집단으로 오갈 때 파리한 얼굴을 잠시나마 마주쳤다고 한다. 이러한 가족사적 배경을 지녔으니 송우혜의 『윤동주 평전』은 여러 비화와 실감으로 가득하다. 작가는 이 평전 완성을 위해 일본을 자주 다녀오고 북간도 용정도 샅샅이 훑었다. 송우혜는 일제강점기 독립운동사에 대해 깊이 연구했다. 특히 독립투사 홍범도 장군에 대한 관심은 특별하다. 관련한 글도 여러편 발표했다. 홍범도 장군에 대해서는 여러 이유로 해방 후 국내에서 몹시 왜곡된 시각들이 많았다. 그러나 송우혜의 글은 이를 바로잡는 중요한 역할을 했다.

나는 2003년 민족서사시 『홍범도』를 발간하였다. 그 직후 제자들이 주선한 출간 기념 모임이 영남대 국제관 강당에서 열렸다. 이때 고은 시인, 비평가 염무웅 선생, 작가 송우혜 등 세분을 초빙했다. 그날 세분의 연설은 줄곧 가슴을 울리고 깊은 감동을 주었다. 그로부터 세월이 흘러 2021년 가을, 카자흐스탄 크질오르다 공동묘지에 묻혀 있던 홍범도 장군은 고국으로 돌아와 국립대전현충원에 묻히셨다. 그토록 바라던 고국 땅에 돌아와 품에 안기신 것이다. 이것은 전적으로 홍범도 장군을 특별히 아끼고 사랑했던 여러 독지가의 피땀 어린 노력이 거둔 성과였다. 작가 송우혜가 홍범도 장군 연구에 쏟았던 각별한 노력도 필시 큰 힘으로 작용했으리라.

출간 기념 모임 후 음신이 두절되어 소식이 궁금했었다. 그런데 2024년 뜻밖에도 부음을 들었다. 혼자 오랫동안 병마에 시달렸다고 한다. 얼마나 외로웠을까. 사는 것이 얼마나 힘들었을까. 나는 넋을 잃은 채 가슴이 먹먹했다. 가만히 정좌하고 두 손 모으며 송 작가의 명복을 빌었다.

그간 안녕하셨어요? 우선 선생님께서 '시와 시학상'을 타신 것을 깊이 축하드립니다.

저는 선생님께서 수상하신 12월 6일에 국내에 있지 않아서 시상식에 참석하지 못했습니다. 최송합니다. 다음번에 상을 타실 때에는 무슨 일이 있어도 꼭 참석하도록 하겠습니다.

그리고 선생님의 대작 『홍범도』를 잘 읽고 있습니다. 처음 읽어가다가 그간 선생님께서 겪으신 고통과 애씀이 눈에 선하여 눈물겨웠고, 읽는 것만으로도 몹시 아팠습니다. 정말 대단한 작업을 해내신 것을 다시 축하드리고, 또 깊이 감사드립니다.

새해에는 더욱 건강하시고 뜻하시는 일마다 모두 형통함을 누리시기를 기원합니다. 새해 복 많이 받으세요!

2003년 세모(歲暮)

송우혜 배상

저는 여름의 모든 걸
참 좋아합니다

이경자 작가의 편지

귀한 필적이 누렇게 빛바랜 얼굴로 나타난다. 작가 이경자(李璟子, 1948~)의 편지다. 등단 이후 이경자는 참 부지런한 삶을 살아왔다. 우리 사회에서 소외와 무관심에 밀려나 있던 여성성 문제에 대해 적극적 반성과 진지한 탐구로 관련 소설을 꾸준히 써내었다. 그만큼 미덥고 성실한 작가이다.

강원도 양양에서 태어난 이경자는 1973년 서울신문 신춘문예에 단편소설 「확인」으로 등단했다. 같은 해 신춘문예에 동기로서 우리는 73그룹에 함께했다. 50년도 훨씬 넘게 흘러간 당시 기억은 어렴풋하다. 하지만 속사포로 거침없이 쏟아내던 격정적인 화법만은 뚜렷하게 떠오른다. 어떤 논쟁에서도 결코 물러서지 않고 끝까지 자기주장을 지키던 집념도 생각난다. 이런 적극성과 저돌성이 인상적으로 남아 있다.

성정은 늘 밝고 명랑했다. 호쾌하게 웃으며 만남의 상대가 누구든 스스럼없었고 마음의 벽을 단숨에 허물어버렸다. 그 시원시원한 이경자의 포즈를 기억한다. 그런 신뢰감이 있었기에 민족문학작가회의 이사장까지 거뜬히 맡았으리라. 73그룹 시절에 여러차례 만났지만 그뒤론 거의 만나지 못했다. 속초의 이상국 시인을 통해 간간이 그녀의 근황을 전해 듣곤 했었다.

1975년 나는 25세의 늦은 나이로 입대했다. 그래서 마음은 무겁고 침통했다. 이런 내 심정을 어찌 알았던지 어느 날 이경자는 위로의 편지를 보내왔다. 필체도 그렇지만 문장도 활달하고 거침없다. 편지에서 그녀는 대구로 오겠다고 했다. 하지만 나는 그 제의에 '만리장성의 답장'을 보내지 않았다. 필연성이 없었기 때문이다. 그러나 즐겁고 유쾌하게 쓴 편지 글은 큰 위로를 주었다. 내가 힘들 때 이렇게 위로와 격려를 주는 벗들이 있구나. 그런 든든함으로 마음이 연결되었다. 이런 성원 속에서 육군훈련소 정문을 향하던 나의 발걸음이 한결 가벼웠다.

까마득히 흘러간 날의 기억을 다시 떠올리는 일은 때로 슬프고도 아련하다. 그것은 영화의 필름을 거꾸로 돌리는 일과도 같다. 부모님의 오래된 앨범을 들여다보는 느낌과도 같다. 1973년 여름이었을 것이다. 광화문 부근 피맛골 어느 술집이었다. 73그룹 멤버들이 모여서 한잔하던 자리다. 이경자는 상기된 얼굴과 열띤 목소리로 자신의 견해를 펼쳤다. 앞에 앉은 사람이 누구였던지 뚜렷하게 생각나지 않는다. 어떤 문제에 대해 상대를 설득하며 자기주장을 펼치는 자리였던 것 같다. 술을 전혀 못하는데도 그녀는 끝까지 자리를 지켰다. 추억 속에서 격정적이던 그녀의 20대 청춘의 모습이 눈에 선하다. 편지글로 직접 느껴보시기 바란다.

광복절이라서 쉽니다. 첫번째 편지 받고 곧장 답장을 쓰고 싶었지만 '감정 관리'를 했지요. 편지로 연하의 남자와 연애를 하게 될까봐.

위의 문장은 사실 이 편지에 쓰지 않으면 좋았을 걸 그랬어요. 그래도 발가락 사이에 낀 때는 사실이니까 눈을 뜨고 볼 수 있어야 하지 않을는지요.

이동순 씨, 군대 가는 것 확정되었나요? 저는 9월 10일경부터 한가해지기 때문에 대구로 갈 수 있을 것 같아요. 그때 대구에 계신다면 제가 가겠어요. 군대 가버리면 갈 필요가 없고요.

저는 여름의 모든 걸 참 좋아합니다. 여름이 끝나고 있는 게 피부로 느껴져서 요즘은 이상한 감정이에요. 이동순 씨, 원고지 한장을 더 쓸까 어쩔까 생각하느라고 이 부분에서 5분쯤 멈췄어요. 끝내겠어요. 만리장성의 편지 보내줘요. 꼭.

1975년 8월 15일

이경자 드림

발랄하던 청춘의 작가는 어느덧 고희를 넘겨 문단의 원로가 되었다. 세월은 그 누구에게도 특혜가 없고 예외란 것도 주어지지 않는다. 우리 모두는 시간의 세찬 파도에 휩쓸려 단숨에 기억 저편으로 떠밀려간다. 아무리 생각해도 인간은 세월 앞에서 가냘프고 덧없는 존재에 불과하다.

자주 편지 주시면
덜 외롭게 될 것이고

이정우 신부의 편지

1969년 봄이었다. 나는 경북대 문리대 국문과의 신입생이었다. 신입생 환영회 자리에서는 국문과의 전설적 선배들에 대한 이야기를 들었다. K, H, L 선배가 대표적인 경우이다. 그들의 하숙방에 가면 습작한 원고지 더미가 키 높이쯤은 된다고 했다. 나는 그 말에 주눅이 들었다. 대체 어떻게 글을 쓰기에 원고지가 그렇게도 많이 쌓일까. 부럽기도 했지만 오금이 저렸다. 나는 그 전설적 선배들 부근에 가까이 다가가지 못했다. 선배들 또한 아득한 후배에게 눈길조차 주지 않았다.

그 가운데 한 선배가 이정우(李庭雨, 1947~2018) 시인이다. 학과 행사 때 단결의식을 북돋우는 과가(科歌)가 늘 필요했는데 이 선배가 그것을 지었다. 그는 김춘수 시인의 특별한 사랑을 받았다. 그가 다른 사람들과 이야기를 나누는 모습은 진지했다. 상대의 말을 귀 기울여 들으며 집중의 표정으로 눈을 깜빡거렸다. 그런 이지적인 외모가 부러웠다. 그의 시작품 중에 '굵고 두툼한 안경 뒤에 숨어서 사물과 세상을 내다본다'는 표현이 있는데 바로 이 선배 자신의 모습이었다.

그는 경북 의성에서 병원을 운영하던 부친의 아들로 성장했다. 대학 졸업 직후 통신사 기자가 되어 잠시 서울생활을 했다. 그러다가 돌연 광주의 대건신학대학에 입학했다는 놀라운 소식이 들려왔다. 사제가 되기 위한 입문이다. 신학생 초기에는 신앙과 문학 두갈래 길에서 고뇌도 많이 했던 것으로 보인다. 선배는 두 경로를 모두 껴안기로 결심했다. 1973년은 그가 신학대 2학년에 재학 중일 때다. 새해 아침 이 선배는 신학대학 기숙사에서 『동아일보』 신년호를 보고 깜짝 놀랐다. 후배 이동순의 시작품이 당선작으로 실려 있었기 때문이다. 대학 입학 초반에는 잘 보이지도 않던 후배가 아니던가. 며칠 뒤 선배는 대구를 왔다가 축하 전화를 걸어왔다. 그러곤 광주로 돌아가기 전에 꼭 만났으면 좋겠다고 했다.

그 무렵 나는 대구에서 입주 가정교사를 하고 있었다. 내가 일하던 그곳은 일반 가정이 아니라 요정(料亭), 즉 술과 식사를 겸할 수 있는 고급 요릿집이었다. 나는 선배와 함께 시

내 어느 술집에서 맥주를 마셨다. 그토록 우러러 보이던 선배와 마주 앉으니 감개무량했다. 선배는 당선작이 발표된 신문을 보고 무척 감격했다고 말했다. 이윽고 밤이 늦어져서 나는 선배와 함께 내 일터의 숙소로 돌아왔다. 깊은 밤, 손님들이 모두 돌아가면 직원이 커다란 출입문을 닫아걸었다. 우리는 그 육중한 철문을 잠그기 직전에 아슬아슬하게 돌아와 내가 거처하는 옥탑방으로 재빨리 올라갔다. 거기서 우리는 사 온 술을 다시 마시며 진지한 문학적 대화를 나누었다.

선배는 나보다 훨씬 먼저 문학의 길로 들어섰고 김춘수 시인의 수제자가 되었다. 오랫동안 학과의 전설적 존재로 추앙받았지만 사실 그때까지도 등단은 하지 못한 상태였다. 그런데 무명의 후배가 먼저 신춘문예를 통해 등단했다는 소식에 엄청난 충격을 받았다고 솔직히 고백했다. 그는 줄곧 정중한 말씨로 조심스럽게 대화를 이어갔다. 새벽 두시까지 대화를 나누다 잠시 눈을 붙였고 새벽 네시가 되었을 때 깜짝 놀란 듯 일어났다. 잠이 모자랐을 텐데도 선배는 광주로 돌아가는 새벽 버스를 반드시 타야 한다고 서둘렀다. 하지만 출입문이 굳게 잠긴 상태라 직원을 깨울 수 없어 난감했다. 어쩔 수 없이 선배는 담장을 기어올라 조심조심 골목 너머로 훌쩍 뛰어내렸다. 선배는 골목에서 작별 인사를 했다.

"우리 또 만납시다. 시 열심히 쓰세요."

가시철조망이 사납게 쳐진 담장을 과감하게 뛰어넘는 월장(越牆)이라니. 가톨릭신학대학 재학생으로서는 상상하기 어려운 독특한 광경이 아닐 수 없었다.

다시 여러해가 지났다. 선배는 마침내 어엿한 사제로 서품을 받고 대구 어느 천주교회의 주임신부로 부임했다. 그 소식을 전화로 전해주며 속히 만나자고 했다. 나는 반가운 마음으로 축하 선물을 준비해 성당으로 찾아갔다. 신부가 된 선배는 까만 사제복에 하얀 로만칼라가 돋보이는 차림으로 나의 손을 잡았다. 선배가 집전하는 미사에도 여러차례 참석했다. 그는 주로 시골의 성당으로만 다녔다. 세월이 흘러가면서 선배는 사제로서 점점 관록을 더해갔다. 예전의 다정다감한 모습보다는 권위가 느껴지는 엄격한 분위기로 바뀌어져 있었다.

경북 경산시 자인면은 선배가 태어난 고향이다. 선배는 그곳 자인성당에 주임신부로 부임했다. 내가 경산 용성 고죽리에 살 때 그곳을 일부러 찾아간 적이 있다. 아름드리 느릅나무가 사제관 앞에 있고, 봄이면 이팝나무가 성당의 온 마당을 뒤덮었다. 선배는 빗자루를 들고 직접 성당 앞 계단과 마당을 쓸고 있었다. 사제관도 자기가 부임한 이후에 새로 지었다고 자랑했다. 마당 둘레에는 온갖 야생화를 구해다 심었는데 한 꽃이 지면 다른 꽃이 마치 바통 받듯 피어난다고 웃었다. 산죽, 창포, 맥문동, 옥잠화, 제비꽃, 황금국 등이 저마다 특색을 뽐냈다. 선배는 성당 울타리에 일부러 남천을 심었다.

"남천은 김춘수 시인께서 유별나게 좋아하셨던 꽃이지요. 당신의 시작품과 시집 제목까지도 '남천'이라고 붙일 정도였으니까요."

선배는 그 무렵 항상 품에 끼고 즐겨 읽는다는 책 한권을 보여주었다. 베르나노스의 소설 『어떤 시골 신부의 일기』였다. 시골본당 사제로 살아가는 것이 정신적으로 얼마나 어렵고 힘든지를 잘 보여주는 작품이다. 자인성당 주임신부로 살아가는 선배의 모습과 너무도 닮은꼴이었다. 그런 삶을 살아가면서도 선배는 시의 샘물을 꾸준히 길어 올려서 작품을 쓰고 발표했다. 이정우 알베르토 신부. 그는 생전에 여러권의 시집을 발간했다. 선배의 시집에서는 종교적 영성(靈性)이 넘쳐흘렀다. 아무래도 사제로서의 일상을 살아가며 늘 기도하고 묵상하는 생활 속에서 쓰게 된 작품이 많았다. 가장 돋보이는 부분은 성직자로서의 교시적(教示的) 어투가 시작품에서 전혀 드러나지 않는다는 점이다.

평소 건강해 보이던 선배가 지병으로 입원했다는 안타까운 소식이 들렸다. 2018년 초여름, 그는 사제직에서 은퇴했다. 그리고 물러난 바로 그해에 세상을 떠났다. 선배는 천국에서도 틀림없이 시를 쓰고 있으리라. 스크랩북에서 선배의 편지를 찾아 읽어본다. 요정집 시절의 그 캄캄한 새벽, 높은 담장을 훌쩍 뛰어넘던 한 신학대 학생의 헌걸찬 모습이 지금도 눈에 선하다.

✝지상에 평화!

그간 안녕하셨나요. 대구서 하룻밤 잠도 불편할 만큼 굴어서 미안하기만 합니다. 그래도 그런 덕분에 다시 이곳엘 와서 새 학기 공부를 시작게 되었습니다. 원고는 「낙엽」이라는 것 빼놓고는 모두 이전의 것입니다. 가끔 시 생각만 할 뿐, 통 쓰지 않고 있습니다. 어떤 욕구에 대한 보상을 이곳에서는 시 말고도 얻어서 그런지, 또 아니면 공부 과목 중 읽어오라는 지정 도서만 매달려도 부실한 형편에 제가 있어서 그런지, 이러한 변명이나 합니다.

그런데 근래엔 '시=말씀'이라는 등식이 괜히 뇌리에서 오가고 있습니다. 그냥 언어(소리)가 일정한 의미—진실한 것, 로고스(Logos)랄까?—로서의 말씀으로 되어 나오는 과정을 창조 과정에 비겨봅니다. 그저 아직 어린아이라 치고 다시 제대로의 말을 배우고, 또 대화할 수 있는

힘을 길러보려는 것이지요. 성대를 통해 나오는 그것이 아닌 요한서 서문(序文)을 연상시키는 '말씀으로서의 언어'가 되어야 한다고 여깁니다. 「낙엽」을 그런 태도(관심, 입장)로 써보려 했는데 아주 미흡합니다.

자주 편지 주시면 저도 덜 외롭게 될 것이고, 서로 얘기도 나눌 수 있을 것입니다. 그럼 충만 가득한 은총이 함께 있길 기원하면서, 이만 총총…… Salom hahere!(안녕, 친구여!)

1973년 3월 6일

이정우 올림

양심은 수모를 뛰어넘는 길밖에
더 있겠습니까

원광 스님의 편지

1970년대 중반, 부산에는 '목마(木馬) 시동인회'라는 작은 문학조직이 있었다. 교사, 교수, 승려, 사업가, 신문기자 등으로 구성된 시를 쓰는 이들의 소박한 모임이었다. 그들은 동인지도 꾸준히 내며 꽤 열심히 활동했다. 대다수 동인지 혹은 앤솔러지가 3집을 넘기기 어려운데 부산의 『목마』는 40년 넘도록 긴 명맥을 이어갔으니 그것만으로도 장하고 놀라운 일이다. 정확히는 1976년 4월에 창간호를 내고 이후 2015년 여름까지 52집을 발간하고 있었다. 대구의 글벗들과 부산의 목마 팀이 이따금 만나 술잔도 부딪치고 교류하던 낭만적 시절이 있었다. 지금도 떠오르는 이름들은 강남주, 신진, 임명수, 이문걸, 원광, 조남순 등이다.

그 가운데 원광(圓光, 1942~89) 스님을 떠올려본다. 부산 중구 중앙동 40계단 위쪽 용두산 자락에 가정집 분위기의 소박한 절집이 하나 있었다. 그 비좁은 목조계단을 오르면 옥탑방에 원광 스님의 공부방이 자리하였다. 한평 남짓 되는 아주 협소한 방이지만 시집을 비롯한 온갖 책이 벽으로 기대어 빽빽이 꽂혔다. 거기서 시인은 틈만 나면 먹을 갈아 난초를 쳤다. 어디 그뿐인가. 포트에는 언제나 물이 보글보글 끓는데 그 물로 작설차를 우렸다. 둘이서 노르스름한 차를 마시던 작고 아담한 방이 너무도 그립다. 마주 앉으면 서로 무릎이 맞닿을 정도였다.

어느 날 스님으로부터 편지가 왔다. 옥탑방 천장을 뚫어 하늘로 통하는 작은 창문 설치공사를 마무리했다는 소식이다. 누워서 그 창문으로 푸른 하늘을 바라보면 새와 잠자리가 날아가고 부는 바람과 쏟아지는 비의 발자국까지 보인다고 했다. 시적 사색을 불러일으키는 기묘한 공간이므로 가까운 시일에 꼭 한번 다녀가라는 전갈이었다. 천장의 그 창문을 '통천굴(通天窟)'로 명명했다고 한다. 나는 편지를 받고서 끓어오르는 호기심을 이기지 못했다. 어느 날 불쑥 통천굴을 찾았다.

스님은 활짝 웃으며 반색하는 얼굴로 맞아주었다. 통천굴의 창문을 위로 밀어 올리니 부산 남항 쪽의 시원한 해풍이 일시에 쏟아져 들어왔다. 항구의 습기 머금은 뱃고동 소리도 뿡뿡 들렸다. 포근한 정취가 그만이었다. 그 통천굴이 그리워 이후로 두어번은 더 갔으리라. 부산에서 활동하는 강영환(姜永煥, 1951~) 시인의 증언에 의하면 천상병(千祥炳, 1930~93) 시인도 부산에 왔다가 원광 스님의 통천굴에서 하루를 묵었다고 한다. 그때 골초였던 천상병 시인이 담배를 워낙 많이 피워대어서 스님이 무척 불편한 기색을 보였다고 한다. 스님이 키우는 난초가 독한 담배 연기 때문에 해를 입을 것이 크게 염려되었기 때문이다. 그렇다고 해서 천 시인이 피우던 담배를 곧바로 끌 위인은 아니었으리라. 끝까지 다 피우고 히죽이 웃었으리라.

향기로운 차와 스님의 은은한 목소리, 통천굴로 쏟아져 들어오는 우주의 기운, 그 매력을 지금도 잊을 수 없다. 원광 스님의 편지를 오랜만에 읽어보니 문맥의 앞뒤가 맞지 않고 무슨 말씀인지 의미 분간이 제대로 안 된다. 아마도 동인지 발간에 대한 지원금 신청의 어려움, 정부의 문화정책이 지닌 지리멸렬함 따위에 대한 각종 분노와 탄식의 고백인 듯하다. 맥락이 서로 좌충우돌이라 순조로운 판독이 쉽지 않다.

통천굴을 퍽 오래 기억하고 계시니 조금은 번거롭겠습니다. 한편 고맙고요. 항상 가슴들을 앓고 있는 사람들이기에 그게 더욱 미더운 일이 아니겠습니까? 졸작들이야 노 어린 응석으로 어제처럼 내일도 그렇게밖엔 추스를 힘이 없습지요. 문공부의 그러한 관료적이고도 비양심적인 처사를 두고는, 참 우리 글 좋아하는 사람들을 어둡고 괴로운 길로 가게끔 하는 수치라고 인정해도 과언이 아니겠지요. 문화의 창달을 위해 얼마든지 선양해야 될 그들은 한마디로 굴욕의 대상입니다. 전체 문인들의 불행이기도 하지요.

법이나 규제는 시대적인 양심으로 인간을 가장 진실하게 살 수 있는 방법이지 권력이 아니라는 것을 생각할 때 더욱 가슴 아픈 일입니다. 역시 부조리나 모순을 들어 사회적인 기능을 가장 앞에서 이끌 수 있는 믿음이 있다면 양심은 항상 수모를 뛰어넘는 길밖에 더 있겠습니까? 그럴수록 더 큰 의미와 넓은 아량으로 건필을 비는 바입니다. 무더위에 건강하시길 합장합니다.

1976년 7월 21일, 부산 용머리골

둥근 빛 드림

스님은 이후로 시집도 여러권 발간했고, 해가 바뀔 무렵 난초를 그린 연하장을 보내오기도 했다. 하지만 그분은 이제 세상에 계시지 않는다. 1989년경 호남에서 열린 어떤 행사를 다녀오다가 남해고속도로 진주 부근에서 교통사고로 돌아가 셨다고 한다. 교통사고라니 스님답지 않은 열반(涅槃)이다. 그 로부터 한참 세월이 흘러 당시 스님이 머물던 통천굴의 정확 한 위치도 모른다. 보나마나 통천굴도 사라졌을 것이다. 지난 시절의 아련한 추억, 그 애잔한 실루엣만 가슴에 어렴풋이 남 아 있을 뿐이다. 하늘로 열린 통천굴 창문으로 안개처럼 쏟아 져 들어오던 항구의 뱃고동 소리가 아련하다.

여기에는 더 감동적인 리얼리티가 있습니다

이진흥 시인의 편지

농촌 출생이지만 나는 농촌에서 제대로 살아본 일이 없다. 한국전쟁의 격동 속에 태어나 세살 무렵에 도시로 이주했기 때문이다. 방학이면 어머니 무덤만 남아 있는 고향 마을에 가서 지내다 오곤 했다. 그래서 시골이 더욱 그립고 늘 마음속에 살뜰히 서려 있었던지도 모른다. 이 때문에 농촌과 시골의 정서를 유난히 좋아하며 한층 마음 기대게 되었으리라. 지난 1980년대 청주 시절에도 내가 살던 마을 이름이 하필 농촌동이었다. 충주댐 수몰민들이 떠나와 조성한 그 마을에 들어가 살며 공동체적 삶을 경험했다. 이른 아침이면 간밤에 제사를 모셨으니 음복하러 오라는 전갈이 오곤 했다.

대구로 옮겨온 1990년대, 대구 근교 경산시의 시골을 구석구석 다니며 마음 붙이고 살 만한 집을 구했다. 김해 허씨 종가였는데 우선 마당이 널찍했고 안채에 사랑채까지 딸린 아담한 농가를 만났다. 이곳을 터전으로 그후 23년을 정붙이고 살며 농촌 마을 정경과 흠씬 교감했다. 우리 한국의 농촌 마을이 대개 그러하듯 경산 용성면 고죽리도 묘한 배타성을 지니고 있었다. 주민들은 바깥에서 느닷없이 들어온 낯선 이에게 결코 마음을 열지 않았다. 울타리 동쪽으로는 과수원이 있었는데 밤이면 과일 도난을 감시하는 불빛이 번쩍였다. 나는 오래도록 힘든 시간을 겪어가며 주민들에게 조금씩 다가가는 노력을 했다. 20년 넘게 살며 소수 몇 집과는 소통하며 왕래도 했다. 그러나 상당수 세대와는 끝까지 소통하지 못했다. 그만큼 주민들은 외부에서 들어온 사람을 경계했다.

그 고죽리 터전에서 나는 마당을 관리하고 꽃과 나무를 심으며 밤이면 시쓰기에 골몰했다. 집 바로 맞은편에 '새알산'이라는 이름의 산이 하나 있었다. 툇마루에 나와 앉으면 새알산 꼭대기가 정면으로 바라다보였다. 그 옛날 물난리가 있었을 때 산꼭대기 새집의 새알만 남고 물이 찰랑찰랑 차올랐다고 해서 유래된 이름이다. 엄청난 수해였던가보다. 새알산에서 봄이면 밤새도록 소쩍새 지저귀고, 비 오는 밤이면 발정 난 고라니가 애끓는 소리로 울었다. 산벚꽃은 눈물겹게 피어 밤비에 촉촉이 젖었다. 휘영청 달 뜬 밤이면 그 산벚꽃이 환하게 보였다. 산중턱을 깎아서 만든 밭 가운데에는 옆집 허경행 씨 부친의 무덤이 있었다. 나는 고죽리에서 그 허 씨와 가장 친했다. 그의 부인 계남댁 아주머니는 직접 막걸리를 담갔고 술이 익을 때면 반드시 나를 불렀다. 나는 허경행 씨와 둘이 마주 앉아 밤이 깊도록 막걸리를 마셨다. 취기가 오르면 자리에서 벌떡 일어나 손풍금을 연주했다. 허경행 씨는 자신의 애창곡인 「한 많은 대동강」을 온몸을 쥐어짜며 불렀다.

경행 씨는 젊은 시절부터 풍류랑이었다. 특히 꽹과리를 잘 쳐서 마을의 상쇠 역할을 혼자서 도맡았다고 한다. 그런데 허경행 씨가 활짝 웃을 때 앞니가 절반쯤 부러져 있는 것을 보았다. 그 까닭을 물으니 재미있는 이야기 하나를 들려주었다. 마을 농악대가 정월대보름날 집집마다 다니며 걸립을 할 때였다. 상쇠를 맡은 경행 씨는 꽹과리의 나무 채를 실수로 땅바닥에 떨어뜨리고 말았다. 농악대가 앞으로 자꾸 걸음을 옮기는 탓에 경행 씨는 채를 주울 틈이 없었다. 그는 결국 꽹과리를 앞니로 쾅쾅 때려서 리듬을 맞추었다. 그런 경행 씨를 보자 농악대는 미친 듯이 신명이 올랐다. 그의 앞니에서 흘러내린 피가 저고리 앞섶을 붉게 물들였다. 자기 역할을 멋지게 완수해낸 경행 씨의 이야기가 깊은 감동으로 다가왔다. 그날 밤 나는 집에 돌아와 이러한 사연이 담긴 시 「허경행씨의 이빨 내력」을 썼다. 작품에는 경행 씨의 실화가 실감 나게 담겨 있다.

여러해 살다보니 마을 내력이 두루 궁금해졌다. 마치 호구조사라도 하듯 가가호호 다니며 여러 사연을 수집했고 그걸 바탕으로 서사를 엮어서 시를 썼다. 그 작품들을 모아서 만든 시집이 『봄의 설법』이다. 거기엔 허경행 씨가 들려준 젊은 날의 이런저런 추억담이 여러편 들어 있다. 그뿐만 아니라 고죽리 마을 주민들의 가슴속 아픔과 애환까지도 정성스럽게 그려내어 담았다. 그리하여 이 시집은 고죽리 농촌마을에서 23년 살았던 내 생활 기록의 보고서이다. 어디 그뿐인가. 그것은 1990년대 한국 농촌마을의 일반적인 정황과 지표를 알게 해주는 유익한 자료이기도 하다. 아늑함, 애달픔, 처연함, 눈물겨움 등의 정서와 감정을 문맥에 흥건히 담았다. 그런 효과 덕분인지 시집이 발간된 후 문단에서의 평이 좋았다.

하지만 전혀 예상치 못한 놀라운 일이 발생했다. 마을은 이 시집 하나 때문에 벌집을 쑤신 듯 온통 난리법석이 되었다. 어느 날 대학에 출근해서 연구실에 앉아 있을 때였다. 느닷없이 마을 이장에게서 전화가 왔다.

"이 교수는 지금 당장 마을회관으로 급히 오시오."

쌀쌀한 목소리는 사뭇 명령조였다. 심상치 않은 분위기에 나는 모든 일을 작파하고 마을회관으로 달려갔다. 가보니 방 안의 분위기는 이미 싸늘한 냉기로 가득했다. 그날 나는 마을 주민들 앞에서 마치 인민재판을 받듯 혹독한 문초를 당했다.

왜 집집마다 불행이나 나쁜 이야기만 골라서 책에 담았는가. 왜 남의 가족이 일찍 죽거나 질병을 앓았던 이야기를 다루었는가. 과일 농사를 잘 지어서 농협 조합장으로부터 표창 받은 이야기는 일부러 피했는가. 시인의 궁극적 목적이란 우리 마을을 불명예스럽게 만드는 것이던가.

주민들은 내가 이른바 '시집'이라는 걸 엮어서 마을 체면을 공개적으로 손상시켰다고 호통을 쳤다. 그날 내가 발간했던 시집 때문에 마을 주민들로부터 겪은 봉변과 수모는 여기서 일일이 다 기록하지 못한다. 문학인의 삶이란 이처럼 뜬금없는 오해와 소란을 겪기도 하는가보다. 이것은 내가 겪은 하나의 필화사건이다.

이 시집이 발간된 직후 전편을 통독한 이진흥(李震興, 1945~) 시인이 독후감을 보내왔다. 그는 다정하고 따뜻한 필치로 정성스럽게 편지를 썼다. 서울 출생으로 서강대 독문과를 졸업한 뒤 대구로 옮겨 와서 정착했다. 대학원에 진학해서는 국문학을 전공해 박사학위를 받았다. 김춘수 시인이 지도

교수였다. 1972년 중앙일보 신춘문예에 시 「은유의 꽃」이 뽑혀서 등단했다. 이진흥 시인이 보내온 편지에는 나를 깊은 감동으로 넘실거리게 한 대목이 하나 있다. 그것은 분에 넘치는 찬사이다. 시인은 편지에서 『봄의 설법』이 미당 서정주의 『질마재 신화』(일지사 1975)를 능가한다고 말했다. 미당의 연작시보다도 더욱 훌륭하다며 대단히 즐겁고 흥미롭게 읽었다는 기쁨을 적어 보내왔다. 한권의 시집을 발간하고 지인으로부터 이런 칭찬을 듣는 일은 어떤 격려보다도 즐겁고 흐뭇한 경험이다. 이 편지는 고죽리 마을의 주민들로부터 겪은 마음의 상처 때문에 줄곧 무겁던 가슴을 한결 가볍게 했다.

『봄의 설법』 읽었습니다. 잔잔한 음성으로 그러나 깊디깊은 울림을 주고 있는 시집이었습니다. 한마디로 놀라운 책이었습니다. 시집에 붙인 고은 시인의 발문은 조금도 지나치지 않았습니다. 누구든지 이 시집을 읽은 사람이라면 이동순 시인의 나지막하고 따뜻한 음성에 반해버릴 것입니다. 시집의 2부를 읽다가 나는 눈자위가 뜨거워지고 가슴이 메어지는 느낌도 받았습니다. 고죽리와 고죽리 사람들과 시인(이동순)의 이야기는 정말 감동적입니다. 한때 서정주의 『질마재 신화』를 자세히 읽은 적이

있는데, 그리고 그것에 관한 글도 한편 쓴 적이 있었는데,
그것은 이 '고죽리 신화'에 비하면 어딘가 만들어진 것같
이 여겨집니다. 그만큼 '고죽리' 이야기는 더 감동적인 리
얼리티가 있습니다. 근래 한권의 시집을 읽으면서 이만
큼 감동해본 적이 없습니다. 보고 싶습니다.

1995년 6월 2일

이진흥

더운 바람 쫓으시라고
부채 하나 보냅니다

안도현 시인의 편지

세상살이를 하다보면 자꾸 가까이하고 싶은 사람이 있는가 하면 그 반대인 경우도 있다. 시인 안도현(安度眩, 1961~)은 내가 늘 가까이하고 싶던 후배이다. 그와의 첫 만남은 1978년 내가 안동간호전문대학 교수로 일하던 시절의 일이다. 그해 가을 경주 신라문화제에서 공식 초청이 왔다. 거기서 열리는 전국고교백일장 심사위원으로 와달라는 내용이다. 그날의 발제자가 미당인지 목월인지 뚜렷하지 않다. 두분이 함께 참석한 것은 분명하다. 드디어 백일장이 시작되고 하루가 뉘엿뉘엿 저물어 심사 결과를 발표한 뒤 나는 가방을 챙겨 떠날 준비를 했다. 그때 한 고등학생이 다가왔다. 안경을 끼고 목덜미가 뽀얀 그의 첫인상은 무척 겸손했다.

"저는 대구 대건고등 2학년 안도현이라고 합니다. 선생님 작품을 『창작과비평』에서 잘 읽고 있습니다. 오늘 선생님께 인사드리려고 왔습니다."

나는 선 채로 그 학생과 이런저런 짧은 대화를 나누었다. 떠나기 전에 학생이 말했다.

"선생님께 제 작품 평을 듣고 싶은데 허락해주신다면 곧 우편으로 보내겠습니다."

안도현은 그날 심사에서 입선되었던 것으로 기억한다. 나는 그 요청을 기꺼이 수락하고 안동으로 돌아왔다. 그로부터 한주 뒤 과연 두툼한 봉투가 왔다. 거기엔 손으로 쓴 20여편의 육필원고가 들어 있었다. 그런데 원고를 읽으면서 나는 꽤 실망감이 들었다. 도현 학생이 보내온 작품은 1970년대 양성우, 김준태 스타일로 결이 거친 이른바 민중시 일색이었다. 그래서 곧장 답을 써 보내기를 '시창작의 방법은 다양하니 자네는 처음부터 두드러진 시류에 구속되지 말고 여러 방법을 두루 경험한 뒤 그때 비로소 선택하라' 하는 다소 엄중한 충고를 주었던 듯하다.

그후 도현은 고등학교를 졸업한 뒤 전북의 원광대 국문과로 진학했다. 대학 재학 중이던 1981년 시 「낙동강」으로 매일신문 신춘문예에 당선했다. 이어서 1984년 동아일보 신춘문예에 시 「서울로 가는 전봉준」이 당선되어 본격 등단을 했다. 새해 아침 신문에 실린 시작품을 읽어보았는데 놀라웠다. 헌 걸찬 문체와 깊은 역사의식이 느껴지는 강렬한 표현주의가 감동으로 다가왔다. 전통적 서정시에 뿌리를 두고 민족과 사회현실을 섬세한 감수성으로 그려낸다는 평이 쏟아졌다. 될 성부른 나무는 어딜 가도 저절로 자란다는 말이 과연 틀리지 않았다. 동학농민전쟁의 본고장에서 살아가며 녹두장군의 숨결과 영혼이 스며든 시작품을 등단작품으로 쓰게 되었으니 그 얼마나 뜻이 깊고 자랑스러운 성과인가.

이후 안도현은 전북의 중학교 국어 교사를 거쳤다. 이어 해직 교사로서의 아픔을 겪으며 환난과 시련의 힘든 세월을 보내며 더욱 강하게 단련된 시인으로 거듭났다. 해직 기간에 준비한 작품 『연어』(문학동네 1996)를 발표해서 화려한 스테디셀러로 만들었다. 그 작품은 이른바 '어른을 위한 동화'라는 새로운 장르의 개발이기도 했다. 그로 말미암아 시인의 명성은 한층 높아져서 큰 문학인의 반열에 우뚝하게 올랐다.

청주 충북대학교에 재직하던 시절, 나는 서울의 문단 행사에 자주 참여했다. 거기 가게 되면 반드시 도현을 만났다. 그는 나보다 훨씬 먼 호남 지역에서 열차를 타고 서울 행사에 빠지지 않고 참석했다. 도현은 동년배 문우들과 앉았다가도 멀리서 나를 보면 일부러 달려와 각별한 인사를 했다. 그렇게 예의를 갖추는 것은 결코 쉬운 일이 아니다. 세월이 갈수록 도현은 부드럽고도 품격이 느껴지는 시인의 풍모를 더해가고 있었다. 내가『백석 시전집』을 발간했을 때 전국의 많은 독자가 깊은 공감으로 그 책을 읽었다. 그 무수한 독자들 가운데서 가장 으뜸가는 백석의 독자가 안도현이다. 그는 백석의 시전집을 읽고 그 특유의 작품세계에 흠뻑 몰입해서 스스로 백석의 정신적 양자(養子)를 자처했다. 자신의 시집 표제까지도 백석 시작품에서 찾아낸 한 구절로 붙일 정도였다.『외롭고 높고 쓸쓸한』(문학동네 2004)이 그것이다. 나로서는 도현의 그런 모습이 보면 볼수록 미덥고 정이 가며 흐뭇하게 느껴졌다.

더운 날씨에 먼 길 마다하지 않고 와주셔서 몸 둘 바 모르겠습니다. 선생님께서 관심을 가져주신 덕분에 일전에 우석대에서 통보를 받았습니다. 가까이 계시면 찾아뵙고 인사를 드릴 텐데 그러지 못해 아쉽고 죄송합니다. 혹시라도 전주 근방에 들르시거든 꼭 저에게 연락 주십시오. 더운 바람 쫓으시라고 부채 하나 보냅니다. 건강하셔야 합니다.

2004년 8월 7일, 전주에서

안도현 올림

안도현의 편지는 언제 읽어도 은근하고 사랑스럽다. 도현과의 인연을 떠올려보노라니 첫 만남 이후로 꽤 오래 되었다. 2014년에는 그가 무거운 원고 하나를 완성해서 메일로 보내왔다. 다른 어떤 곳에도 보이고 싶지 않지만 나에게는 꼭 감수를 받고 싶다는 뜻을 밝혔다. 그 원고는 그해 『백석 평전』(다산책방)이라는 제목으로 발간되었다. 원고를 보내고 며칠 뒤에 도현은 경산으로 나를 찾아왔다. 원고를 함께 읽기 위해서였다. 내 연구실에서 도현과 마주 앉아 이마를 맞대고 원고를 같이 읽었다. 읽을수록 대단한 노력의 결정인 것이 느껴졌고, 백석 시인에 대한 깊은 사랑과 존경심도 느껴졌다. 이윽고 날이 저물어 고죽리의 내 시골집으로 와서 흙방에 군불을 듬뿍 넣은 뒤 술을 마시고 잠도 같이 잤다. 도란도란 이야기도 많이 나누었다. 그다음 날도 어제 읽던 원고를 마저 읽었다. 점심은 경산의 유명한 저수지 반곡지 부근의 식당으로 갔다. 식사를 마친 뒤 우리는 반곡지 버들숲을 거닐었다. 호젓한 시간에 나는 도현의 딸 소식과 근황을 물었다. 기세를 몰아서 전격적 제의를 했다.

"우리 두 집안이 사돈을 맺으면 어떨까 하네."

느닷없는 제의에 도현은 당황한 기색을 보였다. 나의 아

이봉술 선생님,

더운 날씨에 먼 길 떠나시지 않고 와주셔서
몸 둘 바 모르겠어요. 선생님께서 관심을 가져
주신 덕분에 일전에 우익계에서 통보를 받았
습니다. 가까이 계시면 찾아뵙고 인사를 드릴
텐데 그러지 못해 아쉽고, 죄송합니다. 혹시라도
전주 근방에 들르시거든 꼭 저에게 연락주십시오.
더운 여름 꽃이라고 부채 하나 보냅니다. 건강
하셔야 합니다.

2004. 8. 7.

전주에서 안 도 현 올림

안도현 시인의 편지.
언제 읽어도 은근하고 사랑스럽다.

들과 도현의 딸이 부부가 되도록 우리가 돕자는 제의가 크게 당혹스러웠을 것이다. 그런 제의를 한 뒤로 시간이 한참이나 지났다. 입춘이 지나 우수가 가깝던 시절이다. 봄기운이 대지에 아른아른 느껴질 즈음 마침내 도현에게서 응답이 왔다. 두 사람을 만나도록 연결해주면 좋겠다는 것이었다. 얼마나 반가운 소식인가. 두 사람 모두 가톨릭 신자이니 충남 아산의 오래된 유적지인 공세리성당에서 첫 만남이 이루어지도록 궁리하고 주선했다. 그날 만남의 결과가 몹시 궁금해서 나는 늦도록 잠자리에 들지 않고 아들의 전화를 기다렸다. 이윽고 밤이 깊어서 아들의 전화가 왔는데 유난히 밝고 들뜬 목소리였다. 다소 걱정스럽던 기분이 한순간에 환히 밝아졌다. 이후로 두 사람은 만남을 이어갔다. 봄이 무르익을 무렵 마침내 부부가 되겠다는 약속을 했다. 발단은 미약했으나 이후로 두 사람은 깊은 공감에 도달한 것이다. 그 덕분으로 도현과 나는 형제적 사돈이 되었다. 그야말로 내가 불쑥 내뱉은 말이 씨앗이 되었다. 이 얼마나 기쁘고 감격스러운 일인가.

우리 문학사에서 같은 문학인으로 사돈이 된 경우가 더러 있으니 소설 『임꺽정』의 작가였던 벽초(碧初) 홍명희(洪命憙, 1888~1968) 선생, 시조시인으로 한국학 연구자였던 위당(爲堂) 정인보(鄭寅普, 1893~1950) 선생 두분은 서로 친구 간이면서 사돈으로도 맺어졌다. 특별한 결속이 아닐 수 없다. 나와 도현이 사돈을 맺었다는 소식은 여기저기서 화제로 떠올랐고 언론에서 기사로 다루기도 했다.

도현이 고교 시절 참석했던 백일장에서 심사위원으로 그와 처음 만났다. 그 인연이 이어져 세월이 흐르고 흘러 사돈으로까지 맺어지게 된 것이다. 이것도 하나의 마련된 운명이자 필연의 과정으로 볼 수 있지 않겠는가. 나로서는 내가 좋아하는 후배 시인을 더욱 가까이 두고 싶은 은근한 소망이 이루어졌기에 더욱 흐뭇하다. 도현의 사랑하는 외동딸이 내 며느리가 되었다. 여러해 전 귀여운 손녀딸까지 태어나서 예쁘게 자라고 있다. 이 모든 것은 도현과 내가 살아오면서 이룬 여러 기적들 중의 하나이다. 사람의 인연을 가만히 헤아려보면 참 묘하고도 불가해한 경우가 많다. 도현과 내가 사돈이 된 사실에 놀라며 궁금해하는 사람들에게 나는 서슴지 않고 말한다.

"백석 시인이 우리 둘을 사돈으로 맺어주셨지요."

곰곰이 생각해보면 돌아가신 백석 시인이 자상하게도 당신의 시세계에 특별히 심취한 우리 두 사람을 몸소 사돈으로 엮는 중매까지 맡아준 것이다. 이것이 기적이 아니고 무엇이리오. 우리 둘은 백석 시인의 여러 후학들 가운데서도 가장 백석학에 몰입했던 중심인물이다. 나는 당신의 전집을 최초로 펴내었고, 도현은 평전을 저술했다. 그뿐만 아니라 시창작에서도 깊은 영향을 받았다.

여러해 뒤 도현은 우석대를 떠나 충남 천안의 단국대학교 문창과로 옮겨서 제자들을 가르쳤다. 수십년 살아오던 전북 전주를 홀연히 떠나 출생지 경북 예천 호명면에 새로 집을 지어 터전을 옮겼다. 수구초심(首丘初心)이라는 말이 결코 틀린 말이 아님을 새삼 깨닫게 된다. 지난 세월 온갖 힘든 정황도 많이 겪었을 터이지만 고향으로의 회귀가 도현에겐 크나큰 축복이 아니고 무엇이리오. 마치 강에서 태어난 연어가 크고 넓은 바다를 헤엄쳐 다니다가 다시 모천(母川)으로 어렵게 되돌아온 것처럼.

넝쿨이 많이 벋으면
열매가 실하지 않는 법

도종환 시인의 편지

도종환(都鍾煥, 1955~)은 시인으로서 국회의원과 문화부장
관을 지낸 특이한 경력을 지녔다. 1980년대 초반만 하더라도
그는 충북 산골 중학교의 교사였다. 내가 그를 처음 만난 것
은 어느 해 여름방학 중 충북대학교 강의실에서였다. 당시 그
는 교사 연수를 받기 위해 대학에 입소했다. 한여름에 치르는
연수에 교수나 교사들이나 힘든 것은 서로 마찬가지다. 나는
현대시론과 현대문학사를 혼합한 성격의 강의를 진행하고
있었다. 상당수 교사들은 폭염 속에서 바짓단을 무릎까지 걷
어 올린 채 강의를 들었다. 수강 중에 설렁설렁 부채질을 했
는데 졸다가 그 부채를 떨어뜨리기도 했다. 그들 중에 도종환
은 눈빛이 초롱초롱한 교사였다. 강의가 끝나면 교단 앞으로

다가와 질문을 많이 했다. 강의를 마치고 나갈 때도 곁을 따라오면서 계속 질문을 이어갔다.

그 무렵 어느 일요일, 집에서 보던 TV가 고장이 나서 나는 자전거 짐칸에 그것을 싣고 고갯길을 힘들게 오르던 중이었다. 뒤에서 누가 나를 불렀다. 도종환이었다.

"아니, TV를 자전거에 싣고 어딜 그렇게 바삐 가시는지요?"

"아, 이놈이 고장이 나서 전파상으로 가는 중이랍니다."

"하하, 역시 시인의 모습은 다르군요."

이것이 인연이 되어서 도종환은 그로부터 가끔씩 내 집에 놀러 왔다. 우리는 곧 친밀한 사이가 되었다. 그런데 얼마 후 도종환의 연락이 뜸해져서 전화로 근황을 물었다. 그는 착 가라앉은 목소리로 아내가 현재 몹시 아프다고 했다. 도종환은 그렇게 힘겨운 정황에서도 아내를 생각하며 열심히 시를 썼다. 아내에게 베풀지 못한 사랑을 반성하고 뉘우치는 일련의 작품들이다. 그런 얼마 후 시인의 아내는 세상을 떠났다. 아직 아이들도 어린데 얼마나 막막하고 참담했을 터인가.

부인의 장례를 치르고 난 뒤 도종환은 아이들과 충북대 뒤편에 있던 나의 개신동 집을 종종 다녀갔다. 어떤 날은 식사 준비를 해놓고 그의 가족을 초청하기도 했다. 둥근 두레밥상에 내 아이들과 함께 둘러앉아 말없이 나누는 식사는 애잔하고도 아름다웠다. 이따금 한잔 술을 권하기도 하며 시와 삶에 대한 이야기가 가을볕의 고추나 홍시처럼 발갛게 무르익어갔다. 그즈음 신경림 시인과 백기완 선생이 청주로 강연을 다녀가셨다. 그때마다 두분의 수발과 뒷바라지를 도종환이 모두 도맡아 했음은 물론이다. 그 무렵 시집 『접시꽃 당신』(실천문학사 1986) 발간 소식이 신문에 보도되었다. 불치병을 앓고 있는 아내 곁에서 쓴 작품도 있고, 세상을 떠난 아내를 땅에 묻고 돌아와 쓴 작품도 있다. 눈물 없이는 읽어 내려가기가 힘든 애절한 사부곡(思婦曲)이었다.

아직 시집이 발간되기도 전인데 그에 대한 대중적 기대는 대단했다. 그로부터 도종환의 밀리언셀러 시집의 화려한 신화가 펼쳐졌던 것이다. 당시 청주에서는 서점이 아니라 일반 마트나 문방구에서까지 시집을 쌓아놓고 팔았다. 일찍이 본적 없는 진풍경이었다. 그 시집의 발간 기획과 제반 업무는 실천문학사의 주간으로 일하던 작가 송기원이 맡았다. 그는 해당 시집과 그 후속편을 발간하는 문제로 청주에 와서 거의 살다시피 했다. 전국적으로 널리 알려져 모르는 사람이 없게 된 도종환은 그후로 쉽게 만나기가 어려워졌다.

1980년대 초반, 도종환은 또박또박 정성으로 쓴 편지를 보내오곤 했다.

얕은 산에 새살처럼 돋던 진달래꽃들이 벌써 지고 있습니다

요즈음도 좋은 작품 많이 쓰고 계신지요

일주일에 한번 학교 올라가는 기회가 있어도 공연히 분주하여 자주 뵙질 못했습니다

벌여놓은 일이 너무 많아 이리 뛰고 저리 뛰고 하다 '넝쿨이 많이 벋으면 열매가 실하지 않는 법'이라 하시던 어머니 말씀이 생각납니다

늘 정돈되어 있으면서도 불끈불끈 솟는 힘을 보여주시는 이 교수님을 대하려면 왠지 부끄러워 늘 경원하게 됩니다

이번에 또 부끄러운 작업 한가지를 했습니다

이 땅에 뜻 있게 시를 쓰는 많은 사람들이 주로 서울과 호남지방에 치우쳐 있는 듯하여 충청과 영남지방에 있는 시인들 중에 이름은 알려지지 않았지만 열심히 시 쓰는 이들과 만나 자리를 같이하여 뜻 있는 시작업의 지역적 확산을 꾀하자는 의도에서 작은 모임 하나를 만들게 되었습니다(동인 명칭은 '분단시대'입니다)

단순한 지역적 확산만은 물론 아니고 이 시대에 태어
나 글 쓰는 사람으로서 해야 할 분명한 일을 해야 한다는
의도가 내심으로 더 많이 끊었던 것만은 사실입니다만
작품 자체가 뒤따라주고 있는지는 저희들도 아직 자신이
없습니다

그래서 이번에 작품집(동인지)을 하나 내게 되었는데 보
시고 많은 질책과 편달 있으시길 기다리겠습니다.

그리고 이번 5월 5일 동인 김창규가 결혼식을 가지게
되는데 (13시 상당예식장) 이날 대구 안동 포항 등에 있는 동
인들이 올라오게 돼 있어 15시에 은행분식에서 출판기념
회도 가질 예정입니다

김창규의 이야기로는 신경림 선생님 등 몇분도 함께
내려오시게 될 것 같다고 합니다

출판기념회에 꼭 참석해주시고 질책의 말씀 있으시길
바라겠습니다

1984년 5월 2일

도종환 서

그의 편지를 자세히 보면 이상한 점이 발견된다. 문장부
호를 전혀 쓰지 않고 있다. 도종환은 쉼표나 마침표 따위가

몹시 불편했거나 거기에 구속감을 느꼈던 듯하다. 일찍이 우리 문학사에서 부호로부터의 해방을 몸으로 실천한 시인은 이상(李箱, 1910~37)이 최초이다. 부호를 벗어남으로서 느끼게 되는 자유로움이나 해방감이 대단히 컸으리라. 질식할 것 같던 식민 통치의 압제 속에서 이상 같은 자유주의적 기질의 시인이 온전히 할 수 있었던 일은 없었다. 기껏해야 부호에 대한 저항과 탈출이다. 도종환이 습관적으로 부호를 쓰지 않는 까닭은 무엇일까.

그는 편지에 동인지 『분단시대』 발족에 대한 이야기와 출판기념회 초청 건, 그리고 같은 동인 김창규 목사의 결혼 소식 등을 담았다. 김 목사 결혼식에는 신경림 시인도 서울에서 내려오고 또 '분단시대' 전체 동인들도 모이니 그날 꼭 와달라는 부탁이다. '분단시대'는 청주와 대구 지역의 진보적 청년문학인 그룹으로 구성되었다. 문학을 통해 민주화를 앞당기고 통일로 다가가는 노력을 목표로 삼았다. 1983년에 창간된 동인지는 최근까지도 발간되고 있다. 편지글의 서두와 전개가 사뭇 정성스럽다. 특히 '넝쿨이 많이 벋으면 열매가 실하지 않는 법'이라고 주의를 주셨다는 시인의 어머니 말씀이 인상적이다. 평범하지만 일생을 성실과 근면으로 살아온 자신의 부모님 이야기를 도종환은 만날 때마다 자주 했다.

이 동수 교수님께

얕은 산에 새살처럼 돋던 진달래꽃들이 벌써 지고 있습니다
요즘은도 좋은 작품 많이 쓰고 계신지요
일 주일에 한 번 학교 올라가는 기회가 있어도 공연히 분주하여
자주 뵙질 못했습니다
벌려 놓은 일이 너무 많아 이리 뛰고 저리 뛰고 하다
"뿌리가 많이 벋으면 열매가 실해지 않는 법"이라 하시던 어머니
말씀이 생각납니다
늘 정돈되어 있으면서도 불끈불끈 솟는 힘을 보여 주시는 이교수님을
대하려면 왠지 부끄러워 늘 정겹하게 됩니다
이번에 또 부끄러운 작업 한 가지를 했습니다
이 땅에 뜻있게 시를 쓰는 많은 사람들이 주로 서울과 호남지방에
치우쳐 있는 듯하여 충청과 영남지방에 있는 시인들 중에 이름은
알려지지 않았지만 열심히 시 쓰는 아픔과 만나 자리를 같이하여
뜻있는 시작업의 지역적 확산을 꾀하자는 의도에서 작은 모임 하나를
만들게 되었습니다 (동인 명칭은 「분단시대」입니다)
단순한 지역적 확산만은 물론 아니고 이 시대에 태어나 글을 쓰는
사람으로서 해야 할 분명한 일을 해야 한다는 의도가 내심으로
더 많이 끓었던 까닭은 사실입니다만 작품 자체가 뒤떨어 지고
있는지는 저희들도 아직 자신이 없습니다
그래서 이번에 작품집 (동인지)을 하나 내게 되었는데 보시고 많은
질책과 편달 있으시길 기다리겠습니다
그리고 이번 5월 5일 동인 김창규가 결혼식을 가지게 되는데
(13:00시 상당예식장) 이 날 대구 안동 포항 등에 있는 동인들이
올라오게 돼 있어 15:00시에 은행 본식에서 출판기념회도 가질 예정입니다
김창규의 이야기로는 신경림 선생님 등 몇 분도 함께 내려오시게 될
것 같다고 합니다
출판 기념회에 꼭 참석해 주시고 질책의 말씀 있으시길 바라겠습니다.
1984. 5. 2
都 鐘 煥 書

도종환 시인의 편지. 문장부호를 쓰지 않는 것이 특이하다.

내 집을 드나들 때 도종환은 창비에서 그의 첫 시집을 발
간하게 되었다며 희색이 만면했다. 등단 절차도 없이 곧바로
시집을 발간하게 되었으니 특별한 경우였다. 시집 제목을 '고
두미 마을에서'(창작과비평사 1985)로 정했다고 했다. 고두미
마을은 충북 청원군 낭성면 귀래리를 가리킨다. 단재 선생이
어린 시절에 살던 그곳에는 현재 선생의 묘소와 사당이 있다.
상해 임시정부 시절 단재는 이승만의 처신을 줄곧 호되게 비
판했다. 이 때문에 이승만정권의 미움을 받아 고국에 유골이
봉환된 뒤에도 묻힐 자리를 얻지 못하였다. 그러다가 4월혁
명으로 자유당정권이 무너진 뒤에야 비로소 고두미 마을에
유택(幽宅)을 장만할 수 있었다. 일부러 가볼 만한 곳이다.

도종환은 그 시집의 해설을 반드시 내가 써야만 한다며
청탁을 해왔다. 사실 그 무렵 나는 단재 선생의 여러 활동 중
소설과 평론작품을 연구해서 서너편의 논문으로 발표했다.
내 아들 응이 아직 어릴 때 단재 묘소로 데리고 가서 참배를
시킨 적도 있다. 후배의 첫 시집에 발문을 쓴다는 것은 결코
쉬운 일이 아니다. 몹시 고심이 되었으나 여러날 궁리하고 심
혈을 기울여서 쓴 글을 보내주었다. 지금도 도종환의 첫 시집
을 보노라면 그가 내 집을 다니러 오던 그 시절의 추억들이
생생히 떠오른다. 지금으로부터 40여년 전의 일이다.

그냥 엽서로 소식 드립니다

김사인 시인의 편지

자주 만나지는 않아도 생각만 하면 그리운 사람이 있다. 시인 김사인(金思寅, 1956~)이 바로 그런 경우다. 언제나 편하고 부드럽고 잘 웃고 예의 바르지만 판단에는 엄정하며 상대를 늘 먼저 배려한다. 김사인은 확실한 '젠틀맨'이다. 2020년, 그가 한국문학번역원 원장을 맡아서 일할 때 우리는 함께 모스크바를 다녀온 적이 있다. 해외한국문학인대회 참석이 목적이었다. 나라 밖의 한국문학사 현장을 두루 다니며 한국인의 정체성을 확인하고 일깨우는 프로그램이었다. 모스크바 포럼에서 선택된 주제는 '고려인 디아스포라'였다.

그 무렵에 발간된 나의 시집 『강제이주열차』(창비 2019)는 그 대회의 성격과 잘 부합했다. 나는 '홍범도 장군은 한

국인 디아스포라의 전형'이라는 관점에서 발표문을 준비했
다. 대회에는 러시아에 거주하는 세계적인 작가 아나톨리 김
(Anatoli Kim, 1939~)이 부인, 장모와 함께 참석했다. 카자흐스
탄, 우즈베키스탄, 카라칼파크스탄 등의 중앙아시아와 러시
아, 우크라이나, 벨라루스공화국, 사할린 등지에서 살아가며
창작활동을 하고 있는 고려인 작가들이 한 자리에 모였다. 세
미나를 열고 발표와 토론을 여러날 이어갔다. 발표를 마치고
눈 내리는 모스크바의 밤 뒷골목을 김사인 시인, 한국외대 김
현택 교수와 같이 천천히 걷는 시간은 행복했다.

크렘린궁전과 붉은광장, 레닌 무덤, 성 바실리성당을 두
루 돌아보았다. 바실리성당 뒤편으로 조금 걸어가면 모스크
바 강이 나타나고 그 강을 가로지르는 아름다운 다리를 만나
게 된다. 설치된 지 100년의 세월이 넘었다는 모스크바 지하
철도 타보았다. 지하철역의 통로와 천장, 그리고 벽면에는 구
소련 시절의 많은 유물들이 고스란히 남아 있었다. 명성 높은
조각가들의 각종 부조(浮彫)와 조각 작품 들도 즐비했다. 천
장에는 천장화, 벽에는 온갖 형태의 동상들로 가득했다. 대부
분 사회주의 소비에트연방 시절의 긍지와 자부심을 강조한
내용들이다. 노동자와 농민, 군인을 표현한 작품들이 많았다.
동상의 일부는 행인들이 손바닥으로 스치고 지나는 통에 반

짝이는 광택이 났다. 특이한 지하철역 이름들이 눈에 띄기도 했다. 푸시킨 역, 마야코프스키 역 등이 그것이다. 러시아문학사의 대표적 문호들 이름을 지하철 역명으로 설정한 발상이 놀라웠다.

나는 김현택 교수를 따라 아르바트 거리를 찾아갔다. 간밤에 내린 눈이 쌓여서 길은 몹시 미끄러웠고 걸음이 조심스러웠다. 기온이 갑자기 내려가 장갑을 낀 손이 몹시 아렸다. 눈은 계속 펄펄 나렸다. 아르바트 거리에는 고려인 출신의 유명 팝가수 빅토르 최(Victor Tsoi, 1962~90)를 추모하는 유적지가 있다. 길이 약 50미터의 벽에는 온통 빅토르 최를 추억하고 기념하는 글과 그림, 음반과 사진 들로 가득했다. 빅토르 최는 카자흐스탄 크즐오르다에서 출생했다. 그의 아버지는 고려인이고, 어머니는 우크라이나 출신이다. 빅토르 최는 여러 노래를 발표하며 러시아 청년들의 우상이 되었다. 이후 그는 활동 무대를 해외로 확장하여 미국, 일본, 프랑스, 덴마크 등지에서 공연을 했다. 그러던 중 1990년 어느 날 모스크바에서 의문의 교통사고로 세상을 떠나게 된다. 당시 그의 나이는 불과 28세였다. 러시아 청년들은 그의 급작스런 죽음을 안타까워하며 아르바트 거리에 빅토르 최를 기리는 추모 벽을 만들었다. 눈발이 푸슬푸슬 뿌리는 아르바트 거리의 빅토르 최

추모 벽 앞에서 김사인과 나는 기념사진을 찍었다.

김현택 교수는 러시아 국방부 빌딩이 바로 앞에 우뚝 바라다보이는 시베리아식 레스토랑으로 우리를 안내했다. 눈 내리는 모스크바 거리를 내다보며 우리는 보드카를 마셨다. 양고기를 꼬치구이로 구운 샤슐릭을 함께 즐기던 그 멋진 저녁을 잊을 수 없다. 그다음 날 밤에는 김사인과 함께 눈보라 치는 모스크바 거리로 나갔다. 기막힌 북국의 밤에 우리는 모스크바 중앙역을 배경으로 사진을 찍었다. 추워서 입술이 파랗게 얼었으나 김사인 특유의 황소웃음은 그때도 줄곧 입가에 걸려 있었다. 작가 송기원이 이런 김사인을 부러워했다. 여럿이 같이 모꼬지 자리에 앉았는데도 왜 여인들은 하나같이 김사인에게만 유난히 관심이 쏠리는가 고개를 갸우뚱거렸다. 송기원은 그런 비결을 몹시 궁금해했다.

김사인이 실천문학사에서 근무하던 1987년이다. 그가 나에게 엽서 한통을 보내왔다. 작고 네모난 종이 속에 하고 싶은 말을 모두 담았다. 김사인의 화법은 어눌한 듯 느껴지며 마치 바람 부는 날 징검다리 건너듯 주춤주춤 기우뚱거린다, 그러나 결말에는 반드시 핵심을 찾아가는 달변의 정확성을 지니고 있다. 아무나 가질 수 있는 능력이 아니다. 그가 실천문학사 편집부에 근무하던 시절, 『친일문학작품선집』(전2권,

실천문학사 1988)이 발간되었다. 그 실무를 김사인이 온통 전담 했으리라. 나는 친일문학 관련 자료 도움을 얻으려고 그에게 편지를 보냈는데 이 엽서는 그에 대한 답신이다. 내용이 그대 로 노출되는 엽서를 종종 쓰던 그 시절이 아련하다. 엽서를 읽노라니 김사인 시인과 더불어 모스크바의 눈길을 함께 걷 던 추억이 새삼 그립다.

> 그냥 엽서로 소식 드립니다.
> 책을 만들던 때의 자료들을 실천문학사에 와서 찾아보 았더니, 지금 보내드리는 것들밖엔 남아 있지 않습니다. 제 기억엔 『어동정(御東征)』(김용제 시집), 『보도시첩(報道 試帖)』(임학수 시집)은 있었던 것 같은데 최근 실천문학사 이사를 하면서 묵은 것들은 다 폐기한 듯합니다. 번역 역 시 한 사람이 한 게 아니고, 번역 원고와 함께 자료도 돌 려받았었습니다.
> 임종국 선생을 움직이는 수밖에 없을 듯한데 어쩌면 좋을지요. 저희도 일을 해보니 임 선생님께서는 자료에 대한 권리, 그에 대한 상당한 보상을 은연중 기대하시는 듯합니다. 필요하시다면 저라도 임 선생님께 다시 전화 를 드리겠습니다. 송기원 형을 통해 잘 부탁을 해보는 것

도 좋을 듯하고요. 가부간 연락 기다리겠습니다.

1987년 12월 21일

김사인 올림

제4부

기억, 헌사, 응답

그 개구리
올해는 아직 연락 없음

정호경 신부의 편지

세월이 갈수록 더욱 새록새록 그리워지는 살뜰한 분이 있다. 정호경(鄭鎬庚, 1941~2007) 루도비코 신부가 바로 그런 분이다. 그는 내 나이 20대 후반, 경북 안동에서 처음 만나 인연을 가졌다. 이후 친형님 이상으로 극진하게 사랑과 정성의 기도를 해주셨다. 내가 문학의 방향을 제대로 찾을 수 있도록 엄정한 길잡이를 해주셨다. 그러고는 이 사람이 과연 시인으로서 제 길을 제대로 가는지 수시로 찾아와 확인하고 점검했다. 세상에서 어찌 이런 분을 만날 수가 있단 말인가.

오늘 찾아낸 신부님의 엽서에는 당신이 경북 상주 함창본당 주임으로 계실 때 내가 아이들과 다녀간 그 시절 추억의 실루엣이 흥건히 담겨 있다.

✝평화가 응, 단비에게.

올여름은 무척 더웠지? 영명축일 축하로 보낸 예쁜 그림, 정겨운 글, 그리고 맛있는 울릉도 오징어, 참 고맙다.

부모님도 안녕하시지? 방학 때 하루쯤 놀러 올 줄 알았는데! 참, 우리 집 개 '통일'을 다른 집에 보냈지. 예쁜 토종 병아리 집에 뚫고 들어가 병아리 두마리 가운데 한마리를 죽였기 때문이야.

응, 단비와 정답게 사진 찍고 했던 통일이를 가끔 보고 싶단다. 요즈음 우리 닭이 먹는 것, 노는 것, 자는 것도 잊고 알을 품고 있어. 아마도 9월 1일쯤 예쁜 병아리 일곱 식구가 태어날 거야…… 생각만 해도 신난다!

1990년 8월 24일

정호경 신부

당시 정 신부는 사제관 앞마당에서 개 두마리를 키우고 있었다. 이름은 각각 '남북이' '통일이'로 불렀다. 작은 엽서에는 통일이라는 놈이 어느 날 포악하게 돌변해 병아리 가족의 평화를 깨어버려서 뒷마당으로 쫓겨 갔다는 우화적 이야기가 담겨 있다. 통일을 위한 우리 민족의 노력도 주변 평화를 깨면서 추진해서는 안 된다는 섬세하고도 강렬한 상징을 느끼게 한다. 하지만 어미 닭은 아기를 잃은 슬픔을 잊고 다시 일곱개의 알을 정성껏 품어서 곧 부화를 앞두고 있다는 기쁜 소식도 함께 전한다. 이렇듯 정 신부의 삶과 관심은 온통 생명존중, 생명사랑, '생명 보듬기'로 일관되어 있다. 그것이 동물이든 인간이든 가리지 않았고, 특히 인간의 생명경시 행태에 몹시 분노하며 꾸중하는 삶을 살았다. 엽서 한장의 글귀에도 당신의 그런 크고 넉넉한 사상이 담겨 있다.

그로부터 여러날 뒤였다. 옛 편지 뭉치 틈에서 반가운 필적 하나를 또 찾았다. 루도비코 신부가 1996년 4월에 보낸 엽서다.

---

†평화.

귀한 책, 고맙게 읽겠습니다. 애쓰셨어요. 거창의 응이, 단비, 단비 엄마도 씩씩하지요? 책에 나온 사진 보니 벌써 노인(?)처럼 보이는데, 역시 사진이 잘못된 것이겠지요?

겨우내 짬짬이 재목 마름질해서 지난달 19일 상량(上樑) 했고, 바닥 공사(구들을 내 난생처음 했는데 걱정이 됨―요즘 구들 놓는 이 없는데다 기똥차게 고루 따뜻하면 여기저기서 구들 놓

289

아달라고 부탁할 테니까……) 끝내고 농사일 시작했어요. 농사짓기 짬짬이 집짓기 할 작정.

2년 동안 경칩 직후에 내 방을 찾던 개구리가 올해에는 아직 연락 없음!

1996년 4월 19일
정호경 신부

마치 당신을 직접 대한 듯 정겨움과 반가움이 왈칵 일어나 엽서를 쓰다듬는다. 하지만 당신은 이미 세상에 계시지 않는다. 돌이켜보니 1976년에 처음 만났고 이후 나의 안동 시절 3년 동안 줄곧 정신적 후견인으로 자리해주셨다. 어느 날 정 신부는 프란츠 파농, 파울로 프레이리 등 변혁을 갈망하는 여러 이론가들의 책을 한아름 안고 와 내 하숙방에 와르르 쏟아놓았다. 그러면서 무조건 읽고 느슨한 정신을 마치 칼을 갈아 날을 세우듯 부지런히 연마하라는 준엄한 일깨움을 주었다. 나는 그때까지 전혀 대면하지 못했던 낯설고 생경한 책을 조금씩 읽어가기 시작했다. 얼마 지나지 않아 내 살아온 삶의 허상과 뜬구름이 차츰 들여다보는 것이 아닌가. 놀라운 내적 변화와 각성이 일어나게 된 것이다. 처음엔 그게 무서웠다.

안동 시절 루도비코 신부는 누가 시킨 것도 아닌데 내 정

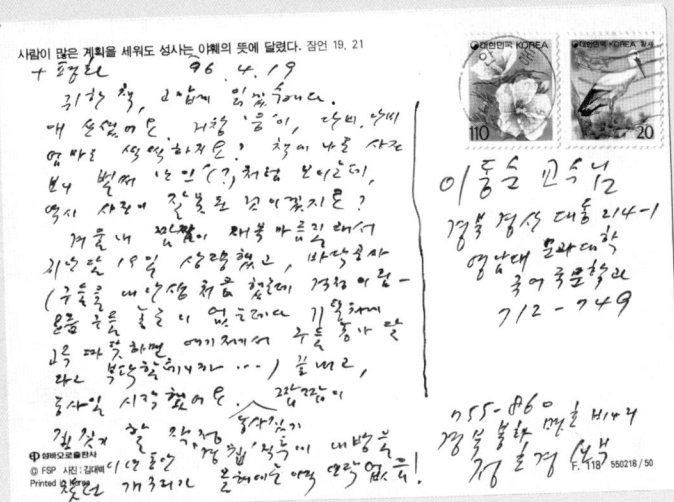

정호경 신부의 편지.

정겨움과 반가움이 왈칵 일어난다.

신의 조련사이자 개인 교수 역할을 자처했다. 당신은 틈만 나면 나를 데리고 영남 북부 지역의 여러곳을 다니며 많은 현자(賢者)들과 만났다. 죽변 감리교회의 이현주 목사, 안동 임동분교의 이오덕 선생, 봉화 상운면 구천리의 농민 전우익 선생, 안동 일직교회의 종치기 아동문학가 권정생 선생, 영해의 농민운동가 권종대 선생 등등 곳곳에 숨은 여러 지사들을 두루 찾아다니며 나를 소개했다. 그분들과 같이 어울리며 정 신부의 주도로 매달 독서회를 꾸려갔다. 안동에서 처음으로 육사 시인을 추모하는 '문학의 밤'도 함께 열었다. 그런 날이면 안동의 모든 수녀와 뜻있는 시민들이 행사장의 좌석을 가득 채웠다.

어느 비 오는 가을밤이었다. 누군가 내 하숙집 골목으로 난 유리창을 똑똑 두드렸다.

"이 선생, 방에 계세요?"

목소리를 들어보니 정호경 신부였다. 이 밤에 어인 일이신가. 나는 반가움에 얼른 골목으로 나갔다. 우리는 안동역 부근의 술집으로 가서 막걸리를 마셨다. 가을비는 부슬부슬 내리는데 우리는 밤이 이슥하도록 술집에 앉아서 함석지붕에 떨어지는 빗소리를 들었다. 루도비코 신부는 사람으로서 살아가는 이유에 대해 줄기차게 강론했다.

그 정 신부가 어느 해부터 사제직을 은퇴하고 시골로 들어갔다. 봉화군 명호면 비나리는 당신이 태어난 고향 마을 부근이다. 그곳에 터를 잡고 직접 집을 지었으며 농사도 짓기 시작했다. 온갖 작물을 심으며 그 성장의 과정을 낱낱이 성찰하고 기록했다. 정 신부는 그동안 너무도 분주하게 살아왔다. 교구 사목활동, 본당 주임신부, 가톨릭농민회 전국지도신부 등의 외부 활동을 일절 그만두고 본격적 농민으로서의 삶을 살았다. 그때 당신께서는 입버릇처럼 자주 이런 말씀을 하셨다.

'그동안 입품을 많이 팔았으니 이제는 몸품으로 살아가야지요.'

'입품'과 '몸품'이라는 말이 참 흥미롭다. 어휘 속에 무르녹아 있는 깊은 뜻을 헤아려본다. 한번씩 찾아가보면 강렬한 일광에 검게 탄 얼굴로 헐렁한 베잠방이를 입은 채 씨익 웃으며 나타났다. 그런 해맑은 미소를 머금던 당신의 모습이 어제처럼 눈에 선하다. 소년처럼 웃을 때 드러나는 덧니는 무척 귀엽게 보이기도 했다. 정 신부는 농사일이 끝난 뒤 여기저기 나들이도 다녔다. 물론 대구와 경산의 내 집에도 오셔서 하룻밤 묵어가기도 했다. 저녁 밥상을 물리고 술상을 차리면 그때부터 그간 내가 살아온 삶에 대한 엄중한 검증 및 비판과 성토가 쏟아진다. 나는 그 꾸중을 단단히 각오해야만 했다. 대학교수들 중에는 현재의 월급과 명예에만 만족하며 살아가는 부류들이 많다. 그것은 축생(畜生)의 삶과 다를 바 없다는 통렬한 질타를 퍼부었다. 말투가 워낙 매섭고 혹독해서 때로는 거부감이나 반발심이 들기도 했지만 결코 내색할 수 없었다. 왜냐하면 그분은 나의 조련사이기 때문이다.

그 루도비코 신부가 언젠가 건강이 몹시 악화되어 입원 중이라는 슬픈 소식이 들렸다. 폐섬유화증이라는 희귀질환이었다. 기이한 것은 같은 교구의 동료사제였던 유강하 신부도 동일한 질병을 앓다가 세상을 떠났다는 것이다. 정 신부의 무덤은 경북 예천 지보면 암천리의 농은수련원에 있다. 화장된 유해의 일부는 당신의 고향이자 마지막 살던 곳이었던 봉화 명호면 비나리의 소나무 밑에도 묻혔다. 날이 갈수록 정호경 루도비코 신부가 그립다. 그럴 때마다 나는 당신이 보내온 친필 엽서를 쓰다듬는다.

정 신부는 사랑이 지극한 분이었다. 풀, 나무, 키우는 강아지, 당신이 하던 일, 농민, 노동자, 장애인, 사회의 가장 밑바닥 계층인 약자, 핍박받는 사람들, 북한 동포 등등을 두루 사랑하고 껴안았다. 당신의 화엄적(華嚴的) 사랑과 그 방향성은 광폭(廣幅)으로 무제한이다. 두 팔로 그 모든 것을 가슴에 품

으셨다. 내가 1991년에 시집 『철조망 조국』(창작과비평사)을
발간하고 보내드렸을 때 그걸 정독한 뒤 흡족한 소감을 엽서
에 적어 보내주기도 했다.

✝ 성탄.

이동순 넘 보고 싶습니다. 느긋한 응이도 아기자기한
단비도. 시집 『철조망 조국』을 고맙게 읽었습니다. 「조
가묘(趙哥墓)」 「산의 말을 엿듣다」 「쌍밤」 「통일꽃」 「북한
감자」 「탕평책」 「시름에 잠긴 벗들에게」 「달과 철조망」
「철조망 세상」 「철조망 인간」 「건봉사」 「철조망 통과훈
련」 「찔레꽃」 「철조망 조국」 「옷골 이모」 「순이」 「사람
들」 「말더듬이 먹물」 「왕가정전(王哥正傳)」 「앵무새」 「떨
리는 붓으로」…… 좋던데요.

지난달 13세에 어린 노동자로 시작해서 만 41년 동안
노동자로 살다가 차 사고로 앞서가신 형님(정호갑 마테오)
죽음을 겪으며, 분단의 설움을 삼켰습니다. 부디 신명 나
는 새해를 빌며.

1991년 12월 16일

정호경 드림

1970년대 후반, 당신은 한 청년 시인의 산만한 정신을 수습하고 올바른 가치관을 심어주었다. 그로부터 세월이 지나 이렇듯 흐뭇한 결실을 거두니 속으로 얼마나 기쁘게 생각하셨을까 헤아려본다. 당신은 사람농사를 하신 것이다. 이런 점에서 루도비코 신부는 사람을 키우고 관리하는 목자(牧者)였다. 사람을 제대로 길러내는 농민이었다. 진정한 사목(司牧)이란 바로 그런 활동이 아닌가 한다. 당신은 내 시집에서 마음에 드는 작품 제목을 일일이 적어서 정성과 사랑을 표시했다. 편지를 읽노라니 동심의 순수한 숨결이 구절마다 스미어 있음을 이제야 알겠다. 한해가 가기 전에 누워 계신 무덤을 찾아가 술이라도 한잔 부어 올려야겠다.

은총과 평화가 함께하시길

두봉 주교의 편지

경북 안동시 목성동 산언덕에는 가톨릭 안동교구청이 있다. 정호경 신부를 만나러 거길 방문하면 여러 동료 신부들과 자연스럽게 인사를 나누게 된다. 한번은 어느 특별한 사제와 대면하게 되었다. 바로 프랑스인 두봉(杜峰, 1929~2025) 주교이다. 한국 이름 두봉은 '산봉우리에서 노래하는 두견새'라는 의미라고 한다. 당시의 첫인상은 밝은 미소의 온화한 서양 아저씨였다.

1970년대 후반 처음 만났을 때 당신의 나이는 불과 50대 초반이었다. 프랑스 파리 외방전교회 소속으로 천주교 안동교구 초대교구장을 지냈다. 본명은 르네 뒤퐁(René Dupont), 한국어로 음역(音譯)을 해서 두봉이 되었다. 이탈리아에서 유학을 마친 뒤 1954년 한국에 왔으니 한국에서 사목에 헌신한 시간이 무려 70년 세월이다. 자신의 조국인 프랑스 국적을 가졌지만 한국에서의 여러 헌신적 공로를 인정받아 정부가 부여한 대한민국 국적까지 취득했다. 그래서 두봉 주교는 자신을 프랑스에서 태어난 한국인이라고 말했다. 한국인의 모든 성씨에는 관향을 붙여야 하는데 자신은 의성 봉양에 살고 있으니 봉양 두 씨로 정했고, 따라서 그 성씨의 시조라고 했다.

주교로서 두봉 신부는 먼저 권위주의적 태도를 버릴 것, 교구 운영에서 사제와 평신도의 거리감을 없앨 것, 농촌 사목에 최선을 다할 것, 농민들의 사회정의 문제에 관심을 가질 것 등등 삶의 실질적 지표를 설정하고 실천에 옮겼다. 어려운 처지의 청년 학생을 도와주는 일, 농민 사목, 한센병 환자를 위한 병원 설립, 여러 학교의 설립 등을 위해 일평생 온 힘을 쏟았다. 두봉 주교의 아버지는 한국으로 선교활동을 떠난 아들을 잊지 못하며 프랑스에서 매주 편지를 보내셨다. 그것을 무려 30년 동안이나 계속했고, 한국의 아들은 한달에 두번 답장을 보냈다고 한다.

두봉 주교의 일생에서 가장 정점을 이루는 부분은 1978년에 일어난 사건이다. 그것은 '오원춘사건'으로 불린다. 경북 영양군은 농가 소득 증대를 명분으로 군내 5개면에 가을감자 재배를 적극 권장했다. 이에 따라 감자 종자를 농가에 배급했지만 재배 농가의 80퍼센트는 감자 싹이 전혀 나지 않았다. 농민들이 항의하며 보상을 요구했으나 영양군은 반응이 없었다. 이에 농민들은 피해보상대책위원회를 구성하고 조사를 거친 뒤 피해 보상을 요구했다. 영양군의 무반응이 계속되자 안동교구 사제단이 방문해서 이에 항의했다. 영양군은 그제야 농민들의 피해액 모두를 변상했다. 하지만 피해보상 활동에 앞장섰던 농민 오원춘이 괴한들에게 납치되어 심한 폭행을 당했다. 당시 중앙정보부가 영양 농민 오원춘을 납치해 어디론가 끌고 간 것이다.

이 사건은 일파만파로 확산되어 일약 전국적 관심이 집중되었다. 가톨릭교단과 집권세력은 서로 날카롭게 대립하며 물러서지 않았다. 두봉 주교는 독재정권의 어떤 박해에도 굴하지 않고 오로지 핍박받는 농민의 편에 서서 그들을 위해 부조리를 고발하고 정의를 일으켜 세우는 실천을 행했다. 하지만 당시 박정희 독재정권은 이 일을 관장했던 안동교구의 정호경 신부와 여러 관련 사제를 구속했고 두봉 주교에게는 모질게 추방 명령을 내렸다.

이에 김수환(金壽煥, 1922~2009) 추기경은 윤공희(尹恭熙, 1924~) 대주교, 두봉 주교 등과 함께 로마의 바티칸교황청으

로 달려가 당시의 교황 요한바오로 2세에게 모든 정황을 설
명했다. 교황은 불의에 절대 굴복하지 않겠다는 확약을 하면
서 한국정부의 두봉 주교 추방 명령을 단호히 거부했다. 이에
박정희정부는 두봉 주교 추방을 철회할 수밖에 없었다. 그러
한 정치적 격변 속에서도 두봉 주교는 옥중에 갇힌 농민 오원
춘을 면회 가서 용기를 북돋우며 격려했다. 빛이 나는 주교직
활동으로 교황청에서는 두봉 주교의 직책을 네차례나 연임
하도록 했다.

두봉 주교는 1990년 62세로 현직에서 물러나 경기도 고
양 능곡의 행주공소를 지키다가 이후 경북 의성군 봉양면의
문화마을에서 채소밭을 가꾸며 원로 사목사제로서 조용히
살았다. 마당의 텃밭에 유기농 채소농사를 지어서 지역 주민
들과 더불어 나누어 먹으며 노년의 소박한 삶을 즐겼다. 고령
에도 불구하고 여러 언론사의 각종 취재 요청에 적극 응하며
TV 프로그램에도 자주 출연했다. 인기 토크쇼에 직접 출연해
서 당신이 살아온 한국에서의 삶과 그 소회를 흥미롭게 들려
주기도 했다. 그는 일생토록 세권의 수필집을 발간했다.

나는 두봉 주교와 여러차례 대면할 기회가 있었다. 주교
관에서나 각종 행사장에서의 만남이다. 그는 그때마다 활짝
웃으며 다가와 격려를 아끼지 않으셨다. 가장 인상적인 대면

은 마리스타 수도회관 강당에서 열린 '육사 문학의 밤' 행사 자리였다. 그 행사에도 직접 오셔서 격려사를 해주었다. TV 다큐멘터리를 통해 두봉 주교가 살아온 숭고한 생애를 시청한 적이 있다. 감동적 내용에 흠뻑 몰입해서 보았다. 당신은 특유의 홍소(哄笑)를 자주 터뜨리셨지만 TV 속 장면을 보면서 시청자들은 눈물을 주르르 흘렸다. 두봉 주교의 웃음에는 상대를 부드럽게 감화시키는 묘한 설복력이 있다.

20대 후반 나의 안동 시절, 첫 시집 『개밥풀』이 나와서 보내드렸다. 그로부터 며칠 뒤 두봉 주교는 이토록 정성 어린 답장을 보내주었다. 깊은 밤 안동교구청 주교실에 홀로 앉아서 낡은 타이프라이터 자판을 콕콕 찍으며 편지를 작성하셨으리라. 당신의 편지는 짧지만 문맥에 흥건히 서린 자상하고 따뜻한 격려의 뜻을 나는 안다.

> † 주의 평화.
>
> 안녕하십니까? 늘 수고가 많으시겠지요. 보내주신 시집은 고맙게 잘 받았습니다. 바쁘신 가운데서도 틈을 내시어 좋은 시집을 내주신 것을 감사하게 생각합니다.
>
> 시집이 널리 읽혀져 많은 이들에게 좋은 마음의 양식이 되기를 빌며, 수고해주신 교수님께 주님의 은총과 평

화가 함께하시길 기도합니다.

1980년 5월 14일

천주교 안동교구장 두봉 주교

그분은 진정 우리 시대의 살아 있는 성인으로 듬직하게 한자리를 차지하고 계셨다. 당신을 만난 모든 사람들은 두봉 주교를 일컬어 한국에 오신 '작은 예수'라고 부른다. 마침 이 글을 쓰던 중에 두봉 주교의 별세 소식을 들었다. 가톨릭에서는 신부의 사망을 선종(善終)이라고 한다. 96세에 뇌경색으로 쓰러져 끝내 일어나지 못하고 작고했다. 영결미사에서 두봉 주교는 동그란 주게토 모자를 쓰고 사제복을 입은 채 반듯하게 누워서 눈을 감고 있었다. 발에는 그가 평소에 신던 밑창이 다 닳은 구두가 그대로 신겨져 있었다. 경북 예천의 가톨릭 농은수련원 마당에 묻히었다. 함께 안동교구에서 활동하던 정호경 신부를 비롯한 여러 친밀했던 사제들이 먼저 떠나가서 영면하고 있는 곳이다. 두봉 주교가 그립다. 당신의 환하고 천진한 표정, 박하 향기처럼 공중으로 날아오르던 웃음소리를 다시 듣고 싶다.

천 주 교 안 동 교 구
DIOCESE OF ANDONG

+ 주의 평화

이 동 순 교수님

안녕하십니까? 늘 수고가 많으시겠지요.
보내주신 「시집」은 고맙게 잘 받았읍니다.
바쁘신 가운데서도 틈을 내시어 좋은 「시집」을
내주신것을 감사하게 생각합니다.
「시집」이 널리 읽혀져 많은 이들에게 좋은 마음의
양식이 되기를 빌며, 수고해주신 교수님께
주님의 은총과 평화가 함께하시길 기도합니다.

1980. 5. 14.

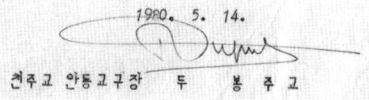

천주교 안동교구장 두 봉 주 교

660 안동시 목성동 51 전화 3035 · 4048
Catholic Mission 660 Andong (Korea)

두봉 주교의 편지.
타이프라이터로 쓴 편지가 인상적이다.

도대체 시어라는 게 따로 있는지요

이현주 목사의 편지

1980년 초반은 그야말로 격동의 시기였다. 1979년 말에 10·26정변이 일어났고 이듬해 봄에 5·18 광주대참변이 일어나 걷잡을 수 없는 현대사의 강풍이 휘몰아쳤다. 바로 그해 4월 25일에 나는 첫 시집 『개밥풀』을 발간했다. 지금 돌아다보니 엄청난 세월의 풍랑 속에서 시집이 나왔음을 알겠다. 세월은 수상하지만 시집 발간은 얼마나 기쁜 일인가. 나는 이 시집을 정호경 신부에게 맨 먼저 헌정했다. 앞에 헌사(獻辭)도 적었다. 시집을 받아 든 당신께서는 희색이 만면해서 예의 그 덧니를 드러내고 활짝 웃었다. 그러곤 여러권의 시집에 서명을 하도록 해서 경북 북부 여기저기에 숨어 살고 있던 은현(隱賢)들을 일일이 찾아다니며 직접 헌정하도록 이끌어주었다.

당시 정호경 신부가 운전하는 자동차를 타고 다녔는데 첫 방문지가 울진 죽변에서 감리교회를 지키고 있던 동화작가 이현주(李賢周, 1944~) 목사의 댁이었다. 교회 사택에서 술을 마시고 긴 이야기를 나누며 하룻밤을 편안히 잤다. 먼 길을 달려와 피곤했던 듯하다. 이 목사 부인이 끓여주던 아침 시래깃국이 무척 시원하고 맛있었던 기억이 생생하다. 그후 어디에서도 그런 국 맛을 못 보았다.

이현주 목사는 내 시집을 정독한 뒤 장문의 편지를 보내왔다. 이 목사는 독재자 박정희를 시해한 김재규(金載圭, 1926~80)가 옥중에서 남긴 한시 「장부한(丈夫恨)」을 감개에 젖은 어조로 낭송하며 높이 평가했다. 그 작품에 빗대어 1970년대 한국문단의 흐름 혹은 경향을 우려하고 비판하는 견해도 덧붙였다. 주로 역사의식의 부재, 치기(稚氣)와 언어유희 등에 대한 염려와 지적이었다. 그리고 내 시의 고유성과 독자성을 오래도록 지켜가기를 당부했다. 그런 뒤로 정 신부도 별세하고 이 목사와의 연락은 끊어졌다. 인편으로 들으니 시원한 해장국을 끓여주던 부인을 먼저 떠나보내고 지금은 전남 순천만 쪽에 거주한다는 소식이다. 그곳 제자의 교회에서 어린이를 가르치며 노후를 보낸다고 하니 삶이 얼마나 적적할 것인가.

당시 내가 방문했던 울진 죽변 마을의 감리교회는 바다 가까운 언덕배기에 있었던 것으로 기억한다. 얼마 전 강원도 강릉에서 7번 국도를 따라 내려오다가 죽변이라는 도로표지판을 보았다. 문득 그 시절이 생각나서 죽변감리교회를 검색해 일부러 찾아가 보았다. 그런데 내가 도착한 곳은 전혀 다른 곳이었다. 바닷가 언덕이 아니라 낯선 산중턱이었다. 필시 옛 장소에서 새로 옮겨와 지은 것으로 여겨진다. 예전의 그곳을 다시 가보고 싶었지만 찾을 길이 막막했다. 이제 와서 굳이 찾아본들 무엇하리. 추억이란 이처럼 아련함 속에서만 어렴풋이 살아 있을 뿐이다. 현실에서는 대부분 속절없이 무너지고 없다.

시집 고맙습니다. 무엇보다도 「마왕의 잠」으로부터 「내 눈을 당신에게」까지 줄기차게 발전을 거듭한 형의 시세계를 경하하면서 앞으로의 모든 작업을 기대합니다. 그날 무슨 말로 형의 시를 축하해야 할지 몰라 혹시 횡설수설로 자리를 어지럽힌 거나 아닌가 켕기면서도 떠날 때 인사조차 차리지 못하여 이만저만 미안하지 않습니다. 무슨 말을 이제 다시 하겠습니까만, 결국 이제부터 형에게 있어 문제 되는 것은 '쓰는 것'이 아니라 '사는 것'이라는 생각은 지금도 여전합니다. 이건 문학을 하는 모든 사람의 공통된 문제겠지만요. 정말이지 형의 시집을 읽으면서 이제는 표현 따위에 신경을 쓸(이를테면 시어의 선택 따위) 때는 지났다는 생각이었습니다. (시어라고들 하는데 도대체 시어라는 게 따로 있는 것인지요?)

그리고 한가지, 김재규 씨가 썼다는 「장부한」을 형은 우습다고 하셨는데 나로서는 그렇게 생각되지 않았습니다. 물론 형의 설명을 듣고 그렇게 읽으면 우습지 않은 것도 아닙니다만 나는 그렇게 형과 같이 보지 않았었지요. 눈 아래 눈이 깔려 있다는 첫째 줄은 별문제 없고 둘째 줄 "천고신성수감침(千古神聖誰敢侵)"이 저로서는 충격적이었습니다. 여기서 '누가 감히'의 '수(誰)'를 나는 이 강산을 짓밟고 있는 미·소를 비롯한 모든 외세로 봅니다. '공산군'(조선사람)이 아니라 민주주의니 공산주의니 하는 우리네 조선사람과는 낯설기만 한 양놈의 이데올로기와 그것들의 하수인이 되어버린 타락한 군세(軍勢)로 보았지요. 그러므로 끝줄인 "국토통일불성한(國土統一不成恨)"을 따라서 북진통일도 아니고 남진통일도 아닌 이 땅에서 비극의 씨앗이 된 모든 외세를 몰아내는 것으로 읽을 수 있는 것입니다.

진정 이 나라의 통일은 무엇을 뜻합니까? 세계의 냉전이 가져다준 치욕적인 상처를 치료하여 민족의 의지에 반한 모든 경계선을 지워버리는 것 아니겠습니까? 그러므로 이 시의 배꼽은 "남북경계하처재(南北境界何處在)"라고 하겠습니다. 실로 이런 시는 남과 북을 한눈에 볼 수 있는 위치(비행기 위에서 내려다봤다지요)에서가 아니면 쓸 수 없는 시라고 나는 보았습니다. 물론 김재규 씨가 나의 해석과 부합된 의미로 썼는지, 아니면 남에 서서 북을 보면서 '네가 감히 내려오겠느냐'는 식으로 썼는지는 모르겠습니다만 후자의 경우라면 일고(一考)의 가치도 없는 낙서지요! 우리는 역사 속에서 아파하면서 동시에 역사를 내려다보아야 할 것입니다. 남북문제를 어느 한쪽의 입장에 서서 보는 한 영원히 미결일 것입니다. 형께서 다시 한번 「장부한」(제목이 남이나 김종서 등을 흉내 낸 것이라 재미가 덜합니다만)을 읽어봐주시기 바랍니다.

이동순 아니면 아무도 쓸 수 없는 시, 이야기 들을 많이 들려주십시오. 어떤 문학의 조류(潮流)에 가담하는 것은 좋지만 갑과 을이 이름을 바꿔 붙여도 분간 못할 작품들을 쓰는 것은 큰 의미가 없다고 생각됩니다. 요즘 우리나라 시인들에게서 그런 우려를 자아내게 하는 현상을 볼

수 있는 것은 큰 불행이라고 생각합니다. 건필을 다시 기
원합니다. 안녕히 계십시오.

1980년 5월 20일

이현주

정겨운 사이처럼 느껴지니
신통한 일이라

최완택 목사의 편지

평생을 청빈으로 살았던 아동문학가 권정생(權正生, 1937~2007) 선생은 꽤 많은 현금을 유산으로 남기었다. 그간 받은 인세와 원고료 등을 한푼도 쓰지 않고 10억원의 돈을 계좌에 그대로 남겨두었다. 이 막대한 자금을 남북한 어린이 돕기에 쓰겠다고 당신의 친필 유언장에서 밝혔다. 권 선생은 세상에서 가장 믿을 만한 사람 셋을 골라 당신 유산의 관리자로 지정했다. 최완택 목사, 정호경 신부, 박연철 변호사가 바로 그 주인공들이다. 권 선생이 직접 작성한 유언장의 문장은 우리에게 커다란 감동을 준다.

내가 죽은 뒤에 다음 세 사람에게 부탁하노라.

1. 최완택 목사, 민들레교회. 이 사람은 술을 마시고 돼지 죽통에 오줌을 눈 적은 있지만 심성이 착한 사람이다.

2. 정호경 신부, 봉화군 명호면 비나리. 이 사람은 잔소리가 심하지만 신부이고 정직하기 때문에 믿을 만하다.

3. 박연철 변호사. 이 사람은 민주변호사로 알려졌지만 어려운 사람과 함께 살려고 애쓰는 보통 사람이다. 우리 집에도 두세번쯤 다녀갔다. 나는 대접 한번 못했다.

1순위로 거명된 최완택(崔完澤, 1942~2019) 목사는 감리교 이현주 목사와 동기로 기독교 환경운동의 대부로 불린다. 이명박정권의 이른바 '4대강 사업'이 지닌 위선과 사기성을 세상에 낱낱이 고발하는 적극적인 활동을 펼치었다. 황해도 해주 출생으로 부친의 감화 속에 목사의 길을 걷게 되었다고 한다. 북산(北山)이라는 아호를 썼으며 어느 제과점에서 예배를 드리기 시작하다가 마침내 자그마한 민들레교회를 열었다. 처음 모인 신자는 약 스무명 정도, 손으로 직접 쓴 편지 같은 멋진 내용의 주보를 복사해서 돌려보는 신자는 차츰 늘어나 나중에는 2천명이나 되었다.

최 목사가 평생토록 애써 추구해온 일은 오로지 저항과 인간성 옹호였다. 거대자본주의와 군사독재정권이 마구 저지르는 온갖 부조리한 모순과 파괴 및 인권유린을 향한 싸움이었다. 이런 활동에 대한 박해와 모멸, 억압이 당연히 뒤따랐고 가파른 세태 속에서 모진 고초를 겪었다. 특히 독재정권에 의해 무참히 파괴·훼손되는 이 땅의 자연환경을 지키기 위해 기독교환경운동연대를 결성하고 대표로 활동했다. 그때부터 온몸으로 싸우며 막으려 애썼다.

이러한 최 목사를 정호경 신부의 소개로 천주교 안동교구청에서 한번 대면한 적이 있다. 소탈한 인상이었다. 우리는 힘찬 악수를 했다. 당신과 만난 순간은 이것이 유일하다. 하지만 악조건 속에서 빛나는 활동을 펼쳐가던 최완택 목사에 대한 존경심을 늘 잊지 않았다. 최 목사가 남긴 짧지만 감동적인 시가 떠오른다. 딱 두줄이다.

나는 조물주의 피리

그분이 부시는 대로 그분의 소리를 낸다

―「피리」 전문

최 목사는 정말 조물주의 피리였다. 그분의 피리 소리는 항상 그분의 소리를 따라서 내었다. 어두운 시대, 몇 안 되는 의인(義人) 중 한분이었고 캄캄한 앞길을 환히 밝혀주는 등불

이었다. 지금은 세상을 떠난 최완택 목사는 지난 1980년 내가
보내드린 시집 『개밥풀』을 받고 직접 엽서를 보내주셨다. 엽
서는 아직 대면하기 전에 쓴 것이다. 그로부터 몇달 뒤에 우
리는 안동교구청에서 만났다. 진작 엽서를 받았으니 그날 반
가움은 더욱 컸다.

예수 그리스도의 평화를 빕니다. 좋은 시집 『개밥풀』
을 보내주셔서 대단히 감사합니다. 이 선생님은 한번도
만난 적이 없지만 전화로 잠깐 이야기 나눈 이후부터는
아주 정겨운 사이처럼 느껴지니 참 신통한 일이라 아니
할 수 없습니다.

나는 기다립니다. 우리네 개밥풀끼리 만나서 한잔을
기울이며 개밥풀 푸념을 나누는 날을……

1980년 5월 26일, 서울에서

최완택

어디로 마음이 달리는지

배영순 사회평론가의 편지

홀러간 영남대 재직 시절, 배영순(裵英淳, 1948~2017)이라는 동료 교수가 있었다. 같은 문과대학 소속으로 그는 국사학과, 나는 국문학과였다. 오다가다 길에서 만나게 되면 그저 입가에 엷은 미소를 띠며 지나치는 게 인사였다. 작고 가느다란 체구에 늘 깊은 생각에 잠긴 얼굴이어서 활짝 웃는 밝은 표정을 보기가 어려웠다. 언제나 삶에 대한 진지한 통찰에 깊이 빠져 있었던 것으로 보인다. 당시 그는 그러한 상념의 편린(片鱗)을 부지런히 기록해서 「배영순의 방하 한 생각」이라는 시리즈 칼럼을 『문화일보』에 수년째 연재해오고 있었다. 분량도 상당했을 터인데 결국 책으로 출판되지 못한 것이 애석하다. 거기엔 좋은 글들이 참 많았다.

2013년에 정년을 했으니 나보다 두해 정도 빨랐던 셈이다. 수년 전 그의 근황이 문득 궁금해서 대학의 학과 사무실로 연락했더니 이미 여러해 전에 고인이 되었다는 슬픈 소식을 전해주었다. 그 충격이 몹시 컸다. 여러날 동안 내 가슴은 허탈감과 민망함으로 가득했다. 가슴 한편이 텅 빈 것처럼 쓸쓸하고 허전한 마음으로 가득했다. 배 교수는 평소 그가 즐겨하는 기공수련으로 이미 법사(法師)의 단계를 넘었다. 늘 절제된 삶을 실천하며 건강을 배려하는 규범적 삶을 살았다. 건강관리에 대해서 그렇게도 철저하던 분이 어찌 그리 일찍 서둘러 가셨는가. 생각할수록 안타깝기 그지없다. 나에겐 배 교수와 관련된 추억이 몇가지 있다. 그 가운데 하나를 떠올려본다.

1990년대 중반, 풍류를 즐기는 영남대 동료 교수 여럿이 상당히 획기적인 모꼬지를 만들어 합동 공연을 기획했다. 공연 타이틀은 내가 추천한 글귀 '세상은 구름이요 홍도는 달빛'으로 정했다. 옛 가요 「홍도야 우지 마라」 2절 가사 중의 한 대목이다. 모두가 이구동성으로 그 제목이 좋다고 동의했다. 이날 공연을 위해 우리는 대구 수성구의 어느 맥줏집을 통째 빌렸다. 그런데 장소를 고를 때 선택이 매우 까다로웠다. 왜냐하면 그날 여러 교수들이 장기자랑을 뽐내는데 비평가 염무웅 선생이 준비한 종목은 탭댄스였다. 제대로 된 공연

효과를 거두려면 무대가 반드시 목조 바닥이어야 했다. 염 선생이 탭댄스를 춘다는 소식에 모두들 깜짝 놀랐다. 당신께서는 소년 시절 고향 마을에 들어왔던 악극단 공연에 갔다가 그것을 유심히 보며 배웠다고 했다. 그 일화만 듣더라도 염 선생의 재주와 눈썰미는 보통이 아니다. 아무튼 결국 마땅한 장소를 선정하여 그날 밤 공연을 무대에 올리게 되었다. 염무웅 교수의 탭댄스, 나의 아코디언 연주, 아무개 씨의 만담, 성악, 가창 등등 준비된 메뉴는 꽤나 다채롭고 볼거리가 풍성했다. 특정 가수나 배우의 흉내 내기, 판소리, 각종 악기 연주, 한국 고전춤과 발레 등등 기기묘묘한 재주들을 선보이는 다채로운 공연이 늦게까지 이어졌다.

나는 공연을 앞두고 악기가 없어 곤란했다. 어쩌나 하고 고민하는데 뜻밖에도 배영순 교수가 아코디언을 갖고 있다고 했다. 그날 공연은 배 교수의 악기를 빌려서 성공적으로 마칠 수 있었다. 그 며칠 뒤 배 교수가 전화를 걸어왔다. 잠시 자기 연구실로 와서 좀 만날 수 있겠느냐고 했다. 무슨 일이냐고 물었더니 조용히 의논할 일이 있다고 했다. 나는 하던 일을 멈추고 곧바로 그의 연구실로 달려갔다. 방 안에 들어서니 탁자 위에는 내가 공연에서 가슴에 매었던 빨간색 아코디언이 놓여 있었다.

"이 손풍금은 독일 함부르크에 계신 제 형님이 선물로 보내온 것이지요. 이번에 선생님 연주를 들으면서 드디어 이 악기의 임자를 찾았다는 생각을 했답니다. 부디 많이 연습하셔서 언젠가 멋진 연주를 들려주십시오. 그게 저에 대한 보답입니다. 지금부터 이 악기는 선생님 것입니다."

자기가 아끼던 물건을 남에게 흔쾌히 내어준다는 것은 결코 쉬운 일이 아니다. 워낙 뜬금없는 제의라 나는 무슨 말을 어떻게 해야 좋을지 줄곧 머뭇거리기만 했다. 4열 120베이스짜리 독일제 호너. 빨간색 아코디언은 모양도 귀엽고 소리도 풍성해서 그야말로 명기(名器)라 부를 만한 고급악기였다. 나는 크나큰 당혹과 감동으로 줄곧 입을 다물지 못했다.

'아, 어찌 이런 감격스러운 일이 나에게 생긴단 말인가.'

그런 곡절 끝에 그 악기를 내 연구실로 모시고 왔다. 아코디언 무게는 12킬로그램이나 되어서 상당히 무거웠다. 나는 흥분을 가누지 못한 채 우선 몇곡을 연주해보았다. 아코디언은 가슴에 안고 바람통으로 연주하는 악기라 몹시 사랑스럽고 정이 간다. 품에 안는 것이 꼭 애인만은 아니다. 나는 지금도 대중가요 관련 강의나 무대 공연이 있을 때 그 악기를 즐겁게 들고 다닌다. 70년도 훨씬 넘은 골동품인데도 소리는 여전히 맑고 아름답다. 지금 그 악기는 내 사무실 탁자 위에 얌

전히 모셔져 있다.

퇴직으로 대학을 떠난 후로 배 교수와는 서로 만나지 못했다. 언젠가는 한번 만나서 식사 대접이라도 해야지 생각만 하다가 시간을 놓쳐버렸다. 이런 무심이 주범이다. 그런 방심 속에서 배 교수는 아주 먼 곳으로 떠나버렸다. 다시는 그분을 만날 수가 없다. 당신이 세상을 떠난 줄도 모르고 학과 사무실로 연락해서 배 교수 연락처를 물었으니 나는 얼마나 바보 천치인가.

배영순 교수의 편지는 내가 헌정한 시집 『꿈에 오신 그대』(문학동네 1995)를 받고 보내온 회답이다. 그는 시집을 읽고 이전에 발간했던 나의 시집 『봄의 설법』과 비교하는 방식으로 썼다. 꽤 전문적인 비평이요 충직한 독후감이다. 분량이 많아서 전문을 다 못 옮기고 앞의 일부만 여기 올린다.

> 지금은 토요일 오후, 가을 같지 않은 봄날 같은 가을 오후, 어디론가 훌쩍 가고 싶기도 합니다만 그보다도 내가 반가움을 전할 수 있는 동순 형에게 편지를 쓰는 것이 더 즐겁고 편안함을 줄 것 같아서 이렇게 씁니다. 어저께 동순 형에게 쓰다 만 편지를 다시 써내려 갑니다.
>
> 주신 시집 잘 보았습니다. 저 같은 '시외한(詩外漢)'이 어

떻게 동순 형의 시에 대해서 무어라고 말씀을 드릴 게 있
겠습니까만, 시에 담긴 동순 형의 마음을 어떻게 다 헤아
리겠습니까만, 다만 형의 시에 담긴 마음의 자취를 보면
서 정말 반가운 바 있어서 그 반가움을 전하려고 이렇게
씁니다.

　이번 시집을 받아 든 순간, 제일감은『봄의 설법』으로
부터 너무도 시간이 짧다는 것, 너무도 의외였습니다. 그
러면서도 다른 한편 그럴 만하다는 생각도 스치고 지나
갔습니다. 그것은 아마『봄의 설법』의 자매편이기에 그
연장선상에 놓인 것이기에 그렇지 않았을까라는 것이었
습니다. 솔직히 말씀드리면 이번 시집을 읽기 전에는 시
집『봄의 설법』이후 상당한 시간이 가지 않을까라는, 그
것은 새로운 작품집이 나오는 데 걸리는 시간이 문제가
아니라 설법적인 구도를 벗어나는 데 상당한 시간이 걸
리지 않을까라는 것이 제 짐작이었습니다. 그러면서도
근간 무엇을 생각하시는지,『봄의 설법』이후 어디로 마
음이 달리는지 그 폭과 깊이를 어떻게 더해가고 계신지
가 궁금했더랬습니다.

　그러나 막상 읽고 보니 그러한 예상 또한 깨졌습니다.
무어라고 할까요,『봄의 설법』은 다분히 관조적인 면이

강하다고 한다면 『꿈에 오신 그대』는 감성 그 자체가 자
연스럽게 배어나오고 있다고 할까요. 이 선생님 본원적
감성이 구김 없이 살아나온다는 점에서 다른 장으로 넘
어가고 있다는 느낌입니다. 그냥 자매편이라고 할 수도
없겠구나라는 생각이었습니다. 달리 말하면 『봄의 설법』
에서는 무언가 절제되고 억제된 이성적 감성의 기조가
위주라면 후자는 스스로의 자연스러운 감성을 그대로 드
러내는 데서 삶에 대한 자신감의 회복 같은 것이 느껴졌
습니다. (…)

1995년 11월 18일

배영순 올림

배 교수는 나를 선생이나 시인보다는 형으로 부르고 싶다
는 고백을 했다. 나의 시집을 읽으며 느낀 심정을 긴 글로 풀
어서 적었다. 첫째 특별한 편안함에 젖었다는 것, 둘째 나의
작품에서 만해 한용운의 분위기를 발견한다는 것, 셋째 평소
등산을 열심히 다니는 내 모습에 대한 소감, 넷째 존경하는
염무웅 선생에 대한 자신의 심경, 다섯째 대학에서 동료로 만
났지만 속마음으로는 도반(道伴), 즉 다정한 친구처럼 지극한
우정으로 만나고 싶다는 것 등등이다. 평소 털어놓기가 어려

운 속마음이 은근한 우정의 편지에 담긴 것이다. 까칠하고 차갑게 느껴지던 배 교수에게 어찌 이처럼 다정한 성정이 감추어져 있었던가. 배 교수로부터 연서(戀書)에 가까운 편지를 받게 될 줄은 전혀 예상치 못했기에 놀라움은 더욱 컸다. 진작 내가 먼저 가까이 다가가 자주 만나고 식사도 하고 대화도 나누며 흐뭇한 시간을 가졌어야 했다. 몹시 후회막심한 일이다. 새삼 송구하고 안타깝기 그지없다.

배 교수는 말년에 당신을 위해 결코 무덤을 만들지 말라며 가족들에게 유언했다고 한다. 그래서 화장한 유해는 그가 평소 자주 오르던 가까운 산길에 흩어서 뿌렸다고 한다. 대자연으로 미련 없이 돌아간 것이다. 경북 경산시 삼성산을 오르다 보면 어느 전망 좋은 곳에 바위의자 하나가 놓여 있다. 거기에는 '영남대 국사학과 배영순 교수님 추억 의자'라는 글자가 새겨져 있다. 비록 무덤은 남기지 않았지만 제자들이 정성을 모아서 화엄(華嚴)과 보살심(菩薩心)으로 가득했던 스승을 기리는 기념물을 등산로에 남긴 것이다. 많은 등산객들이 오가는 길목에 설치했으니 그것도 보시(布施)와 보살심의 실천이다. 과연 배 교수의 사상이나 품격에 잘 어울리는 기념물로 여겨진다.

이제 그의 육신은 세상에 계시지 않고 당신께서 나에게

주신 아코디언만 내 곁에 호젓이 남아 있다. 귀퉁이가 조금씩 낡아가는 빨간색 호너 아코디언을 품에 안고 다정했던 삶의 동지 배 교수를 추억한다.

이 편지도 들여다보겠지요

서미주 작가의 편지

내 나이 약관 27세에 교수가 되었다. 경북 안동의 간호전
문대학이라는 곳이다. 말이 대학이지 그 규모가 동사무소처
럼 작았다. 공간의 소박함이 물씬 풍겨나는 강의실에서 나는
첫 수업을 시작했다. 그렇게 한해가 지나고 버드나무가 연둣
빛 생기를 머금은 이듬해 봄이었다. 마침 이웃 안동대학에서
출강 요청이 왔다. 그로부터 나는 문학개론 강좌를 두학기 내
내 진행하게 되었다. 첫 강의에 수강생들이 제법 많이 몰려왔
다. 시인의 강의라는 사실이 알려졌던 모양이다. 수업이 끝날
때면 여러 학생들이 원고지에 정리한 자신의 습작을 들고 와
서 봐달라고 부탁했다. 또 어떤 수강생은 내 강의 내용에 이
의를 제기하며 날카로운 질문 공세를 펼치는 경우도 있었다.

그 여러 학생 중 하나가 서미주(徐美珠, 1959~?)였다.

당시 안동에서 발간되던 저널 『안동』에 따르면 그녀는 안동 일직면 더붓골에서 출생했다. 그 무렵 미주는 민속학과 4학년 재학생이었고, 같은 동기들보다 나이가 조금 더 들었다. 수수한 용모에 말씨는 다소 어눌했지만 꽤나 진지한 표정으로 대화에 임했다. 그녀는 주로 창작심리와 관련된 질문을 많이 했다. 하지만 그 부분은 나의 관심이 아니어서 명쾌한 답변을 주진 못했다. 종강이 가까워졌을 무렵, 미주는 자신의 습작이라며 원고지 뭉치를 건네주었다. 우화적 구성으로 엮은 동화였다. 또박또박 쓴 필체가 매우 정갈하고 인상적이었다. 마치 인쇄라도 한 듯 하나도 비뚤어지지 않았다. 하지만 무엇보다 읽어가는 글맛이 예사롭지 않았다. 착상이나 전개에서 세련미가 느껴졌으며 상당한 수련을 거친 솜씨가 보였다. 원고를 받아서 조용히 정독한 뒤 다음 강의에서 전해주었다. 그때 그 작품에 대해 나는 분외의 칭찬과 격려를 주었으리라.

결국 내가 본 느낌이 틀리지 않았다. 그해 말 미주는 대구 매일신문 신춘문예에 단편소설을 응모했다. 「큰 평지」라는 작품인데 심사를 거쳐서 놀랍게도 당선자로 뽑힌 것이다. 해당 신문 신년호에 그녀의 작품과 프로필이 심사평과 함께 커다랗게 실렸다. 그런데 당선소감에 내 이름과 나의 격려를 쓴 것이 아닌가. 내가 특별히 지도해준 것도 없는데 미주는 이렇게 감사를 표시한 것이다. 그녀의 당선작은 우아하고 환상적인 분위기, 특히 뛰어난 상상력이 놀랍게 느껴졌다. 일반 문학청년들이 전혀 도달하지 못하는 높은 차원의 공간에서 작품의 실을 뽑아내고 있었다.

하지만 그로부터 들려오는 소식은 슬프고 충격이었다. 언제부터인가 극심한 두통이 몰려온 뒤로 정서적 교란과 불안정에 빠졌다. 일상을 지탱하기가 어려울 정도였다. 그런 미주를 가족들이 정신병원에 강제로 입원시켰다고 누군가가 소식을 전해주었다. 아, 어찌 그런 일이 발생할 수가 있는가. 미주는 작가가 되려고 오랜 시간 단련했고, 엄청난 독서광으로 동서고금의 고전들을 마구 독파했다. 그녀는 항시 도서관에서 살다시피 했다.

그런 노력의 정점에서 신진 작가로 등단을 하게 되었으니 얼마나 축복인가. 작가로서의 진정한 시작이며 출발이었다. 그런데 전혀 예상치 못한 먹구름이 한꺼번에 몰려온 것이다. 미주의 기억과 행동, 사고와 인지는 점점 퇴행 현상을 나타내었다. 급기야 정신연령이 다섯살 정도의 수준이 되었다고 했다. 그 소식을 들은 저녁에는 어안이 벙벙해서 넋을 놓고 멍하게 앉아 있었다. 병명도 정식으로 확인되지 않았고 처음 보는 희귀질환이라고 했다. 예전 같으면 악령의 공격을 받은 것이라며 무당을 불러 굿을 했으리라.

그렇게 미주는 정신병원에 들어갔다. 그런 와중에도 그녀는 나를 잊지 않고 있었다. 두어차례 편지가 왔지만 도저히 판독하기가 난감한 횡설수설이었다. 위로하는 답장을 쓰려고 해도 도무지 마음의 정리가 되질 않았다. 미주와 가깝던 한 친구가 찾아와 경과를 들려주었다. 그녀는 가정적으로 심한 갈등과 파란을 겪었다. 그러한 충격과 고통 속에서 어느 날 돌연히 섬망(譫妄)과 정신분열 증세가 왔다고 한다. 문학과 독서, 글쓰기가 미주의 평소 유일한 출구이자 위로였다. 그러나 정신병원에 입원한 뒤로는 그마저도 철저히 차단되고 말았다.

그 경과를 나는 자세히 알지 못한다. 하지만 꿈 많던 20대 청년작가의 번뜩이는 재능이 미처 꽃을 피우기도 전에 무참하게 중단되고 말았다. 너무도 애석하고 안타까웠다. 그저 멀찌감치 떨어져 애달픈 마음만 갖고 바라볼 뿐이었다. 그로부터 세월이 많이 흘렀다. 스크랩북에서 나는 뜻밖에도 서미주의 엽서편지를 발견했다.

1982년 임술년 세밑, 안동에서 미주의 엽서편지가 왔다.

여전히 나를 잊지 않고 있다는 것이 반가웠다. 읽어보니 내 아들에게 보내는 글이었다. 그때까지만 하더라도 미주의 일상에는 별다른 탈이 없었던 것으로 보인다. 건강이 악화된 것은 그 이듬해부터라고 한다. 그녀는 엽서에서 자신의 고향 마을의 새매 이야기를 쓰고 있다. 내 아들의 이름을 매 응(鷹) 자로 지은 것을 기억하고 있던 듯하다. 민첩한 매, 날쌘한 매, 집중력 강한 매처럼 성장해가기를 기원하고 있다. 그 엽서 이후로 미주의 어떤 소식도 듣지 못했다. 여러 경로로 찾아보니 어느 출판사에서 창작집도 발간했던 것으로 보인다. 성장소설『스물의 어둠은 너무 깊어라』(푸른숲 1989)가 그것이다. 목차를 살펴보니 그녀의 단편소설과 산문 들을 모아서 발간한 단행본이다.

이토록 아름다운 덕담을 엽서편지로 보내온 미주가 어찌 그토록 모진 병을 앓다가 세상을 떠나버렸는가. 하늘이시여, 그곳의 가련한 영혼 미주를 부디 잘 보살펴주소서. 하늘나라에서는 더이상 이승의 고통을 겪지 않게 해주소서.

응이 도련님께.

잘 있었나요? 너무 오래 편지를 쓰지 못해서 미안한 마음이 한가득입니다. 이젠 응이도 많이 자랐겠네요. 걸음

마도 배우고, 맘마와 진지도 하고, 엄마와 아빠랑 놀러도 다니고, 그리고 이 편지도 들여다보겠지요.

누나가 있는 명진에는 새매가 한 마리 있답니다. 하루는 그 새매를 따라서 눈 덮인 산속을 들어가봤지요. 새매는 말할 수 없이 민첩하고 날씬하며 또 집중력도 강한 것 같았어요. 우리 웅이처럼……

새해에는 더욱 튼튼하고 슬기로운 웅이가 되세요. 엄마 아빠도 같이 건강하시고 소망이 성취되는 새해가 되었으면…… 하고 빕니다.

임술년 저무는 날에 안동에서

서미주 드림

살아가는 모든 것들이
새롭게 보입니다

김태정 시인의 편지

서울올림픽이 열리던 해 봄이었다. 어느 날 연구실 문을 노크하는 사람이 있었다. 문을 열어보니 지난주에 약속한 바 있는 두 여학생이다. 반드시 시인이 되겠다는 일념으로 열심히 독서하며 정진 중이라 한다. 서울에 살고 있는 그들은 나를 만나기 위해 전화로 미리 약속을 잡아서 내려왔다. 밝고 환한 미소를 머금었으며 꽤 진지한 탐구열로 가득한 여대생들이었다. 김태정(金兌貞, 1963~2011), 그리고 그녀의 후배 김소연(金素延, 1967~). 두 이름을 뚜렷하게 기억한다. 문학사 공부를 제법 한 흔적이 느껴졌고 그냥 겉멋으로 문학을 하는 그런 축이 아니었다. 우리는 대학의 구내식당에서 점심을 먹으며 문학에 대한 여러 대화를 이어갔다. 그렇게 많은 이야기를 나누었다. 두 사람은 날이 저물기 전에 서울로 돌아갔다.

그후 그들은 각각 자작시 몇편을 안부 인사와 함께 우편으로 보내왔다. 그러나 작품은 그리 선명한 인상을 주지 못했다. 전화가 서너번 왔었고 다시 소식이 한참 끊어졌다. 1990년대로 접어든 어느 날 여러 문예지를 보는데 그들 둘의 이름이 보였다. 소망대로 시인이 된 것이다. 하나의 길을 향한 집념이 놀랍기 그지없다. 작품 발표도 열심히 하는지 종종 이름이 눈에 띄었다.

두 사람의 창작 스타일은 달랐다. 김태정은 민중시로, 김소연은 서정시로 각각 다른 길을 선택해서 걸어갔다. 김태정은 작가회의 회원으로 거기서 일을 맡아본다는 기록도 보았다. 그녀의 시는 1980년대 중반, 결 거친 민중시의 품격을 맑고 소담한 서정시로 순화했다는 평을 받았다. 그런 김태정의 편지를 오랜만에 스크랩북에서 찾아낸 것이다. 다시 글을 읽어가노라니 그 시절 아련한 만남의 추억이 영상처럼 떠올랐다.

그로부터 여러해가 흘렀다. 어느 날 인터넷에서 그들의 근황을 검색했더니 김태정이 이미 고인이 된 지 한참이나 지났다는 사실을 알았다. 이게 대체 어찌 된 곡절인가. 너무도 놀랍고 충격적인 소식이다. 그에 대한 전반적 경과를 다른 글에서 읽게 되었다. 김태정은 1963년 서울에서 태어났다. 홀로 시창작에 몰두하며 살다가 어느 날 전남 해남으로 내려갔다. 그곳 미황사 부근에 방을 얻어놓고 거기서 혼자 지내며 줄곧 시를 썼다. 그녀의 작은 방에는 라디오와 좌식 책상 하나뿐이었다. 앞마당 텃밭에는 반찬거리가 될 만한 채소를 심었다. 하루의 모든 일과가 오로지 시 쓰는 일 뿐이었다. 그녀는 찾아오는 친구들에게 이렇게 말했다.

"요즘은 시가 나를 숨 쉬게 하는 유일한 통로 같아."

오로지 시를 읽고 시를 생각하며, 줄곧 시쓰기에만 골몰하던 김태정은 시로 호흡하며 살았던 시인이다. 완전히 시마(詩魔)에 휩싸인 포로였다. 스스로 그 길을 선택한 것이다. 그러던 어느 날, 건강에 이상이 생겨 병원 진료를 받았는데 불행하게도 암이었다. 삶의 모든 것을 시에만 쏟았던 탓일까. 그 때문에 무리가 온 것일까. 2011년 9월 6일에 그녀는 절간 식구들의 보살핌 속에서 홀연히 세상을 떠났다. 그녀의 나이 불과 48세. 미황사에서는 시인의 유해를 화장해서 사찰 입구의 동백나무 아래에 뿌렸다. 어찌 그리 뼈저린 고독 속에 살다가 이처럼 쫓기듯 서둘러 떠나셨던가. 그녀의 짧은 생애를 생각하니 새삼 가슴이 저리고 아프다. 1980년대 후반, 내 연구실을 찾아왔을 때의 그 밝고 해맑은, 우수에 젖은 얼굴이 떠오른다. 2004년에 발간한 시집 『물푸레나무를 생각하는 저녁』(창비) 한권이 유작으로 남아 있다. 그래서 세상에서는 김태정을 '물푸레나무 시인'이라 일컫는다.

미황사에 가면 입구의 동백나무부터 먼저 들리리라. 그 동백나무 가지를 쓰다듬으며 물푸레나무 시인 김태정을 생각하리라.

오래도록 편지 올리지 못해 늘 죄송스럽게 생각하고 있었습니다.

이제 새 학기도 시작되었고 선생님께서도 더욱 바빠지셨겠지요. 지난여름 무더위에 혹여 건강 잃지나 않으셨는지 걱정이 됩니다. 저는 방학 동안 좋은 시를 써서 선생님께 꼭 보여드리고 싶었습니다. 그러나 몇편 쓰긴 했지만 선생님께 보여드릴 만큼 마음에 들지 않아 망설이고 있습니다. 선생님께 꼭 한번만이라도 칭찬받고 싶었어요.

선생님, 요즈음엔 문예지에 선생님의 시가 실려 있지 않아서 웬일이신가 하고 궁금하기도 하고 조금 걱정이 되기도 합니다. 그러나 곧 좋은 작품들이 나오기 위한 충전의 기간일 것이라고 생각하며 선생님의 작품을 기다립니다.

저는 요즈음 백석의 시를 다시금 열심히 읽고 있습니다. 읽을 때마다 새로운 감동을 받고 있습니다. 더러는 백석의 시를 평함에 있어 '토착적 허무주의'라고 여기는 사람도 있다지만 임화와 같은 사람들만이 카프문학의 전부라고는 생각지 않습니다. 저도 임화의 시를 좋아하긴 하지만 선동적인 구호와 시는 구별이 되어야 한다는 생각이 듭니다.

선생님, 그동안 서울에는 통 안 오셨는지요. 선생님이 참 많이 뵙고 싶었습니다. 제 친구도 선생님의 시집을 읽고 뵙고 싶어합니다. 제가 선생님을 만나 뵈었다고 하니 저를 무척 부러워합니다. 선생님, 가을에 열리는 민족문학교실에 선생님께서도 나오시는지요. 저도 민족문학에 대해 많이 배우고 싶어서 다닐까 합니다. 그곳에서 선생님 강의를 듣고 싶어요.

요즈음에는 살아가는 모든 것들이 새롭게 보입니다. 돌담을 뚫고 나온 잡초, 발끝에 차이는 돌멩이 한개에서도 많은 것을 배웁니다. 선생님께 드리고 싶은 말씀이 너무나 많아 채 정리가 안 된 상태에서 글월 올리니 내용이 뒤죽박죽인 것 같습니다.

선생님, 계절이 바뀌어가고 있습니다. 아무쪼록 건강

하시기만을 빌겠습니다. 안녕히 계셔요.

1988년 8월 31일

김태정 올림

부끄럽게 살지 않도록
노력하겠습니다

백창일 시인의 편지

백창일(白昶一, 1961~2007)이라는 청년 시인이 있었다. 그는 내 강의를 들었던 제자이다. 1991년 『한국문학』 신인상으로 데뷔했다. 전남 흑산도에서 태어나 힘든 청소년 시절을 보냈고, 내가 교편을 잡고 있던 충북대학교에서 인문대 중문과를 졸업했다. 등단 심사평에서 그는 미세한 생명의 떨림과 깊은 밤하늘의 침묵까지도 호흡할 수 있는 예민하고 섬세한 감각을 지닌 시인이라는 평을 받았다. 그의 시에는 산벚꽃과 봄날의 환한 이미지가 자주 등장한다.

창일은 당시 충북대 국문과에서 내가 운영하던 시론, 문학개론, 현대문학사 등 여러 과목을 타과생으로 신청해서 열심히 들었다. 강의실 맨 뒤에 앉아서 자주 질문을 던져 눈총을 받았다. 굵은 뿔테안경을 끼고 다소 도발적 언사와 표정으로 던지는 그의 질문에 마음이 편하지 않았다. 졸업 뒤로는 한참 소식이 끊어졌다. 그렇게 떠나간 줄만 알았던 그가 어느 날 밤에 전화를 걸어왔다. 1991년으로 기억되는데 자신이 드디어 시인이 되었다며 칭찬해달라고 했다. 그때가 새벽 한시가 넘은 시간, 나는 깊은 잠에 빠져 있다가 비몽사몽 속에서 전화를 받았다.

"선생님, 저 백창일이에요. 저 드디어 시인이 되었어요. 축하해주세요. 이 모든 것이 선생님 덕분입니다. 선생님께서 시론을 강의하실 때 제 가슴에 불을 붙이셨어요. 이후 저는 죽어라고 썼지요. 시의 샅바를 잡고 맞대결하며 미친 듯이 미친 듯이 썼답니다. 선생님, 저 지금 경기도 양평군 양동면 살아요. 선생님, 뵙고 싶어요. 선생님, 정말 존경하고 사랑합니다."

몹시 술에 취한 음성으로 숨소리까지 씨근거린다. 깊은 밤 느닷없이 전화통에 붙들려 한시간 가까이 격정적 발화를 쏟아놓는 그를 간신히 달래놓고 나는 수화기를 도로 얹었다. 이미 잠은 천리만리 달아났다.

'아무리 등단을 해도 그렇지 대체 지금이 몇시인데 전화를 불쑥 걸어서 이렇게 잠을 깨워놓는가.'

그에 대한 미운 생각마저 들기도 했다. 그러나 가만히 생

각하니 얼마나 자랑이 하고 싶었으면 이처럼 술김에 전화를
해서 등단 소식을 알려줄까 하는 연민이 들지 않는 것도 아니
었다. 그는 소년 시절 광주에서 5·18을 겪으며 격동의 현장을
직접 지켜보았다고 했다. 그러다가 청주로 와서 대학을 다녔
고, 졸업 후에는 산업근로 현장에서 노동자 생활도 했던 것으
로 기억한다. 등단 뒤로는 작가회의 회원으로 활동하며 작품
활동을 왕성하게 이어갔다. 시와 술과 고뇌가 그의 삶의 전부
였던 듯하다. 적어도 한주일에 한번은 어김없이 백창일의 전
화가 걸려오는데 언제나 만취상태였다. 하필이면 꼭 자정이
넘은 새벽 한시 전후의 이슥한 시간이었다.

늘 혀가 꼬부라진 발음으로 횡설수설을 폭포수처럼 길게
늘어놓다가 마지막 말은 반드시 '선생님 사랑합니다'였다. 어
떤 때는 깊은 밤, 벨이 울릴 때 직감으로 그것이 창일의 전화
라는 사실을 알았다. 그래서 받기가 싫어 일부러 코드를 뽑아
버릴 때도 있었다. 한번은 그가 경기도 양평 개울가에 살림집
을 짓고 있노라는 소식을 전해왔다. 그러곤 꼭 한번 놀러 오라
는 말까지 했다. 작가 김성동 선생이 자기 집에서 가까운 곳이
라 자주 놀러 간다고 했다. 만날 때마다 내 이야기를 나눈다고
도 했다. 그러니 어찌 그의 전화를 거부할 수가 있으리오.

어느 날 집으로 두툼한 등기가 하나 왔다. 열어보니 백창

일의 친필 편지다.

오늘에야 선생님 신작 시집을 사 읽고 보고 싶은 마음
이 북받쳐 올랐습니다. 더 따뜻해진 시편들을 꼼꼼히 읽
으며 선생님 가슴에 안기는 기분도 들었고요. 정말로 반
갑고 또 반가운 모습이었습니다. 고생하셨습니다. 그간
건강은 어떠하셨는지요. 사모님, 응이, 단비의 안부도 여
쭙습니다.

선생님께서 학교를 옮기신 뒤로 왠지 서운해졌었지요.
더 멀리 떨어져 있다는 사실이 저에겐 싫었나봅니다. 이
렇게도 조용할 수 없는 깊은 시골에서의 밤에, 방 안 가득
선생님을 모셔놓고 그리움을 쌓는다는 일이 저에겐 여간
행복한 순간이 아니랍니다. 하루 버스 세대 들어오는 남
한강변의 조그만 마을에 저는 살고 있습니다. 바깥일에
는 손을 떼고 건강에 유의하며 지내지요. 이명증(귀울림
병)과 악성빈혈로 여름 내내 꼼짝도 못하고 울어 지냈습
니다. 요즘 몸이 좀 들여 가끔씩이나마 작업에 열도 올리
고요. 신인의 작품이 나오지 않아 애가 타지만 어찌 억지
로야 하겠습니까. 건강이 회복되고 기다릴 줄 알면 뜨거
운 낯바닥이라도 내뵈올 줄 믿습니다.

이제나저제나 선생님께 편지를 쓰려고 할 때면 가슴이 벅차 별 어리광이라도 늘어놓을 것 같다가도 어리석음으로 범벅된 놈이라 그만 감정을 접어두기 일쑤랍니다. 이 글 또한 아침에 곧은 글씨로 옮기려다보면 제 온 가슴은 사라질 것이기에 고르지 못한 지면을 용서 바랍니다. 이 순간에도 언제쯤 선생님을 뵈올 수 있을까 생각하면서 선생님 가정, 학교 생활 두루두루 행복이 가득하길 소원한답니다. 저 또한 선생님께 부끄럽게 살지 않도록 노력하겠습니다.

안녕히 계십시오.

1991년 10월 25일

창일 올림

옛 선생에 대한 다함없는 애정고백을 시로 써서 보냈다. 편지와 시를 읽고 나서 나는 가슴이 먹먹해졌다. 그래서 눈을 감고 멀리 청주의 부모산 자락을 붉은 노을로 물들이고 있을 석양을 물끄러미 떠올렸다. 그 얼마 뒤 백창일의 사망 소식을 들었다. 2007년 4월 2일로 기억한다. 어찌 청년 시인으로 이다지 일찍 세상을 하직하는가. 시도 많이 써야 하고 할 일도 무척이나 많을 터인데 그의 발길은 과연 저승길로 떠날 수가 있을 것인가. 어린 딸이 있다고 했는데 이 애달픔을 어떡하나. 여러가지로 애잔한 마음이 끓어올라 걷잡을 수가 없었다. 창일이 죽은 지 한달 뒤에 유족들은 그가 직접 지어 완공한 집에서 사십구재를 올렸다. 화장한 그의 유해는 집 앞의 개울물에 띄워 보냈다.

지금도 깊은 밤이면 느닷없는 걸려오던 창일의 전화벨 소리가 떠오른다. 전화를 받으면 애정 어린 고백을 폭포처럼 마구 쏟아내던 그의 가쁜 목소리를 기억한다. 이제 육신을 잃어버렸으니 그토록 쓰고 싶었던 시를 어디서 어떻게 쓸까. 영혼도 과연 시를 쓸 수가 있을까. 백창일이 육필로 써서 편지에 동봉해온 시작품을 꺼내어 읽어본다. 창밖에 밤비 소리가 투덕거리는 늦가을 새벽이다.

당신이 그리운 날에
—이동순 선생님께

앞산 솔숲에 해오라기 떼 날아와 앉았습니다
저건, 푸른 숲속 흰 새떼들이 아닙니다
당신입니다, 당신의 자유이자 당신의 꿈입니다
텁텁한 양평막걸리 한잔 들이켜셨는지

구구대다 솟구쳐보다 푸른 숲 가지에 내리십니다

당신입니다, 영락없는 당신입니다

오, 당신은 저에게 푸른 눈빛을 주셨습니다

푸른 빛 속에서 찾아야 할 시의 길을 밝히셨습니다

푸른 숲 향기 속에서 시의 길을 알리셨습니다

앞산 솔숲에 새하얀 해오라기 떼,

제 육신을 흔들어주는 당신의 당부입니다

제 영혼을 일깨워주는 당신의 사랑입니다

나도 질 새라 재잘거리는 산새들 텃새가

한세상을 이루고 딴 세상을 질책합니다

오, 당신은 앞산 솔숲에 한마리 해오라기로 와서

제 가슴에 청잎 하나 심어주고 느닷없이 떠나십니다

1995년 6월 21일

사랑받고 싶은 제자 백창일

창일의 시를 읽고 나니 그에 대한 답신을 쓰지 않고는 배길 수가 없었다. 그의 편지와 전화를 여러번이나 받고서도 나는 제대로 된 답신 하나 써 보내지 못했다. 그의 육신은 이미 떠나고 없지만 이제라도 답신을 보내야겠다는 생각이 절실하게 든다. 창일의 넋이 부디 이 편지를 읽어주면 좋겠다.

이제는 가고 못 오는 창일에게.

여보게, 창일! 그간 잘 계셨는가. 시간도 공간도 느낄 수 없는 그 중음(中陰)과 무중력의 장소에서 어찌 지내시는가. 자네가 보낸 편지에 대한 나의 이 답신이 어언 30년 만일세. 간간이 자네 생각을 했지만 그게 어떤 절실함은 아니었다네. 이승 사람 생각도 소홀한 터에 아주 멀리 떠나간 옛 제자 생각을 그리 자주 할 수야 있겠는가. 자네가 너그럽게 이해하실 줄 믿네. 그래, 거기 저승의 삶과 시간은 어떠한가. 삶과 시간이라는 게 있기는 한가. 이승의 배움 속에서는 저승에도 삶과 시간이 있고 길흉화복이 있다고 들었는데 그동안 거기 삶을 살아보니 어떠하던가.

사실 자네를 생각하면 나보다 자네가 더 나를 좋아하고 사랑하는 마음까지 가졌었지. 내 시론 수업을 자네가 신청해서 들을 때 타과 재학생으로 들어온 문학 열병자라고만 여겼고 그런 흔한 부류 중 하나로만 짐작했지. 그 옛날 시인 김소월이 일본 동경대학 유학 가서 상과대 학생으로서 늘 문과대 수업을 듣던 그런 모습과 아주 닮은꼴이었지. 자네가 무슨 과 학생이었는지 나는 잘 몰랐네. 또 알 필요도 없었다네. 자네는 내 수업을 꽤 심히 들었어. 가끔 뚱딴지같은 질문으로 힘들게 했지만 시창작에 대한 자네의 상당한 깊이, 혹은 교수에 대한 관심 끌기 정도로만 여겼지. 자네는 점점 더 나를 좋아하고 마치 이성처럼 사랑과 존경심을 편지에서 표현했었지.

그로부터 세월이 흘러 자네는 대학을 졸업했고 서울로 가서 출판사에 취직했고 또 참한 색시와 연애해서 결혼도 했고 딸을 낳았다는 소식도 전해왔네. 특히 깊은 밤, 술에 만취해서 혀 꼬부라진 소리로 추근추근 일방적 애정 고백을 늘어놓던 자네의 전화를 아직도 기억하네. 그땐 그게 너무 싫었어. 어떻게 하면 빨리 통화를 끊나 그 생각만 했지. 이게 솔직한 회고일세. 자네가 좋아하는 만큼 나는 자네를 좋아하지 않았어. 그저 나를 거쳐간 한 사람의 제자, 나를 특별히 좋아하는 제자 정도로만 여겼지. 그런데 자네가 그토록 몸이 아프고 하루에 버스가 세번만 들어온다는 외딴섬 같은 산골에 집을 짓고 고독하게 살아가는 줄 몰랐어. 자네 부인은 생계를 위해 일터에 가고, 자네는 종일 빈집에서 새소리 듣고 흘러가는 구름이나 멀뚱히 보며 시를 생각하는 사람인 줄 몰랐다네. 어찌 그리도 고독한 운명이었나.

자네는 결국 그 고독과 고통의 굴레를 못 벗어나고 아주 먼

길을 떠나버렸네. 그 소식도 훨씬 뒤에 누가 전해줬어. 떠난 뒤로 이승에 남긴 두 가족이 눈에 밟혀 어찌 지내나. 거기서도 나한테 전화 걸고 편지 쓰고 싶어 어찌 참나. 세월이 서른 해나 지난 뒤에 옛날 자네가 보낸 편지를 읽어보며 그때 자네의 절박한 심정 속으로 잠시 들어가보네. 자네는 무던히도 나를 사랑했는데 그에 비해 나는 냉담하고 쌀쌀했었지. 그걸 자네가 모를 리 없었지만 자네는 막무가내로 폭포 같은 사랑을 표현했었네.

여보게 창일, 거기 저승의 삶과 시간의 규범을 모르니 자네에게 뭐라 드릴 말이 없네. 어쨌거나 여기 일은 모두 잊어버리고 그곳 일에만 충실하시게. 그 좋아하던 술은 이따금 마실 수 있는가. 하여간 모든 근심걱정 다 놓고 푹 쉬시게.